Friedrich Maximilian Klinger, August Wilhelm Iffland, Susanna Centlivre

Die Zwillinge: ein Trauerspiel in fünf Aufzügen

Friedrich Maximilian Klinger, August Wilhelm Iffland, Susanna Centlivre

Die Zwillinge: ein Trauerspiel in fünf Aufzügen

ISBN/EAN: 9783742898616

Hergestellt in Europa, USA, Kanada, Australien, Japan

Cover: Foto ©Andreas Hilbeck / pixelio.de

Manufactured and distributed by brebook publishing software
(www.brebook.com)

Friedrich Maximilian Klinger, August Wilhelm Iffland, Susanna Centlivre

Die Zwillinge: ein Trauerspiel in fünf Aufzügen

Die Zwillinge.

Ein

Trauerspiel

in

fünf Aufzügen.

1 7 7 6.

Erster Aufzug.

(Ein Zimmer.)

Erster Auftritt.

Guelfo Sohn, Grimaldi.

An einem Tisch mit Weinflaschen, und ein Buch aufgeschlagen.

Grimaldi.

Guelfo, Du bist auf einmal wieder sehr wild ernsthaft geworden. Ich bitt' Dich, verscheuch diesen starren in sich nagenden Blick mit einigem Lächeln, das Deiner grossen Miene mehr Zierde giebt.

Guelfo. Still, und trink! (geht auf und nieder)

Grimaldi. Soll ich weiter lesen in Brutus Leben?

Guelfo. Nein, ich hab's nun sehr genug. Laß mich das zusammen rechnen, was ich gehört habe. Caßius! Grimaldi! Caßius!

Grimaldi. Du nennst ihn eben so oft, als Du sonsten eine gewisse **Donna** nanntest. Gilt der mehr bey Dir als Brutus?

Guelfo. Das glaub' ich. Was in dem Menschen lag! Oh! wenn Du mir jeden Tag einen solchen Charakter aufstelltest. Grimaldi! Du solltest der einzige Mensch seyn, den ich liebte.

Grimaldi. Und ich wär der einzige Mensch auf Gottes Boden, der am meisten litte. Ich zieh' mir den Brutus vor.

Guelfo. Ich fühl' den Caßius näher. Und Grimaldi, darauf kömmts doch an. Wie viel gewinnt der Maler, wenn er mir ein Gemählde hinstellt, wofür ich den Spiegel in mir hab. Mir gehts in allen Fällen so. Ich kann eigentlich den nur recht durchschauen, ganz meinem Herzen nachfühlen, und bestimmen, der am meisten mit mir übereinkommt; der meine Seele so trift, daß ich gleich das Reißbley nehmen möchte, ihn lebendig hinzuwerfen, deßwegen gewinnen bey mir Dichter und Geschichtsschreiber so selten. Hu, hagrer Caßius! mir ists als stieg er vor mir auf. Ich werd' diese Nacht unruhig schlafen.

Grimaldi. Ich will Dir mehr lesen.

Guelfo. Das thu doch! den Pyrrhus,

Grimaldi. Wenn Du mir nur nicht so bang machtest, nicht so oft in ängstlichem Schlummer fürchterlich träumtest, und riefst.

Guelfo.

Guelfo. Wen ruf ich Grimaldi?

Grimaldi. Ferdinando, — wie man einen Todtfeind ruft.

Guelfo. Ha! Da! meinen Bruder! Grimaldi, nimm den Stammbaum, streich seinen Namen durch, und denn reiß ihn hier weg. Trink dem Caßius zu! Ich wollt' ihn malen, den hagren Caßius.

Grimaldi. Das wollt' ich auch.

Guelfo. Du? wenns Juliette wäre.

Grimaldi. Guelfo! nur diesen Namen nicht, wenn Du meine Augen trocken sehen willst.

Guelfo. Du wolltest den Caßius malen? wie machtest Du das?

Grimaldi. Ich wollte Ferdinando rufen. Den Guelfo ansehen, fest, ohne Zittern, das einen Furchtsamen, wie mich, viel kostet; wollte diesen Blick nehmen, diese Farbe, diese lebende Muskeln — He, Guelfo?

Guelfo. Willst Du mich stolz machen? Trink, Grimaldi! Wacker! (trinken.) Ich trink zeither gern. Der Wein ist doch gut?

Grimaldi. Sehr gut, wenn Du freundlich siehst.

Guelfo. O Grimaldi, wenn der Wein nicht wäre! Ohne ihn hätts das wilde Ungestümm meines Herzens lang mit mir zu Ende gebracht. Ich kanns mit nichts so gut unter mich bringen, als wenn ich mich nach und nach in Schlaf trinke. Und Grimaldi, das sind meine beste Stunden, die vorhergehen. Wenn der süße Geist des Weins meine Nerven einschmeichelt, sich der milde Geist auf mich herabläßt, und mich mit seinen sanften balsamischen Fittigen deckt. Laß ihn sprudeln! Unter mich, Teufel! (trinken.)

Grimaldi. Es ist ein herrlicher Trunk. Aber, Guelfo, mich macht er düsterer und trauriger. Nu, seiner Wirkung in Betracht Deiner!

Guelfo. Recht Grimaldi. Ja, wenns auch immer so bey mir gienge. Aber selten, selten! O, es hitzt mein Blut zu oft, und treibt mir die Würggedanken mit einem Feuer durch die Adern, daß sie schwellen, und mir für mich selbst bange machen. Wenn mir so dieß und jenes unter dem Trinken einfällt, wobey ich denn gewöhnlich schneller trinke, endigt sichs zu oft mit einer Wuth, die Blut heischt. Laß nur! wir wollen ihr schon noch zur Gnüge geben!

Grimaldi. Steh' uns Gott bey, wenn Du so bist. Kaum sinds acht Tage, schmißßt Du mich an Boden, daß meine Gebeine zusammen raßelten. Und das bloß, weil Deine verkehrt stehende Augen einen andern in mir zu sehen glaubten. Und wenn ich der Schreckscene gedenke —

Guelfo. Was ist das? Eine Schreckscene? Ich hör' gern' so was.

Grimaldi. Als Du den Della Forza durch die Lunge schossest, um seine Marter zu verlängern.

Guelfo. Sieh da! das hätt' ich fast vergessen.

Grimaldi. Nu, wer auch das vergißt!

Guelfo. Ich verbitte mir alle Bemerkungen. Erzähl' mirs, es thut mir gut itzt. Noch so weiß
ich,

ich, wie er die Augen drehte, und sich im Staube
wälzte. Was hatt' ich doch mit ihm?'

Grimaldi. Das erste war, daß er Deinen
Bruder bey dem Herzog herausstrich — — Du
wirst zu ernsthaft.—

Guelfo. Trink und red' fort, ohne Dich um
mein Gesicht zu kümmern.

Grimaldi. Daß er Deiner nicht mit einem
Wort dachte, ob Du schon in der Antichamber stan-
dest, und alles hören konntest.

Guelfo. Jetzt fällt mirs nach und nach wieder
ein. Ha! das hetzte mich grimmig.

Grimaldi. Das zweyte war, daß der Herzog Deinen Bruder allenthalben zu haben suchte,
und, noch mehr, ihm die reiche und schöne Gräfinn Kamilla verschafte, die er nie gekriegt hätte.
Guelfo! Guelfo! faß Dich! Kamilla, die der rauhe
Guelfo liebte, die der süße, empfindsame, kluge
Ferdinando wegschnappte. Ein herrliches Geschöpf,
die Kamilla!—. Sie soll leben!

Guelfo. O Grimaldi! Grimaldi! Du thust
meinem Bruder trefliche Dienste! (drückt ihm die
Hand, und umfaßt ihn.) Erzähl' weiter.

Grimaldi: Nur schone mich mit Deinen Lieb-
kosungen; ich bin zu schwach in Guelfos starkem
Arm zu liegen. Zu Venedig küßte Della Forza die
Gioconda, Du verbotst es ihm, er thats doch —

Guelfo. Begegnete mir höhnisch, und ich
knallt' ihn nieder, die Geschichte that mir damals
sehr gut. Sie wickelte mir die Galle los, die mich
nach und nach erwürgt hätte. Trink, Grimaldi!

Deine

Deine Augäpfel ziehen sich ja schon mächtig in die Länge.

Grimaldi. Und hier der aufgeworfene Zug an Deinem Munde schwillt grimmig. Deine Augenbraunen senken sich noch tiefer. — Du wirst immer mehr Caßius.

Guelfo. Schwinde immer mehr zusammen, und mein Bruder reitet auf dem Adler über mich hinaus. Aber herunterreißen will ich ihn, will ihn im stolzen Schwung haschen, und niederschmettern! Kriechen soll er bey der Erde, und ich will schweben. — Zittre, Grimaldi! und ich will Dich packen, dürres Gerippp! Dich an Boden schmettern! Blaß sollt ihr alle stehen, bricht Guelfos Zorn los, der mich hinreißt, wie der hohe Sturm. Weg dann! ich bin nichts, nichts! Schlag auf mein Herz — und nichts. Wenn ich seine Titel hinschreibe, schmier ich einen Bogen voll. Schreibe ich mich gegen über, heißts: Ritter Guelfo mit einem Einkommen von 500 Dukaten. Hörst Du, Grimaldi! hier die großen Excellenzen, die Gouverneurs, der Herr von des alten Guelfos fetten Gütern. Nicht so viel Land ist mein, als ich mit meinem Degen übermessen kann. Und warum denn nun? Grimaldi, warum hab' ich nichts, und er alles? Suchs in Deinem Gehirn auf, bleicher Strudelkopf!

Grimaldi. (geht ans Klavier, spielt wechselsweis einige sanfte und starke Paßagen.)

Guelfo. Dich und Dein Instrument in die Tiber, Schwärmer. Was willst Du mich locken,

daß

daß meine Seele auf diesen Saiten schwebe? daß ich den Guelfo vergesse?

Grimaldi. (spielt wie oben.)

Guelfo. Grimaldi! starke, dumpfe, rasche Töne! Meine Nerven zittern einen Ton, Deine Saiten springen, wenn Du ihn anschlägst. Hör auf! werf mich nicht so nieder, Grimaldi!

Grimaldi. (endigt stark.)

Guelfo. Diesen Ton verstund ich.

Grimaldi. Brutus, du schläfst! Brutus, du schläfst! riefen alle, und trafen Brutus Geist, schriebens ein mit Feuerflammen. Caßius rief auch: Brutus, du schläfst! Brutus überdachts bey Donner und Blitz, es reifte, Cäsar lag.

Guelfo. Ha, mein freundlicher Grimaldi? dieß ist die Erklärung Deiner letzten Töne? Was solls heissen?

Grimaldi. Du verstehst mich, Guelfo! Es soll wenig heissen; so viel, wenn Du doch willst — Guelfo, ich weis selten, was ich selbst will. Nun dann! Nimms so! Guelfo, schweb' auch! es breite sich Dein starker Geist aus, heb' sich über ihn! Jag mit dem Bruder zum blinkenden Ziel! was kömmt auch drauf an, wenn Du ihm im Ringrennen ein Bein unterstellst, daß Du hoch am Ziel schwebest! That ers doch auch, und oft, oft! Aber nur die Nase muß er sich blutig fallen, Guelfo, mehr nicht; sonst wärs unbrüderlich. Mehr nicht, und Du schwebst oben. Ha, mein Guelfo, Du schwebst, der Wein blinkt! Siehst Du, Guelfo — auf mich wollte einstens ein ungeheurer Berg stürzen,

zen, ich hatte noch Stärke und frohen Muth, ich
faßte ihn an der Wurzel, schob ihm ein Sandkorn
unter. Er stund, drohte, und stund. Ich hatte
Glauben, Guelfo! Wenn Du Glauben hätteſt —
Oh! mit der ſchwarzen Melancholie, und der traurigen Phantaſie, die mich zerarbeitet! Ich ſchwitze
und ſchrumpfe zuſammen — Guelfo, Ritter Guelfo!

Guelfo. Grimaldi, Dein Herz liegt mir über
verſchiedene Punkte verdeckt. Aber herausreiſſen will
ichs, wies in Deinem Innern liegt. Aufgedeckt
will ich leſen, ob das bloſſe Rakketten ſind, die
nur manchmal beym Wein aufſteigen, und zerknal-
len, oder ob das Feſtigkeit, Gröſſe und Entſchluß
iſt! Jetzt ſiehſt Du wieder ſo kleinlaut — trink!
trink!

Grimaldi. Guelfo, Dir fehlt nichts, als
Glauben an Dich, und Du biſt ein gemachter Mann,
der alles mit Gewalt nach ſich zieht. Sieh, ich
bin ein zuſammengedrückter, gewürgter Wurm, der
ſich kaum aufwenden kann, ſo haben ihn Menſchen
in Koth geſtampft, wohin er ſich wandte. Und
das all iſt ſo ſcharf durch meinen ſonſt emporſchwe-
benden Geiſt gefahren, hat ſo unedel alle groſſe
Triebe verſchlungen, und das Feuer verkältet, daß
mit mir nichts anzufangen iſt. Oh Guelfo! es
war eine blühende Zeit — ich kann itzt nichts als
mein Herz nach und nach aufreiben, und haſſen
mich und alles. Für mich iſt Natur und Leben
todt, weil man mir den Sinn dafür unfreundlich
tödtete. In meinem Leben möcht' ich mich an Einem rächen, mich dann in mein Kiſſen hüllen, und
　　　　　　　　　　　　　　　　　　　mit

mit Wolluſt ſterben. (ſteht durchs Fenſter.) Dort
kommt eine Chaiſe her!

Guelfo. Es wird der Doktor Galbo ſeyn, ich
ließ ihn rufen.

Grimaldi. Haſt Du noch nichts entdeckt? —
Adieu, Ritter Guelfo! Der traurige Mantel der
Melancholie hat ſich um mich geſchlungen, ich will
weinen. — Adieu! — Gieb mir Deine Hand!
Adieu!

Guelfo. Menſch! Menſch! Du machſt mich
raſend mit Deiner Zweydeutigkeit. Merk Dir das!
wo ich Dich erwiſche, will ichs aus Dir heraus-
ziehen, und hiengen die Gedanken mit Hacken in
Deiner Seele. Du ſagſt zu viel und zu wenig.

Grimaldi. Ich ſchlaf die Melancholie weg.
Und dann ruf ich dieſe Nacht wie Caßius — Brutus, du ſchläfſt! (geht ins Nebenzimmer ab.)

Guelfo. (allein.) Was hilft das nun all,
wenn ich mir mit geballter Fauſt vor die Stirne
ſchlag', und mit den Winden heule, droh' und
lerme, und bey alle dem nur Luftſchlöſſer, Karten-
häuſer baue! Der Junge wird gekoſ't, geleckt, geliebt, von Vater und Mutter, und ich ſteh' allenthalben in der Rechnung ein garſtiges Nichts. Guelfo! Guelfo! Nichts lautet närriſcher, als wenn
ich mir ſelbſt rufe. Guelfo! He dann, Guelfo!
(ſtampft.) Mein Blut wird heiß, mein Zorn drängt
ſich hervor.

Zweiter Auftritt.

Doktor Galbo (klopft an,) **Guelfo Sohn,** hernach **Grimaldi.**

Guelfo. Näher! Näher!

Galbo. Wie befinden sich Eure Gnaden? Ich bin sehr erschrocken über die eilige Botschaft.

Guelfo. Zu viel Hitze, lieber Doktor! Zu viel Hitze.

Galbo. (fühlt den Puls.) Unruhig, unruhig, sehr unruhig, gnädiger Herr! Aber ists Wunder? hier die Flaschen und gewiß erst von der Jagd?

Guelfo. Davon mags kommen; ich verfolgte ein Reh zu hastig. Setzen Sie sich doch. Ich hab letzthin über etwas mit Ihnen gesprochen — Wär mir nicht zu Kühlung zu helfen?

Galbo. Ich will gleich etwas aufschreiben.

Guelfo. Gut denn.

Galbo. (schreibts und giebts ihm.)

Guelfo. Doktor, hier — nehmen Sie diesen Wechsel.

Galbo. Gnädiger Herr!

Guelfo. Ohne Umstände! — Donner! was zaudern Sie? Sie wissen, daß ich das Gezier nicht leiden kann. Umsonst geb' ich nichts!

Galbo. Sanfter, gnädiger Herr! So legt sich die Hitze nicht.

Guelfo. Lassen Sie mich mit dem Geschwätz! — Doktor!

Galbo. Was befehlen Sie?

Guelfo.

Guelfo. Ich fragte Sie schon einigemal, und nun — Sie waren bey der Niederkunft meiner Mutter; nicht wahr?

Galbo. Das war ich — Die schrecklichste! Ich glaubte nicht, daß es die gnädige Gräfinn überleben würde.

Guelfo. Denn sagen Sie mir schnell — hören Sie? so schnell, wie ich frage. — Wer von uns beyden erblickte zuerst das Licht? Guelfo oder Ferdinando?

Galbo. Das kann ich nicht sagen.

Guelfo. Doktor!

Galbo. Es gieng so ängstlich, so schrecklich, und in der Sorge für die Gräfinn, für die Kleinen, trug sichs zu —

Guelfo. Heraus damit, oder ich pack Sie an der Brust, und drück' Ihnen das letzte Wort mit dem letzten Hauch heraus! Ha dann, bey meinem Leben! es wird Licht. — Fort!

Galbo. Sie waren beyde da, und man wußte nicht, welches der Erstgeborne war. Aber aus sichern Zeichen —

Guelfo. Behalten Sie den Wechsel, und gehen Sie! Fort, Doktor! Weiter brauch ich nichts. Und wenn Sie vor der Hand ein Wort — verstehn Sie mich?

Galbo. (Ab.)

Guelfo. (allein.) Grimaldi! Grimaldi! — Ha! was schüttelst du, Feuer? was reißt du in mir? Haben sie? — Still! still! laß mich zu mir kommen, und treib mich zur Raserey! Grimaldi!

o

o ich will alles zerreiſſen. Vater! Vater! Mutter!
ich will euch ausſtreichen! will euch ausſtreichen,
euch bis aufs letzte Fäſerchen aus dem Herzen reiſ-
ſen! Grimaldi!

Grimaldi. (kömmt.)

Guelfo. (faßt ihn an der Bruſt.) Sieh mich
an, Grimaldi! Sieh mich an, und häng an meiner
Stirne! Zweifelſt Du ob ich der Erſtgeborne bin?
Zweifelſt Du?

Grimaldi. Guelfo ich hab' alles gehört; mich
warf ein dumpfes Gefühl herum, daß ich nicht
ſchlafen konnte. Donner und Wetter! ſieh da,
Guelfo! (führt ihn an Spiegel.) Dieſer Blick! dieſes
Weſen! dieſe ſich ausbreitende menſchenbeugende
Glut im ſchwarzen, groſſen, rollenden Auge! —
Guelfo! Du biſt für ein Königreich geboren. Eine
weiſſagende Gottheit, mein Genius ſagt mirs. —
Guelfo! Du biſt Ferdinandos Bruder nicht. Ha!
wie kamſt Du unter das Geſchlecht dieſer Schwachen? Du biſt vertauſcht. O Du biſt ſo nicht geboren. Sieh Dich an, königlicher Guelfo! Haſt
Du nicht den hohen Königsblick? Schlag mich vor
die Stirne, wenn ich lüge. Mit dieſen Empfindungen, mit dieſem Denken, wie kamſt Du unter
ſie? Sieh Dein Bild! Sieh Dich! Edler! Edler!
Guelfo! Guelfo! Guelfo!

Guelfo. Grimaldi, mich reißt ein Gedanke
hin — meine Seele ſchwirrt blutig von Vorſatz zu
Vorſatz; und der Rachgeiſt läßt ſich ſchwarz vor
mir nieder, und haſcht mein Herz! Ha! laß mich
feſt ſtehen! Laß mich einig werden! Hörteſt Du den
Dok-

Doktor? Man wußte nicht, welcher es wäre; weil man nicht wissen wollte! Weil seine heuchlerische, sanfte Miene schon damals der Eltern Herz an sich bannte. Mein starrer Blick riß schon damals ihr Herz von mir. Ha dann, Heuchler! ich will dich lehren! Herausgeben sollst du mir die Erstgeburt, herausgeben sollst du mir Vater und Mutter, herausgeben sollst du mir alles; oder ich will dich würgen, wie Kain, und verflucht, den Mord auf der Stirne, herumirren.

Grimaldi. Lieber Guelfo, nicht so!

Guelfo. Mit mir Esaus Geschichte zu spielen, noch eh' er stammlen konnte! Kos't den Knaben! Kos't ihn fort! schließt ihn in die zärtliche Arme! Herausreissen will ich ihn! Ihr stahlt mir alles und gabts ihm, weil ihr meinen Geist nicht fassen konntet. Grimaldi, als Knabe ward ich in Schatten gestellt, und er ans Licht gezogen; Ihm alles doppelt gegeben, mir einfach. Fein gieng man mit Heuchler Jakob um, und stieß den rauhen Esau weg. Wie denn? warum denn?

Grimaldi. Was drängt sich auf in Dir?

Guelfo. Tausend Bilder des Vergangenen. — Wie er alles hatte! Kriegten wir Spielzeug, Zuckerbrod, das Beste hatt' er. Und so mit allen Dingen, wie wir heran wuchsen. Um ein junges neapolitanisches Hengstchen flehte ich einstens, lag zu des alten Guelfos Füssen, und netzte sie. Nichts! Ferdinando hatt' es, ob er sich schon nicht im Sattel halten konnte, und blutig zurück kam. Da wollt er mirs geben; aber nieder stieß ich den flüchtigen

B   tigen

wenig Othem, daß Du fortlebst; ich wills schon drehen.

Grimaldi. Nu meinetwegen! Wers gut treibt, der hats gut! sagte mein Vater, und schickte mich mit 100 Dukaten in die Welt. Und weit wär ich nicht kommen. — Guelfo, wenn Du einmal kalt bist, will ich Dirs erzählen.

Guelfo. Geh nur, ich brauchs nicht. Wenn Du mir begegnest, laß das die Losung seyn: Guelfo, du schläfst! diese Nacht will ich viel mit Dir reden.

Grimaldi. Ein Wort noch! Nimm alles zusammen! sieh Dich an! sieh Dich an, Guelfo, ob Du sein Sohn bist? Halts zusammen, ob ihr Zwillinge seyd? Mir ist vieles dunkel noch bey der Geschichte, und ich bin so wenig aufgelegt, klar zu sehen — Der Tod hat sich längst um meine Gebeine gehängt; losreissen werd' ich ihn diesmal nicht. Und mein finstres Denken, mein beleidigtes zerstossenes Herz — Dieser Blick ist gut, Guelfo! Fahr fort! Bey allem dem möcht' ich Ferdinando kein Haar krümmen. Verfahr gut, habs gut. Ich wollte, die Nacht und alle Nächte wären um.

Guelfo. Was ich worden wär! was ich worden wär! Guelfo, wie hat man schon bey Deiner Geburt gearbeitet, dich zu ersticken? Und wenn ich mich anseh, anfühl, mein Muth hervorbricht — Fieberhafter Grimaldi, Du streichelst die Tropfen von der Stirn, und mißt mich den Augen — Staunst, wunderst Dich, ziehst die Augenbraunen —

Gri

Grimaldi. Einen grossen Menschen in einem kleinen zu sehen. — Man kömmt! Guelfo! (Ab.)

Dritter Auftritt.

Amalia, Guelfo Sohn.

Amalia. Guelfo! mein Sohn!

Guelfo. Mutter, Dein Sohn?

Amalia. Bist Du krank, mein Guelfo?

Guelfo. Nein! nicht!

Amalia. Ich hörte, Du hattest den Doktor kommen lassen, und lief ängstlich nach Dir. Was ist Dir?

Guelfo. Nichts! Nichts!

Amalia. Wie, mein Sohn? Deiner Mutter keinen Liebesblick?

Guelfo. Ha, meine Mutter! Mutter! Mutter und meine Mutter! Ich hab der Liebesblicke keinen. Kennen Sie den Guelfo? — — Oh! ich bitt', mit all dem Kosen und Streicheln lassen Sie mich! Meine Wangen sind der milden sanften Hand der Mutter ungewohnt.

Amalia. So sollst Du diesen Kuß haben! Sollst ihn aufgebrungen haben, von der Mutter Lippen, mein wilder Sohn Guelfo! Wehr Dich nicht, Guelfo! und diesen, und diesen mit all der Liebe der Mutter.

Guelfo. Wie Mutter? Sie irren sich. Meine Lippen sind nicht sanft, meine Stimme klingt nicht

sü=

ſüß, ich bin nicht weiſe, bin der rauhe Ritter
Guelfo.

Amalia. Und auch der liebe Guelfo. O mein
Guelfo, ſieh freundlich, ſieh gut, mach unſre Freu=
den laut und vollkommen! Warum läßt Du uns
ſo unfreundlich? (faßt ihn an der Hand.) Sieh, Gu=
elfo, ich könnte Dir itzt viele Vorwürfe machen,
daß Du uns fliehſt, daß Du immer auſſer Hauſe
biſt, und, wenn Du zurück kommſt, Dich ein=
ſperrſt: und ich, und Dein Vater weinen über
Deine rauhe Gemüthsart Tag und Nacht. Aber,
ich wills nicht thun, mein Guelfo! will das all
dulden, wills mütterlich dulden! Du wirſt Dich
ändern. Nicht wahr, Guelfo? Du wirſt milder?

Guelfo. Ja denn! ich werd milder! Laſſen
Sie mich. Noch einmal, Ihr Koſen iſt meinen
Wangen unbekannt.

Amalia. Du ſtößſt meine Hand weg! Guelfo!
ſtößſt Deine Mutter weg!

Guelfo. Weine! weine! klage! taumle zu
Deinem Ferdinando! He, Mutter? (faßt ihre Hand)

Amalia. Drück' mich hart, ſtarker Guelfo!
Deine Hand iſt männlich; ſchone der weichen Hand
der Mutter nicht, wenns der Druck der Liebe iſt.

Guelfo. Ja, der Druck der Liebe, und der
Druck — Was nun, Guelfo?

Amalia. Da fiel eine dicke, volle Thräne her=
unter. Ha, Guelfo!

Guelfo. Es iſt meine nicht.

Amalia. Lüge nicht, mein Guelfo! Laß ſie
Dein ſeyn. Ich ſah ſie auf Deinem Auge zittern.

Laß

laß ſie mich wegküſſen! Wenn der Mann, wie Du,
weint, fühlt er tief. Nicht mein Guelfo? Du
liebſt Deine Mutter, die Dich ſo ſehr liebt, die
Tag und Nacht ſeufzt und betet, Du möchteſt gut
ſeyn, und Liebe erwiedern? Mein ſtarker Guelfo,
laß mich an Dir ruhen. Du haſt mir viel Liebs
gethan die Stunde, haſt mir viel Liebs gethan Dein
Leben durch.

Guelfo. Mutter — was haben Sie mit mir
vor?

Amalia. Lieber Guelfo, wenn meine Liebe
Dich nicht ſchützte. — O! Dein Herz ſchlägt ſtark.
Schlägts der Mutter?

Guelfo. Weiß ich das? wenn mich Ihre Lie=
be nicht ſchützte —? nun?

Amalia. Dein Vater wird jeden Tag mehr
aufgebracht. Täglich kommen Klagen wegen Dei=
ner. Oft wollt' er Dich aufſuchen, Dirs vorhal=
ten im Grimm. Ich ſchlung mich um ihn, hielt
ihn, log — heut erſt.

Guelfo. Mag er kommen! Guelfo kennt ſich
und ſeinen Vater. Weib! Du hättſt nicht meine
Mutter werden ſollen, ich war kein Knabe für
Euch, bin kein Mann für Euch! Erwürgen hätteſt
Du mich ſollen! erdrücken in der Wiege, daß ich
nicht aufgewachſen wäre, der Verſtoßne, daß ich
nicht aufgewachſen wäre, der Löwe Guelfo! Ich
hab' Muth, Feuer, Geiſt, Stärke — und habt
mich niedergeſchlagen bey der Geburt! Ha! bin
ich aus dem Hauſe der Guelfen? Nicht Weib?
Du gebahrſt den Ritter Guelfo, daß er Spott ſey?

Deine

Deine ſanfte Hände wären damals ſtark genug ge=
weſen, mich zu würgen.   Schling ſie um mich!
Du kannſt Guelfos Nacken nicht umſpannen; und
doch, wenn Du mir den Dienſt thun willſt, halt'
ich ſtill.

Amalia. Guelfo! mein Sohn, mein Sohn!
erbarm' Dich Deiner Mutter!

Guelfo. Und wer erbarmt ſich meiner, der ich
gefoltert werde von böſen Geiſtern innig? Wer er=
barmte ſich meiner von je? Mir? Mir? des
Guelfo?

Amalia. Angſt! Angſt! — Dein Vater
kömmt.   Berg Dich hinter die Liebe Deiner Mut=
ter, wenn er zürnt.

Guelfo. Still, Mutter!

Vierter Auftritt.

**Die Vorigen, Guelfo Vater, hernach ein
Bedienter.**

Amalia. (zum Vater.) Guelfo, Dein Sohn iſt
gut und ſanft.   Ich verſichre Dich, der Ritter
war nie ſo lieb.   Komm, lieber Guelfo, Du ſollſt
ſehen, daß man dem Ritter viel Unrecht thut.   Er
iſt ein herrlicher Junge, unſer Guelfo, ein tapferer
Ritter, dem keiner ſteht.   Sieh ihn an, Vater!
haſt Du einen in Italien geſehen, der ihm gleicht?
Ein bischen wild iſt mein Guelfo; aber das giebt
ſich: und Tapferkeit, ſagt man, iſt wild.   Nicht,
mein Guelfo?

Guelfo

Guelfo Vater. Das wär was! Nun denn! Ritter, wende Dich zu mir. Gieb mir Deine nervigte Hand, Sohn! denk immer, daß Du ein Sohn des berühmten Guelfo bist, das ich Dir nicht genug sagen kann! Denk, daß wir viele Feinde haben, Deine Faust kann sie schrecken, denn Du bist fürchterlich berühmt im Streit. O, mein Ferdinando! mein Guelfo! zwey starke Pfeiler meines beneideten Hauses, auf denen der Alte in Friede ruhen kann, fest und geschützt. Meine Erndte im Krieg und Vertheidigung ist gethan; ich habe mich hingestreckt, träume meine Jugend, und seh' Euch zu. Da stehen sie, Guelfo ein Felsen im Meer, und Ferdinando, der mehr durch Klugheit gewinnt, weil er stiller ist, reifer überlegt, und seinen Vortheil absieht.

Amalia. Und Guelfo?

Guelfo Vater. Wenn Du edel bist, Guelfo, Deine Wildheit zum Guten lenkst, Deine Tapferkeit von Ferdinandos Klugheit leiten läßt, soll unser Haus bald ein Herzogthum blühen. He, Guelfo!

Guelfo Sohn. He, Guelfo! He, Herzog Ferdinando! He, Guelfo!

Guelfo Vater. He, Ritter Guelfo!

Amalia. He! Freude! und mein starker Sohn Guelfo noch General. Das muß er werden. Hat er sich nicht rechtschaffen gehalten, daß ihn alle neiden? Trägt er nicht eine grosse Wunde unter dem Orden, die ihn mehr ziert, als der Orden?

Noch

Noch einmal, ein herrlicher Junge, mein Guelfo, wenn er seine Mutter liebt, und still ist.

Guelfo Vater. Amalia, ist das des Kind's Blick? Es kocht was in ihm! Sieh den Drachen= blick! — Guelfo!

Amalia. Geh doch! laß doch! Wer weiß, was dem Guelfo ist! Er ist krank.

Guelfo Vater. Nein doch! Ich muß sehen, wie sich Leidenschaften bey meinen Kindern zeichnen. Was beißt er die Zähne? was zieht er die Faust zusammen? was wölkt sich die Stirne? So steht man vorm Feinde. Mann, Dein Gesicht gefällt mir nicht.

Guelfo Sohn. Dann gebt mir eine Larve!

Guelfo Vater. Ha! das ist die schändlichste Larve, die Du itzt trägst.

Amalia. Er ist krank, sag ich, es schmerzt ihn was. Geh doch, Guelfo! Reit dem Sohn und der Braut entgegen! Geh doch! ich will ihn sanft machen, er ist gar willig, wenn ich allein um ihn bin.

Guelfo Vater. Nein doch! Guelfo! sieh Deines Vaters Angesicht — Blickt' ich Dich so an, Du solltest mich hassen. Was soll ich thun?

Guelfo Sohn. — Den Guelfo hassen, wie Du thust.

Guelfo Vater. War das Guelfos zweyter Sohn?

Guelfo Sohn. Guelfos Narr!

Amalia.

Amalia. Guelfo, geh doch! Laß es hiermit! Guelfo wird wieder gut; Du weißt, daß das seine Krankheit ist.

Guelfo Vater. Fluch Dir, Guelfo! wenn Du so siehst.

Guelfo Sohn. Fluch mir, wenn ich anders seh.

Amalia. Segen Guelfo, wenn er noch wilder sieht. Hinaus, Alter! Will keiner gehen? Beyde heiß, wie Feuer! Vater! Sohn! He da! ich schwaches Weib will Euch wütende abhalten. Wart! ich will meine Schnürchen abreissen, Euch anheften, weit voneinander. Ich bin ein schwaches Weib, will mich an Dich hängen, Alter! Keiner soll des andern Stirne sehen. He, Guelfo! (wirft ihm ein Tuch aufs Gesicht) ich will Dein wildes Gesicht decken, das ihn erzürnt. Blickst mir doch gut zu, mein Sohn!

Guelfo Sohn. Laßt es! Seyd getrost Mutter! Ihr sollt des Guelfos los werden, den Ihr zu Grund gerichtet, den Ihr bey der Geburt zu Grunde gerichtet habt.

Guelfo Vater. Ein böser Geist redet aus Dir. Du hast den Würgteufel, der Vater und Mutter nicht schont. Die Sorge für Dich, brachte fast Deine Mutter um. Die Sorge für Dich, riß mich von den Feinden, als ich den erfochtenen Sieg nutzen wollte. Du bist mein Sohn nicht.

Guelfo Sohn. Sagt das noch einmal, ich bin Euer Sohn nicht.

Guelfo Vater. So nicht.

Guelfo

Guelfo Sohn. Los von Vater! — Mutter, bin ich Dein Sohn?

Amalia. Mein Sohn? Still! still! Ihr enbet mit mir.

Guelfo Sohn. Ha dann, von Euch beyden los! entsagt! Hast Du noch etwas, berühmter Guelfo? — Ich habs gehört, und das zittert mir in der Seele. Ich bin Guelfos Sohn nicht. Gott, du hasts gehört! Ich bin Guelfos Sohn nicht. Ich habs gehört, wie Guelfos Fluch den Guelfo traf. (Kniet sich.) Hier knie' ich, und schwör Dir ab. — Schwör Dir ab, ich bin Dein Sohn nicht, grauer Guelfo, bin Dein Sohn nicht, sanftes Weib! Nun dann! ich ziehe mein Schwerdt, und beginne den Schwur — Ich armer Ritter Guelfo — laßt Eure Thräne nicht um mich in Staub fallen! mischt sie mit Ferdinandos Freudenthränen. Ich armer Ritter! —

Guelfo Vater. (fällt seinem Sohn mit Amalia um den Hals.) Du bist mein Sohn! mein lieber Sohn.

Amalia. Du sollst mein Sohn seyn, und wenn Du mir das Herz noch mehr bluten machtest, wenn Du mir den bittern Todeskelch reichtest. Du bist mein Sohn! mein Guelfo! den ich unter meinem Herzen trug, ihm freudig entgegen weinte, eh' ich ihn sah! bist mein Guelfo!

Guelfo Vater. Tausend väterlichen Segen für den zu raschen Fluch, mein Sohn! Sey Deines Hauses Zierde!

Guelfo,

Guelfo Sohn. Ihr spielt mit mir! miß=
braucht mich! Wohl dann! ich will's seyn — kann
ich's seyn.

Amalia. Laß Du die Thränen fallen vom Aug,
alter Guelfo! sie zieren Dich, und laß sie uns
mischen mit Freudenthränen! O Guelfo! sey der
Mutter Lust! — Sagt' ich Dir nicht, der Ritter
ist gut: Du kennst ihn nicht, wie ihn die Mutter
kennt. Sieh gut, Sohn! (während Amalia spricht,
bringt ein Diener einen Brief. Der alte Guelfo liest.)

Guelfo Vater. Erschrecklich! ich hab' Dir
meinen Segen gegeben, ich hab' Dir meine Thränen
gegeben — und da — und da — lies! lies! —
Was zitterst Du, Weib? hinaus! ich will Dich
hinausstoßen — und da! —

Amalia. Und da ist mein Sohn, der soll mich
schützen für Guelfos Grimm.

Guelfo Vater. Und er hat den Mann ge=
peischt, daß er auf den Tod liegt — den Mann,
der seinen vielen Kindern Brod gab. Er hat sie
hingebracht, Hungers zu sterben! zu laufen in die
Wildniß! Ich gab ihm meinen Segen, weinte ihm
meine Thränen. Ha! ich will meine Augen aus=
reissen, weinen sie noch einmal über Guelfos zwey=
ten Sohn! Hast Du gelesen?

Guelfo Sohn. Ich thats; ja doch, ich
thats. Ich schüttle mich, und Guelfo nehm seinen
Segen, und trag' ihn über Ferdinando! Verdient
das Fluch? Ich peischte meinen Pachter, weil er
mir das Reh stahl, das schönste Reh im Forst;

peitsch=

peitschte ihn, weil er meinen Hund stach, daß er
starb.   Wer will Rechenschaft?

Amalia. That er das?

Guelfo Sohn. Ob ers that? Lügt Ritter
Guelfo? — Wart einen Augenblick, alter Guelfo!
(sucht im Schreibtisch.) Hier ist die Abtretung des
Guts; und so zerreiß ich sie. Nimms nun, giebs
dem Erstgebornen! Hier hast Du Deinen Segen;
nimms, nimm alles! Hier steh' ich ohne alle An=
sprüche. Nimm, daß ich kahl werde! He! da!
Ritter Guelfo, leg deinen Degen an, und zieh ge=
gen die Türken! was fehlt dir noch? Du bist reich
mit deinem Herz und Arm.

Guelfo Vater. Nein! nein! Du sollst das
Gut behalten, und mehr dazu. Ich will dem
Pachter Entschädigung geben; es wird so arg nicht
seyn.

Guelfo Sohn. Ich will nichts, ich bin
reich.

Amalia. Nimms doch, Guelfo! ich will Dir
einen prächtigen Schmuck geben für Deine künftige
Braut.

Guelfo Sohn. Ha, ha, ha! Guelfo, geben
Sie mir den Zug Apfelschimmel zum Erbtheil, und
ich gehe, der verfluchte, verlorne Sohn! Geben
Sie mir den Zug Apfelschimmel; ich will mich reich
halten, will mich mit diesem Muth durch die Welt
schlagen.

Amalia. Gieb ihm die Schimmel, gieb ihm
die Pferde all.

Guelfo

Guelfo Vater. Guelfo, die Schimmel hat Dein Bruder schon.

Guelfo Sohn. Mag er sie behalten.

Guelfo Vater. Er kömmt in einer halben Stunde mit seiner Braut; er giebt sie Dir. Guelfo, freu' Dich mit uns!

Amalia. Du sollst sie haben. Komm uns nach! (ab.)

Fünfter Auftritt.

Guelfo Sohn (allein.)

Niederschießen will ich sie und ihn! Ich will sie nicht, ich mag sie nicht! Träumt ichs doch, wußte ichs doch! Es sind vortrefliche Pferde, und stampfen (stampft) den Boden, blasen, werfen die Mähne, haben einen Blitz im Aug — Heyda! Ritter Guelfo, kauf dir einen Esel, und reit zum Türken. Er hat sie, hat Segen, Liebe, Herzogthum — und Kamilla! Ha! ich werd rasend! O ich küßte die Fingerspitzen der Kamilla, und war Wonnetrunken; legte meine Rauhigkeit nieder, wie der Tieger, der Orpheus Sang hörte. Sie sang — Kamilla! Hu! Caßius!

(in ein Nebenkabinet ab.)

Ende des ersten Aufzugs.

Zwei=

Zweyter Aufzug.

(Ein Saal.)

Erster Auftritt.

Guelfo Sohn, Grimaldi.

Guelfo.

Ist Dirs wieder besser, Grimaldi?

Grimaldi. Wenn mirs am Körper fehlte, lie=
ber Guelfo! scheut' ich keine Feuerkur. Ablösen
wollt' ich mir das Glied lassen, wo michs schmerz=
te, und verstümmelt standhaft leben. Aber Guelfo,
tief und peinlich, und auch wonniglich liegts in
meiner Seele. Einen gebeugten, von Menschen ge=
kränkten Geist, ein verwundetes Herz mit sich her=
umzuschleppen, und so täglich dem öden Grabe mit
gesenktem Haupte zuzuwallen — Sieh, Bruder!
ich falle vom Fleisch, schmachte, sehr bleich — und
dieser morsche Körper blühte einst in lieblicher Ju=
gend, ward bestaunt, geliebt. Trat' ich auf,
Guelfo! zischelten sich die Mädchens in die Ohren,
webten mit Blicken und Bewegungen, Ketten und
Netze, den Grimaldi zu bestricken. Das war Ge=
dräng, Zunicken, Fächerrauschen und Anhängen.
Wie

Wie viele Uneinigkeiten, und kleine Zänkereyen ver=
ursachte ich nicht unter Schwestern, Liebenden und
Herzensfreundinnen! Wenn ich eine mit Wärme,
und mehrerer Theilnehmung ansah, stellte sich schnell
ihre Nachbarin in Riß, und stahl wenigstens den
Blick auf die Hälfte, den ich Höflichkeitswegen nicht
kalt zurückziehen konnte. Ja— ja!—

Guelfo. Red' nur fort, Grimaldi; ich kann
hören, und das denken — Ich seh' nur nach der
Strasse, um meinen Bruder mit den Hengsten im
Pomp anfahren zu sehen. Nu?

Grimaldi. Wie das nun all liegt, Jugend
und Vermögen! Ich senke meine Arme, senke mein
Haupt — gefallen bin ich, der rasche Grimaldi!
Und da ich fiel, durch Neid und Verfolgung von
Schwachen, floh Schnellkraft, Zuversicht, und
Festigkeit. Ich zog mich ganz in mich in mein
Trauren. Das gesellschaftliche Leben unter Men=
schen, alle heitere Empfindungen, alle Theilneh=
mung an meinem und andrer Geschick, alle Sinne
verwandelten sich in meiner gedrückten Brust in Haß
und Widerwillen. Ich schwirre nun in Trauerge=
danken, fühl mich vergehen, fühl mich gerne ver=
gehen — Denn was ist das Leben, mein lieber
Guelfo, wenn einem das genommen ist, was einem
Leben giebt, wenn einem noch dazu der Weg verlegt
ist, den zu gehen man gemacht ist?

Guelfo. Man räumts weg, Grimaldi.

Grimaldi. Denn muß man auch das vorige
Gefühl wieder in sich sammlen können. Aber Guel=
fo, wenn das nun all niedergerissen ist, was uns

damals trieb wie den jungen Adler, der seine Schwingen stark fühlt, den Weg zur Sonne zu schweben — Wenn das nun nicht mehr aufzuwecken ist — Lieber Guelfo, ich schein' mir dem geblendeten Adler zu gleichen, der sein Leben in den Felsen austrauert. Was hülfe mirs nun auch, wenn ich mich wieder aufzutreiben suchte, einige Schritte taumelte, und mich doch nicht an der Sonne erquicken könnte, worauf es ankömmt!

Guelfo. Das kömmt all wieder. Man findt sich, und das andere findt sich auch. (unverwandt durchs Fenster nach der Strasse.)

Grimaldi. Ja, es kam einstens ein Sonnenblick! Guelfo, Du weißt doch auch, wer kam, und mir die Nacht vors goldne Strählchen feindlich stellte, daß ich weiter nichts erblickte, als Haß und bösen Genius in mir? — War das Erquickung für mein Herz, als mir die Lichtgestalt erschien! — Ich hatt' ein Liedchen, das ich damals oft sang —

Guelfo. Sing, Grimaldi.

Grimaldi (singt.)

Heiter lohrest du, o Licht!
Und ein helles Strählchen bricht,
Aus der dumpfen Nacht hervor,
Hebt mein leidend Herz empor.

Es erschien ein Engelskind,
Rührte meine Seele — schwind! —
Und die Trauer schwand dahin,
Glücklich! glücklich nun ich bin!

Glück-

Glücklich, glücklich werd ich seyn,
Wenn die Liebe mich wiegt ein,
Wenn die Lieb' den Trauersinn
Wandelt mir in Freudensinn!

Glänze ferner durch die Nacht,
Liebe! süsse Zaubermacht!
Hülle mich, o Zauber, ein!
Glücklich, glücklich werd' ich seyn.

O Guelfo! Guelfo! was waren das Stunden!

Guelfo. Und nun?

Grimaldi. Guelfo, da wollte der schlafende
Genius wieder aufwachen, wollte mich beleben,
und ich ward angespornt — träumte glühende Träu=
me, wie ich nun mit Riesenschritten gehen wollte,
als ein edler Kerl! Guelfo, ich ward auf die
Wagschaale gelegt, mein Adel zu leicht befunden!
mein Werth fiel tief. Guelfo! die süsse Augenbli=
cke, die ich lebte, die mich zu allem gemacht hät=
ten! Ward ich nicht in Finsterniß zurückgestoßen,
worinn ich noch immer tappe?

Guelfo. Du hast Recht, Grimaldi. Du warst
damals in einem Gang, giengst so schnell nach dem
Ziel, daß ich Dir mit Wunder zusah.

Grimaldi. Drum stieß mich Vetter Ferdinan=
do unter; der alte Guelfo hätt' sich des Grimaldi
erbarmt. O! der Seligkeit der Stunden! O! der
Seligkeit des Grimaldis! O der Verdammung des
Grimaldis, die nun um ihn liegt!

Guelfo. Armer Narr! hätt's an mir gelegen,
Du hättst sie haben sollen. Ich hatte Dich auch

C 2   gewo=

gewogen, Grimaldi! aber ich fand Dich bewährt.
Was nußte mein Reden all?

Grimaldi. Ich dank' Dir noch, mein lieber
Bruder. Ich will Dich immer so nennen, und
nach Othem schnappen, wenn ichs denk', und Dich
an meine Brust drücke. (umarmt ihn.) O wenn ichs
worden wär'! und wenn ichs worden wär' — ist
sie nicht todt?

Guelfo. Das herrliche Mädchen!

Grimaldi. Sie starb, sie starb! und da sie
starb, starb Grimaldi! Alle Hoffnung und Leben
entquoll meinem Herzen mit den blutigen Thränen.
Bruder! Dir darf ichs sagen, daß mir jede Nacht
ihre blasse Todtsgestalt erscheint, daß ich sie so kalt
in meine Arme fest drücke, daß sie mir winkt, und
daß sie mich nach sich zieht. O Juliette! Juliette!

Guelfo. Geh doch! laß mich!

Grimaldi. Fühlt' ich ihren Tod nicht so scharf!
und würd' ihn schärfer fühlen — Hab dich Gott,
meine Liebe! Grimaldi wallt Dir eine düstere
Wallfahrt nach. Und gewiß wärst du noch hier;
denn ich wollte dich gepflegt haben, wollte dich getragen haben auf den Fittigen der erquickenden Liebe! O Juliette, du wärst noch unter uns.

Guelfo. Ich bitt' Dich, Grimaldi, wieg mich
nicht in diesen schwermüthigen Ton. Ich brauch
Stärke; und bin ich nicht im nämlichen Fall?

Grimaldi. Armer Guelfo!

Guelfo. Wär Kamilla nicht mein geworden,
und ich hätt' in den Armen der Liebe den Löwen

Guelfo

Guelfo abgelegt? wär' still und friedlich gewor=
den? — Sie hatte Guelfos ganze Seele.

Grimaldi. Du sagtests ihr.

Guelfo. Nein! nicht! Ich Bestohlner, der ich
nichts als meinen Degen habe.

Grimaldi Und er hat sie nun, da er mit
den schweren Titeln kam, mit den reichen Goldsä=
cken, von Herzogs Glanz geführt! Da bückte sich
die Liebe — Ha! und bückte sich unter, und der
tapfere Guelfo schwand aus ihrem Herzen. Ster=
ben will ich, ohne an Juliette zu denken, wenn er
nicht Deine Liebe wußte.

Guelfo. Mag er! er hat sich weh damit ge=
than, denn fordern will ich auch das von ihm im
Grimm. Himmel und Erde! wenn ich der Wonne
denk, in der ich schwebte, ihre Gestalt vor mir seh'
mit aller Glorie der Schönheit! Grimaldi, das
war ein Leben! das waren Zückungen! — Ich
kann Dich versichern, ich allein kann das Weib an
ihr finden, das an ihr ist, das Weib des tapfern
Ritters, dem sie Siegskronen mit Liebe windet,
kömmt er vom Feinde. Ihm ist sie nichts. Ich
konnte den Schleyer heben, und im Heiligthum der
innern Schönheit ihrer Seele lesen. Ha! wie ich
einst nach der Schlacht ihrem Schloße zujagte —
mit Blut der Feinde bespritzt! Sie lächelte himm=
lisch von dem Balkon herunter, warf mir ein weisses
Tuch zu, rief: Ritter, wisch das Blut weg! Du
schreckst meine Gespielen. Und ich thats mit dem
Tuch, legte es auf mein Herz — siehst Du's! hier
heilte es, und that gut.

Gri=

Grimaldi. Und das Weib hat er?

Guelfo. Und das Weib hat er!

Grimaldi. Vor Deinen Augen seine Seligkeit, vor Deinen Augen die herrliche Gestalt, vor Deinen Augen den Himmel! Hölle in mir und Dir! — Bruder, laß uns Einsiedler werden, laß uns der Welt absagen, und uns treu sterben! — Wie kann ichs, wie kannst Du's ansehen? Eine härne Kutte wär des armen Grimaldis Sache.

Guelfo. Guelfo, eine stählerne Keule zu zerbrechen damit das Haupt —

Grimaldi. Gebähr den Gedanken nicht! Ha! dort kommen sie gefahren!

Guelfo. Will kein Donner nieder? will kein Donner nieder, die springenden bäumenden Hengste zu lähmen? Ha! wie die Pferde ausgreifen! was das hebt! Sieh' den Herrn im rothen Kleide mit Gold, wie Herzoglich prächtig! Will kein Donner nieder? Siehst Du sie? o Grimaldi! im weißen Kleide! Sie sieht heraus, streckt ihre Hand heraus, und wirft dem Bettler was zu — die Chaise wendt wieder — der Stern auf seiner Brust, wie er blinkt! Sie! — Teufel! Teufel!

Grimaldi. (unverwandt zum Fenster hinaus.) Wirfst Du Seiffenblase hinaus? Sie zerplatzen, eh' sie niederkommen, armer Narr!

Guelfo. Grimaldi! Grimaldi! Laß mich was thun! Ich will eine Pistole losschiessen — ich muß so was hören! Mein Herz heischts!

Grimaldi. In die Luft doch?

Guelfo.

Guelfo. Heyda! — Wart! nach der Wasser=
seite. (schießt zum andern Fenster hinaus.) Hi! hi!

Grimaldi. Rasch in Hof! Eins, zwey —
sechs Diener nur — Vier Laufer nur — Zwey
Heyducken nur — Es ist wenig, und genug für
einen Herzog.

Guelfo. (kniet nieder, spricht in sich, und springt
auf.) Ausgesprochen, und geschehn! Fest in mei=
nem Blut sitzts! Saußts an den Wänden her, und
gräußelt sichs in der Luft! Bey Guelfos Herz! es
soll nicht zergehen, wie Grimaldis Seifenblasen.

Grimaldi. Was treibst Du hinter mir?

Guelfo. Frag nicht! Was ich thu, thu ich!

Grimaldi. Sie steigen aus. — — Vater!
Mutter! —

Guelfo. Kost ihn, liebt ihn, springt um ihn
herum! So! Drückt ihn noch fester aus Herz und
weint! Fluch mir! Fluch mir! Bey der Geburt
bestohlen! Nun dann, bettelarm heute! Brav,
Ferdinando! Wollte Gott, du machtest deine Sache
anders; aber so — wieder? hu!

Grimaldi. Das ist närrisch. Sieh, dort
im Teich, wie der Mensch den Fisch angelt. Er
zuckt sehr, zuckt sich los, fällt aufs Ufer, er hascht
ihn —

Guelfo. Und er küßt sie! Ha! vor meinen
Augen! denk! vor meinen Augen! saß so lang bey
ihr, hat sie so lang, wird sie haben, und vor
meinen Augen! — Grimaldi, will er mich um=
bringen?

Grimaldi. Wie der Kerl den Fisch zappeln ließ! Pfuy!

Guelfo. Und wie ich zapple! Mit den Küssen angeln sie meine Seele, und ich blute. Kamilla! Kamilla! Ich häng' an der Angel, zucke mich zu todt! Sie sieht nach ihm, und Liebe zittert auf ihren Lippen — sieht herauf — was denn? Kamilla! was denn? O weh mir!

Grimaldi. Sie kommen herauf. — Willst Du sie erwarten?

Guelfo. An der Angel den Tod zu zappeln?

(Beide ab.)

Zweyter Auftritt.

Guelfo Vater, Amalia, Ferdinando, Kamilla.

Ferdinando. Nun ist mir ganz wohl, da ich wieder hier im Hause des Vaters bin. Mich kam eine wunderbare Empfindung an, da ich so den Hegwald herunter fuhr. Aber, da ich in Guelfos Hause bin, jedes Bildchen seh, jeden Gegenstand erkenne, des Vaters Liebe fühl', ist mir ganz leicht.

Kamilla. Du hast mich sehr erschreckt, lieber Ferdinando. Du wardst so bleich — Guelfo, er saß auf einmal so still, und zitterte, ich konnt' ihn kaum zu sich bringen. Komm, Ferdinando! Deine Stirne ist noch heiß — er schwitzte Angstschweiß, Vater! — Lieber Ferdinando!

Ama=

Amalia. Sohn! Lieber! Mach mir nicht Angſt!

Guelfo Vater. Es kömmt vom Fahren. Es iſt heute ſehr heiß geweſen.

Kamilla. Nein! Ihm fehlt etwas.

Ferdinando. Es iſt nun wieder vorüber. Es iſt närriſch! Kamilla, ich wollte Dirs nicht gleich ſagen, aber jetzt lach' ich ſelbſt darüber. Guelfo, als wir an die Eichen kamen, ſah ich in der Ferne meine Geſtalt aufſteigen, daß ich mich kannte. Und wildes Geräuſch ſchreckte mein Ohr.

Amalia Deine Geſtalt, Ferdinando!

Ferdinando Lebendig! Meine Sinne können mich betrogen haben, ich vergeß' es ſchon wieder.

Guelfo. Einbildung, Ferdinando! nichts als Einbildung!

Ferdinando. So nehm' ichs auch. Mir iſts nur leid, daß ich meine Kamilla erſchreckte. Es iſt vorüber und war vorüber, da Du mir mit der Hand über die Stirne fuhrſt, und rieffſt. Ich wachte auf, wie aus einem Schrecktraum, und ſchien mir in Himmel über zu gehen. Nun, Vater, nicht ſo ernſthaft! Küſſen Sie Ihren Sohn noch einmal! meine Mutter! Laßt mich glücklich ſeyn! Alles will ichs machen, und alles wird michs machen. Meine Kamilla hat Ihnen ihr Herz geſchenkt, da ſie mirs gab, und ihr Blick giebt Ihnen die Verſicherung. O wir werden ein Leben führen ――――

Amalia. Mein lieber Ferdinando! ― Ja, wir werden nun recht freudig ſeyn zuſammen.

Fer=

Ferdinando. O Mutter, Sie sinds! Diese wenige Worte — sehen Sie mich fort so an!

Guelfo Vater. Ruh aus, mein Sohn, Du überläßt Dich zu sehr dem Gefühl! Ruh aus!

Kamilla. Ich zehlte alle Stunden, fragte jeden Augenblick: Wie weit sind wir noch, Ferdinando? so begierig war ich, den alten Guelfo wieder einmal zu sehen, und meines Ferdinandos Mutter. Und Ferdinando war gütig, erzehlte mir viel von Ihnen, von der herrlichen Gegend, und alles find ich so. Es ist ein lieblicher Sitz, sagt' er, beym Vater. Und gewiß ist's ein lieblicher Sitz. Eine Gegend, so schön, als eine in Italien. O, so der Tiber hinunter zu sehen, von der Sonne verguldet, den süßen Gesang der Vögel — und den Guelfo, die Mutter, meinen Ferdinando — Guelfo, wir wollen der Liebe und Freude leben! (küßt der Alten Hände, Amalia küßt sie.)

Guelfo Vater. Sie machen mich mein Alter vergessen. Alles vergnügt, verjüngt mich, was ich seh und hör. Ihr Kinder bestürmt des alten Guelfos Herz mit zu viel Liebe; er ist ihrer so wenig gewohnt, daß es ihm Traum scheint. Zwar, wenn Ferdinando da ist, da leb ich immer so in Taumel. Denn Ferdinando weiß mit Liebe des Alten Herz warm zu halten. Ferdinando! Ferdinando! gepriesen sey Gott, daß ich Dich wieder einmal in meinen Armen halten kann, daß ich die Wonne fühle, das treue Kind fest an mich zu drücken! Laß Dich recht drücken, Guelfos Zierde!

Ferdinando. Mich nicht allein, mein Vater.

Guelfo.

Guelfo Vater. Ha! Dich allein! Dich allein! Bist Du's nicht allein, der dem Vater gütlich thut? der des Vater Wohlthat ist? der des Guelfo Haus erhebt, daß die Feinde für Neid vergehen? Ja! sie werden sich verzehren in Marter, unser Haus so mächtig zu sehn. Ferdinando, Segen über Dich, daß Du hoch empor wachsest im Lande! Kamilla, seyn Sie nicht so bewegt! Ruhen Sie! wir wollen Euch zusehen; Ihr seyd müd', und ich möcht' euch zusammen sitzen sehn.

Amalia. Guelfo, vergiß nicht, ich bitte dich! (ab.)

Guelfo Vater. Ferdinando, wärst Du nicht, ich legte mich hin, und stürbe, denn Guelfo wird sehr geärgert in seinen alten Tagen. Aber nun will ich leben; meine grauen Haare sollen sich weiß färben, und meine Jahre hochsteigen, von Dir geleitet. Ich muß es erleben, was aus meinem Ferdinando wird. Jüngst war so ein Hofschranze hier, der erzählte Wunderdinge, und mochte ihn wohl heimlich hetzen, was man aus Dir so große Dinge machte. — Wie schon alle große Häuser aufmerksam würden — daß Du des Herzogs rechter Arm wärst. Ha! dacht' ich bey mir — seht nur auf Guelfos Stamm — er soll bald Herzog seyn.

Ferdinando. Gnügsamkeit! Nicht zu hochgespannt, Vater, daß die Sehne nicht springt! Es ist noch Zeit genug. Und ich könnte tiefer fallen, je höher.

Guelfo Vater. Das wollt ich sehen, ich! Was Gnügsamkeit? Man muß steigen so hoch man kann!

kann! war immer mein Denken. Und da ich mich
so weit im Gleichgewicht hielt, Euch so weit vor=
gearbeitet hab — Also red' mir nicht!

Kamilla. Werden Sie nicht zu ernsthaft.

Guelfo Vater. Verzeihen Sie mir!

Kamilla. Nicht doch, Vater! Reden Sie was
Sie wollen, was Ihnen gut thut.

Guelfo Vater. Das ist freundlich, Tochter!
Gott erhalt Dich mir!

Ferdinando. Wo ist denn mein Bruder? Ich
seh' lang nach ihm. Wo ist er?

Kamilla. Ich dachte, er würde der erste
seyn, der uns entgegen käme.

Guelfo Vater. Ja doch, er! Ich seh' ihn
manchmal in einem Monat nicht, den wilden Guel=
fo. Ferdinando, er wird immer unbändiger, stol=
zer. Rachgierig ist er, stößt mich und seine Mutter
ins Grab, im blinden Zorn. Er brennt wie Feuer,
wenn wir ihn berühren. Ich bin zu alt, den Sohn
Guelfo zu bändigen. Ich muß zittern vor ihm.
Heute hab' ich ihn einmal wieder gesehen, und fast
brach er mir das Herz. Er liegt immer im Walde,
badet seine Hände in der armen Thiere Blut.
Kömmt er einmal, vergräbt er sich, und weh, der
sich ihm naht!

Ferdinando. Vater, ich sagte immer, man
muß Guelfo mit Liebe und Nachgeben begegnen,
will man ihn gut haben.

Guelfo Vater. Und thu ich's nicht? und
muß ich's thun, ich sein Vater? doch thu ich's,
halt ihn sanft, wie Du Deine Braut. Meine
Ama=

Amalia thuts auch.   Ich fürcht', unser streicheln macht den Wilden unbändiger.

Kamilla. Der Ritter hat ein edles Herz.

Ferdinando. Das hat er, Kamilla.   Vater, lassen Sie ihm seine Unbändigkeit, all sein Wesen; wenns Krieg giebt, brauf't er aus.   Ich will ihn mit meiner Liebe zwingen, mir hold zu seyn.

Guelfo Vater. Ich kenn' ihn auch, und mag nicht reden.   Ich wollte, mein Herz hieng nicht so an ihm.

Kamilla. Es muß an ihm hängen, der Ritter verdients.

Ferdinando. Er ist die Zierde Ihres Hauses, ein Schrecken der Feinde.

Guelfo Vater. Das ist wahr.   Nun — wir wollen ihn mild zu machen suchen.   Kamilla hat eine liebliche Stimme, und singt in die Laute.   Wir wollen täglich harmonische Musik machen, und ihn zähmen.   Ich wollt', er hieng dem Grimaldi nicht so an, der macht ihn traurig dazu mit seiner Melancholie; das verdirbt ihn völlig.   Grimaldi ist ein düstrer Mensch, der Nachts im Feld läuft, bey Sturm und Wind, und zu den Sternen ruft. Der Kirchhof soll sein liebster Aufenthalt seyn.   Ich selbst fand ihn einstens durch die öde Nacht weinen, daß ich erschrack.   Das ist Guelfos Gesellschaft.

Drit=

Dritter Auftritt.

Grimaldi (tritt auf.) Die Vorigen.

Ferdinando. O des traurigen Grimaldi! Willkommen Vetter!

Grimaldi. O des freudigen Ferdinando! Guten Tag denn allen freudigen Seelen, und mir alle ihre Traurigkeit!

Ferdinando. Ich dachte gewiß, ich würde Sie heiterer finden.

Grimaldi. (legt die Hand aufs Herz.)

Ferdinando. Sie sehen noch verstörter und trauriger. Armer Grimaldi, Sie blühten lieblich. — Ich wollte, Sie hieltens wieder mit dem guten Gefühl.

Grimaldi. Und ich wollte, Sie wären nicht so lustig. Wahrhaftig, ich bin so hin, das Lächeln eines Menschen kann mich beleidigen. Ich kann oft meinen Hund nicht ausstehen, wenn er freudig um mich springt.

Ferdinando. Winden Sie sich los.

Grimaldi. Still, Vetter! Das ist Ihre Braut! O eine liebe Braut! (küßt ihr die Hand.)

Ferdinando. Wünschen Sie mir nicht Glück?

Kamilla. (zu Grimaldi.) Ich wollt' ich brächt Ihnen Freude mit!

Grimaldi. O, gütig! himmlisch! — Ich wollte — armes Herz!

Ferdinando. Was ist Ihnen?

Gri⸗

Grimaldi. Nichts! nichts, als daß ich kein Wort reden kann! Gnädige Gräfinn, Sie scheinen keine Tochter der Erde zu seyn. — Sie haben Ihre Sanftmuth, und — Gott sey Dank! Sie haben einen melancholischen Zug über dem Auge, der mir wohl thut.

Guelfo Vater. He, Grimaldi! wollen Sie uns alle anstecken?

Grimaldi. Guten Tag, Vater! ich sah Sie kaum. Behüte mich! Ich will Euch Eure Freude lassen; ich wollt', ich könnte Euch meine vorige dazu geben! Aber Guelfo, die Gräfinn! (steht gen Himmel.) und dort wohnt eine, und hier wohnt sie! (die Hand aufs Herz.) Gräfinn Kamilla, Sie haben — o dieser Zug, der sich so sanft, so weich hebend in die Lippen verliert. — Und die labende Oefnung des Mundes — dieses himmlische reine Auge — dieses süße Wallen — das haben Sie, ja! Sie habens von ihr.

Kamilla. Mein Herr!

Ferdinando. Sie schwärmen wieder, Grimaldi! Kommen Sie doch zu sich.

Guelfo Vater. (dazwischen vor sich.) Er meynt meine Tochter, und hat Recht. (wischt sich die Augen.)

Grimaldi. Versteht kein Mensch den Leidenden? — Ich will gehn, Ferdinando! und Sie nicht weiter stören. Vater, vergönnen Sie mir ein Plätzchen im Hause, mit dem Ritter; ich mach Ihnen denn bald Raum.

Ka

Kamilla. Bleiben Sie bey uns! Ich hab' so viel Gutes von Ihnen gehört; ich wünschte, Sie söhnten sich mit der Welt aus.

Grimaldi. Nicht doch! nicht doch! Ich und die Welt haben gebrochen, und so gebrochen, daß mein Herz mit brach.

Guelfo Vater. Wo ist der Ritter?

Grimaldi. Seine Mutter ist bey ihm.

Guelfo Vater. Dacht' ichs doch, als Sie wegschlich! Grimaldi hat uns alle Freude verdor=ben. Hängt die Köpfe nicht so! Gleicht Ihr doch alle dem Schwärmer!

Ferdinando. Ich möchte alle vergnügt sehen, und ich weiß nicht, ich hab' heute selbst einen Hang zur Schwermuth.

Grimaldi. O Ferdinando! sagen Sie das nicht.

Guelfo Vater. Morgen soll Hochzeit seyn — Sind das Hochzeitgesichter? Kommt zu Tische! — Grimaldi, seyn Sie munter, oder bleiben Sie weg.

Grimaldi. Das letzte, Guelfo! das letzte!

Ferdinando. Nein, kommen Sie!

(Guelfo Vater, Kamilla, und Ferdinando ab.)

Grimaldi. (allein.) Armer! armer Guelfo! Deine Prüfung ist hart! Armer, ärmer Grimaldi! Du hast viel von ihr gesehen. O, meine Juliette! meine Juliette, laß mich nicht so lange! nimm mich bald! — Und saß ich nicht hier bey dir? Kamst du nicht an einem schönen Frühlingsmorgen hier herein, erschrocken, und ich hatte dich in meinen Armen, und du sagtest: Lieber Grimaldi! Und ich sagte:

sagte: Liebe Juliette, was ist Ihnen? Du sagtest, ein Kind sey in Hof gefallen, das habe dich erschreckt. — Ich lief, und holte das Kind, und verband's; und ich bekam einen Kuß der Liebe. Ja, meine Juliette! Hier wars, wo ich der Liebe weinte! hier ist's, wo ich der Liebe sterbe. Ha! und war's nicht hier, wo dein Ferdinando sagte, unsre Liebe gelte nichts? Sagt' er so? Nein! Du solltest den reichen Grafen heyrathen! so sagt' er. Aber mein Herz sagte: Juliette wird's nicht thun! Sie that's auch nicht, und vermählte sich mit dem Tode. Ferdinando! Weg! Ich muß Rache denken, und mag keine denken. O Juliette! Juliette! — (geht ab.)

Vierter Auftritt.

(Das Zimmer des ersten Aufzuges.)

Kamilla, Guelfo Sohn.

Guelfo Sohn. (vor der Thür.) Ich muß sie sehen, muß sie allein sehen. (tritt herein.)

Kamilla. Ritter Guelfo, noch einmal willkommen, so finster Sie mich auch vorhin ansahen, als Sie bey uns vorbey eilten, und sich kaum halten liessen. — Was machen Sie?

Guelfo Sohn. (kniet sich.) Legen Sie Ihre willkommne Hand auf mein Haupt, und den Liebessegen! Ich steh nicht auf, Kamilla.

Kamilla. Ritter!

D   Guelfo.

Guelfo Sohn. Wenden Sie sich nicht von mir. O Kamilla! Kamilla! diesen Trost dem verfluchten, beraubten Guelfo! Sehen Sie mich an! Mit Einem Blick von der Marter mich loszuwinden, wie wenig kostet das!

Kamilla. Guelfo, was ist Ihnen? Sie seh'n verstört —

Guelfo Sohn. Mir ist nichts, gar nichts. Und wenn ich diese Hand habe, und wenn ich diese liebe Hand auf mein geängstetes Herz lege, gar nichts! Willkommen, meine Schwester! Tausendmal willkommen, meine Schwester! Meiner Liebe willkommen, meine Kamilla! O, so schwebe vor mir! So mache mich lebendig! — Willkommen meine Schwester!

Kamilla. Sehr willkommen, Ritter. Ich bitte Sie, sehn Sie anders. Kommen Sie, erzählen Sie mir etwas. Ich habe Sie so lange nicht gesehen, und gewiß, ich verlangte nach Ihnen.

Guelfo Sohn. Ich möchte das glauben, und mit diesem Glauben mich gegen die Feinde stellen! — Ist's so, meine Schwester?

Kamilla. Gewiß! Da ich Sie das letztemal sah, machten Sie mir viele Sorgen.

Guelfo. Guelfo, hörst du das? Und es rief mir eine Stimme zu: Habe keinen Glauben! und es rief mir abermal eine Stimme zu, habe keinen Glauben. Denn wenn du das glaubst — — Guelfo, wo bist du? — Nun Kamilla, wie mir ist? — Ich kann Ihnen sagen, Kamilla — aber was

ich

ich sagen kann — Kamilla, sehen Sie mich an —
und was ich sagen könnte —

Kamilla. Lassen Sie mich los!

Guelfo Sohn. Nicht, Kamilla und meine
Schwester! Ich soll Ihnen ja erzählen. Und, Ka=
milla, wenn ich diese weisse Hand habe, und wenn
ich diese Adern so blau sich schlängeln seh, diese
Pulsschläge lausche, und Ihnen ins Gesicht seh,
werd ich Ihnen viel erzählen können. Aber, da ich=
so gar wenig reden kann, doch so viel zu reden has
be — das letztemal, da ich Sie sah, war mir
freylich wunderlich. Denn, wenn ich mich noch
recht besinne, schickten Sie mir Balsam für meine
aufzerißnen Hände, die ich kriegte, als die Pferde
scheu wurden, und mit meiner Kamilla davon ren=
nen wollten, das mir denn sehr ungerecht schien.
Ich fiel ihnen aber auch brav dafür in die Mähne,
und hielt sie, daß sie stunden, wie Lämmer.

Kamilla. Nein, damals war's nicht. Sie
sind irre. Das letztemal sah ich Sie, als mein
Ferdinando kam.

Guelfo Sohn. Ihr Ferdinando? — Ja
doch! — Ich ritt' nach, ohn' es zu wissen, daß
Ihr Ferdinando da war. Wie ich nun kam, und
alles nur Ferdinando schien, alles um Ferdinando
schwebte — Heyda! seyn Sie doch lustig! Ich
weiß nicht, was das für ein Gespräch ist, das wir
zusammen führen. Ich sah Sie noch nicht einmal
lächeln, und Sie stehlen einem doch das Herz weg,
wenn Sie lächeln. Ich bin sehr lustig, lache mehr
als ich weine. Mich wundert nur, daß niemand

mit mir lachen will. Ha, ha, ha! daß Sie nun
da sind! Ha, ha, ha, daß ich Sie habe, diese
Hand habe, diese liebe Kamilla habe, und alles
mich neidet! Ha, ha, ha! Lachen Sie doch!

Kamilla. Sie sind fürchterlich mit Ihrem
Lachen.

Guelfo Sohn. Das weiß ich längst. Sie
wollen nicht einmal mit mir lachen? Nicht ein Lächeln? Thun Sie's doch! Zwingen Sie sich ein
wenig! Eines Kranken willen! Das Lachen soll ja
so Sympathetisch seyn, daß gleich alle lachen, wenn
einer lacht. Noch nicht, meine Kamilla?

Kamilla. Ja, Sie sind wirklich krank. Lassen Sie mich.

Guelfo Sohn. Sie stoßen den Kranken weg!
Und wenn ich denn krank bin, einen Trost, meine
Kamilla! Ich sah Sie wohl weinen und besorgt
seyn, um eine Ihrer Kammerfräulein, die plötzlich
krank ward; ja, Sie warteten und pflegten sie.
Ich will nur ein gutes Wörtchen. — Mir ziehen
Sie unbarmherzig Ihre seidne Hand zurück, und
wenn ich Sie mit meinen Fingerspitzen berühre, flie-
hen doch alle Krankheiten, und ich steh da, als
wär' ich zur Unsterblichkeit geboren. — Wie, meine
Kamilla?

Kamilla. Ihre Krankheit ist von einer Art —
ich will Ihren Bruder rufen.

Guelfo Sohn. Ist er eifersüchtig? Ist ers?
und ich will ihm — Nu, meinetwegen! rufen Sie
Ihrem Ferdinando! Vernichtet habt Ihr mich doch
alle! — Was willst du Guelfo? (schlägt sich vor
die

die Stirne.) Ist er nicht da? Ist der Bräutigam
noch nicht da?

Kamilla. Seyn Sie gut, Ritter! seyn Sie
sanft! Sie begegnen Ihrem Bruder hart. Er
weinte bitterlich, da Sie seine Hand wegstiessen, und
fiel schluchzend dem alten Guelfo in die Arme.

Guelfo Sohn. Das kann er, weinen kann
er! Und er weint sich damit sehr viel. Seine Thrä=
nen — Ha! wenn ich meine Thränen so verkaufen
könnte, wenn ich sie so verkaufen möchte — Also,
er weinte, und da? —

Kamilla. Ich bitte Sie um Gottes willen,
seyn Sie anders! Ich muß den Augenblick weg,
wenn Sie Mann sind.

Guelfo Sohn. Ha! was ruft? Was wallt
in diesen zarten Adern auf? Was schreyt diese
Stimme, die sonst so weich und harmonisch klang?
Kamilla, Verzeihung! Ich beuge meine Kniee vor
Dir, dem ersten Weib' auf Erden — Verzeihung!
Hast Du sie gewährt, so blick' noch einmal auf
mich, der ich im Staube zertreten bin — ich gehe.

Kamilla. Stehn Sie auf! Wir können uns
ohnmöglich so wiedersehen, das ich doch wollte.

Guelfo Sohn. Das war Kamilla! Da ent=
quillt ihren Lippen Erquickung, daß sich Ritter Gu=
elfo aufrichten kann! O, Kamilla kann einen aus
Todesschlaf wecken, kann einen umwenden, mit ei=
nem Blick! Nun ist mir doch gar wohl.

Kamilla. Und Thränen im Auge?

Guelfo Sohn. Sehen Sie das? Pfuy,
Guelfo! sey Mann! folg den Bescheid!

Kamilla. Kommen Sie ans Fenster! Es ist prächtig Abendroth; die Sonne geht herrlich unter. Freuen Sie sich doch mit mir!

Guelfo Sohn. Die letzten Sonnenstrahlen durch die Bäume her — Ich möchte mich in die Feuerhelle dort schwingen, auf jenen Wolken reiten mit vergoldetem Saume! — Kamilla! (faßt sie an der Hand.) Ach! und ich bin wieder so hin — ich möchte diese Feuerwolken zusammenpacken, Sturm und Wetter erregen, und mich zerschmettert in den Abgrund stürzen! Kamilla! Kamilla! Kamilla! (umarmt sie.)

Kamilla. Guelfo! Guelfo! lassen Sie mich! He da! (nach der Thür.)

Guelfo Sohn. Wie denn? warum denn?

Fünfter Auftritt.

Ferdinando, die Vorigen.

Ferdinando. Wie, mein lieber Bruder?

Guelfo Sohn. He, was?

Ferdinando. Erschrocken, Kamilla? was ists?

Kamilla. Nichts, Lieber, gar nichts! (ab.)

Guelfo Sohn. Glaub' ihr nicht! Ich umarmte sie — da stehen meine Küsse. Und sie wandt sich los und schrie. Wurmt Dirs? Du siehst roth auf einmal — —

Ferdinando. Nicht doch! Red freundlich mit Deinem Bruder! Gieb meiner Liebe Raum!

Guelfo

Guelfo Sohn. Noch einmal, ich umarmte sie. Verstehst Du mich? Und diese Umarmung, Ferdinando, wie Du sehen sollst — diese Umarmung, wer was dagegen hat — Verstehst Du mich!

Ferdinando. Umarme sie mehr, Bruder!

Guelfo Sohn. In Deiner Gegenwart? Wenn sie mir um den Hals fiel, wenn mirs durch die Seele bebte, das gute Geschöpf in meinen Armen zu haben, wollt' ich doch nicht! Nicht, weil sie Deine Braut ist, sondern, weil ich nicht will!

Ferdinando Sprich anders, lieber Guelfo!

Guelfo Sohn. Wer ist der, welcher Guelfo lehren will, wie er sprechen soll? Guelfo hat ausgelernt.

Ferdinando. Will ich das, Guelfo? Ich will nur, Du sollst reden, wie man mit seinem Bruder spricht.

Guelfo Sohn. Und ich will, Du sollst gehen!

Ferdinando. Laß mich meinen Bruder in Dir wieder finden.

Guelfo Sohn. Mensch, geh!

Ferdinando. Wenn ich Dir verhaßt bin, wenn ich muß — Bruder, reit morgen früh mit mir aus; ich hab' Dir viel zu sagen.

Guelfo Sohn. Und ich wenig. Ritter Guelfo kann nichts vorhersagen, was er thun will.

Ferdinando. Lieber Bruder!

Guelfo

Guelfo Sohn. Was beliebt? (gehen von verschiedenen Seiten ab.)

Ende des zweyten Aufzugs.

Dritter Aufzug.

(Es ist Sturm, und Nacht.)

Erster Auftritt.

Grimaldi (schläft auf einem Sopha) **Guelfo Sohn** (tritt auf, ein Licht in der Hand.)

Guelfo Sohn.

Ha! verfolgt mich alles? Alle Dämonen und alle Gespenster der Nacht? Mein böser Geist hängt mir auf dem Nacken, er läßt mich nicht, stirrt mich aus allen Winkeln an. Blas' zu! vergift mir jedes Fäserchen meines Herzens! Wühl' giftig in meinem Blut. Hu! was martert dem Guelfo? wen will Guelfo martern? Die Glocke ruft dumpf, der Sturm saußt über der Tiber. Eine schöne Nacht! — Ferdinando, gieb das Weib! Ferdinando, gieb die Erstgeburt! — Wer schläft um mich, und ich will ihm den Schlaf von den Augen stehlen? He, Grimaldi! Kannst Du so süß schlafen?

fen? Grimaldi! Grimaldi! gieb mir auch Schlaf! (reißt ihn.)

Grimaldi. Ha! — ha! —

Guelfo Sohn. Gieb mir was von dem Schlaf, Du Liebling des Schlafgotts! Theil' den Schlaf mit mir, Grimaldi! mit Deinem Guelfo, der Dir alles giebt! Nur ein kleines Mohnkörnchen Schlaf! — Gott, daß ich bis Morgen ausdaure! Der arme Guelfo wird sehr verfolgt, und gejagt! Grimaldi! schlaf — schlaf nicht! — Grimaldi! gieb mir Schlaf!

Grimaldi. Ach!

Guelfo Sohn. Gieb mir Schlaf, oder ich erwürge Dich, und hasch' den Schlaf im Fluge von Deinen Augen!

Grimaldi. Laß mich! ich schlafe kalten Todesschlaf. — — Bist Du's, Bruder?

Guelfo Sohn. Laß das Wort weg! Wisch' es ewig, ewig aus der Sprache der Lebendigen! Nenn mich anders, soll ich antworten.

Grimaldi. Bist Du's, Guelfo?

Guelfo Sohn. Freundlicher Grimaldi, Du machst mich wieder gut. Wer anders als Guelfo wird zur Stunde der Mitternacht herumgetrieben?

Grimaldi. Guelfo! so lange Zeit, der erste Schlummer, und der war fürchterlich!

Guelfo Sohn. Murr' nicht! Schlaf kriegst Du wieder, aber Deinen Guelfo nicht.

Grimaldi. Sieh nicht so schrecklich! Was braußt?

Guelfo Sohn. Ha, Schläfer? Hörst Du nicht, wie lieblich die Natur mit Guelfo dahin brauſt? O ich hab' sie immer geliebt, dafür wütet sie jetzt dankbarlich mit mir. Habe Dank, gütige Mutter! Du biſt allein mir Vater und Mutter, und — Ferdinando! Laß mich die Sonne nie wieder ſehen! Schwarze donnerſchwangre Wolken hängen über der Erde, bis ich fertig bin.

Grimaldi. Setz Dich her, Guelfo! Du haſt einen böſen Tag gehabt, und ich hatt' ihrer viele. Uns wirft das Unglück zuſammen, und kettet uns feſt an. Wir wollen uns näher rücken. Das Leiden iſt ein feſtes Band; das iſt Freundſchaft, derer ich achte. Wo kömmſt Du jetzt her, Guelfo?

Guelfo Sohn. Grimaldi! wenn Deine Sinne nicht zerriſſen werden, wie meine, wenn Du mir nicht den tobenden Sturm unterbrüllen hilfſt — Grimaldi! ich muß! ich muß! Das Schickſal sprachs aus, ich muß! Blutig ſchwingt der Todesengel das würgende Schwerd über mich, und berührt meine Seele! Entschluß iſt da! Vollbringen iſt da! Alle gute Geiſter hüllen ihr Haupt ein, und weinten eine Zähre über den verdammten Guelfo. Ich muß! — Grimaldi! wenn ich nicht müßte — Im Sturm ſaußen böſe Geiſter: Guelfo, Du mußt!

Grimaldi. Was denn, Guelfo? Um Gottes willen! Laß mich ſterben.

Guelfo Sohn. Grimaldi ſoll nicht ſterben. Wenn Du mir ſtürb'ſt, Grimaldi, ſollſt Du dort Juliette nicht ſehen.

Gri,

Grimaldi. Behüte, Guelfo! — — So red' doch!

Guelfo Sohn. Ich hab' nichts, als ein bischen Wuth. Sieh, wie ausgestoßen Guelfo da steht! Grimaldi! Morgen Abend ist Hochzeit; ich soll der Knabe seyn, der die Fackel trägt — Hymen! Hymen! Auch ich rufe: Hymen! Ich will euch ein Hymen posaunen, daß Todte sich umwenden — das die Sonne nicht mehr wage, mit Heiterkeit aus ihren goldnen Gezelt zu schauen! Denn Guelfo wird ein blutiges Brautlied singen. Nicht so bleich, Grimaldi! Ich schwärme nur. Hörst Du ein Geheimniß? Ich hab' den Kontrakt erwischt, Ferdinando hat alles. Das Gut, das mir die fünfhundert Dukaten abwarf, noch an Rand geschrieben. Sag' das keinem Menschen, Grimaldi! Es macht dem alten Guelfo wenig Ehre; und der alte Guelfo, sagen die Leute, hält viel auf Ehre.

Grimaldi. Du hast nichts?

Guelfo Sohn. Nichts, nichts! Nicht so viel, daß ich mich vergiften könnte! Arm bin ich, wie ein Bettler! trug eben alle meine Baarschaft in die Tiber! —

Grimaldi. Nichts hast Du?

Guelfo Sohn. Ich las nichts weiter. Unten stund eine so kleine bettlerische Zahl, die er mir abgeben sollte, daß ich sie gar nicht wissen mochte. So stehts nun mit mir! Ich hatte den Abend noch ein Gezerr mit dem alten Guelfo, das alles entschied. Der reiche übermüthige Ferdinando wieß

mir,

mir, glaub' ich, die Thüre, wenn ich so fortführe:
der alte Guelfo stieß mich wirklich hinaus: Kamilla
hielt mich — Grimaldi! bey den Nachgeistern, die
diese Sturmwolken peitschen! Sie liebt mich! Sie
schlung ihre Hände um mich: „Guelfo! laß Dir
Sanftmuth zuhauchen!“ und ich brüllte: „Du
hauchst mir den Teufel mehr zu, so sanft und lieb
Du auch bist!“ Sie rissen mich weg, und der al=
te Guelfo gab mir mit meiner Lanze, die hinter der
Thür stund, einen Schlag, der mich noch schmerzt.
Ich schwieg, blickt' ihn an, und sah den Augen=
blick, daß er mein Vater nicht ist. Ein Vater,
Grimaldi! kann den heissen Guelfo nicht schlagen.
Aber, Alter! ich will auch unfreundlich hinein schla=
gen! — Rauf deine grauen Haare — Ha! noch
schmerzen mich meine Lenden. Und sie alle netzten
Ferdinando mit Thränen, schrien, als hätt' ich sie
an der Gurgel: „Einziger, rette uns!“ Merk'st
Du das Wort? Einziger! Wie viel darinnen liegt!
Das alles nun kam daher, weil ich einige Küsse
auf Kamillas Lippen drückte; die brannten den
Buben!

Grimaldi. Stoß mir Deinen Degen durch
die Brust! Ich mag's nicht aushören. — Was
blut'st Du?

Guelfo Sohn. Ich schmiß mit der Stirne
auf die Steine, indem sie mich hinaus warfen,
glaub' ich —

Grimaldi. Menschheit! Menschheit! Eine
feindliche Hand schüttelte den Loostopf, die Stim=
me schrie drein: Verflucht fall' es auf die Beyden!

Es

So fiel's auf uns, ausgeleert mit Haß. Wir beyde sind vernichtet, ohne Rettung und Trost. In diesem Augenblick überfällt mich Menschenhaß, daß meinen Gaumen nach ihnen gelüstet. Laß uns die Menschen anfallen, wenn das Aeltern thun! Laß sie uns zerreissen! Leg Deinen Degen weg, und schärf' Deine Zähne! Ha! ich werde wahnsinnig mit Dir über das Geschick.

Guelfo Sohn. Mord! Mord! und wenn ich's denke, stehen mir die Haare nicht. Grimaldi! rette mich vor meinem Geist! Rette! rette mich!

Grimaldi. Ermanne Dich! und, wenn ich sage, ermanne Dich! sag' ich nichts. Ich wälze mich Jahre im Leiden, und kann mich nicht aufrichten.

Guelfo Sohn. Rette mich vor meinem bösen Geist! Horch! Hörst Du nicht Trauermusik? Hörst Du kein Leichengeheul? Grimaldi! Ha! nichts? nichts? Hörst Du nicht Wehklagen? Ha!

Grimaldi. Dein Gehirn ist zerrüttet, armer Narr! Weh denen, die Dich so weit brachten!

Guelfo Sohn. Wenn das Getös nur vorüber wäre!

Grimaldi. Rache und Weh!

Guelfo Sohn. Horch!

Grimaldi. Ich halte Dich in meinen Armen, und will Dich retten. Guelfo! laß uns zusammen sitzen, und absterben, wie der Fisch, dem das Wasser abgeleitet ist. So ist's nun. Nicht zu seyn, Guelfo! nicht zu seyn mehr! in die öde Gruft gehüllt — Hier nicht mehr! Wir wollen über=

übergehen, und Deine Schwester wird uns empfangen mit Friedenskronen — Guelfo! über das Grab geht der Weg zu Julietten — Du giebst nicht acht.

Guelfo Sohn. Schwärme Du immer, Grimaldi! Mich deucht, man müsse sich rächen, und dann sterben. Rache ist Seligkeit, und geh' ich dann über, bin ich nicht zwiefach selig?

Grimaldi. Nachdem die Rache ist — auch zwiefach verdammt.

Guelfo Sohn. Hat nicht alles den Stachel zur Rache? Wenn Du den Wurm trittst, windet er sich unter Deiner Sohle, und sucht sich zu rächen. — Ich haß ihn von der Wiege; haß ihn von der Stunde, als seine Eitelkeit über mich hinaus wollte; ich haß ihn von seinem ersten Stammeln. Ha! Nannt' er mich nicht einst beym Spiel kleiner Guelfo! und ich schlug ihm vor die Stirne darüber! Siehst Du, wie das, was das Kind dachte, der Mann ausführte? Seine Kleider, die er trug, haßt' ich. Trug er einen Rock von der Farbe des meinigen, zerriß ich meinen. Weil die Jungens alle meinen festen Tritte giengen, wollt' ers auch nachmachen; aber ich zerarbeitete meine Kniee so lange, bis sie anders schritten, und die Kammeraden riefen: „Guelfo, du gehst anders!" Mich deucht manchmal, ich hasse Kamilla, weil ich sie an seinen Lippen hängen sah. Und wenn ich denk, Grimaldi! was das Leben ist; wie einer, der eine stark', vermögende Seele hat, tief bey der Erde liegt, und ein andrer mit einem schwachen, eitlen, schmeichlerischen

riſchen Geiſt über ihn hinaus ſchreitet, und hoch
ſitzt! Ich bin nun Guelfo — ein Menſch, der we=
gen ſeiner Thaten ſchrecklich unter Freunden und
Feinden iſt. Da iſt Ferdinando ein eitles, ſchwa=
ches, elendes, püppiſches Männchen, der von Em=
pfindſamkeit viel ſchwätzt — nichts als ein bischen
Mädchenſeele hat. — Denn ich weiß noch heute,
daß ihm ein Junge eine Puppe nahm, mit der er
ſpielte, ſie aus = und anputzte, wie ein kleines Dier=
chen. Er heulte wie ein Mädchen, und lief ſchluch=
zend zur Mutter. Und, an eben dieſem Tag zer=
ſchnitte mir einer aus Bosheit die Sehne meines Bo=
gens. Er hatte viele Jahre vor mir, doch faßt'
ich ihn, ſchmieß ihn den Hügel hinunter, wie ei=
nen Ballen. Glaub'ſt Du wohl, daß dieſer nämli=
che Ferdinando von der Abendluft krank wurde?
Und er iſt auf dem Weg, mit den mir geſtohlnen
Gütern, mit der mir geſtohlnen Braut, Herzog zu
werden! und ich bin auf dem Weg, ein Narr zu
werden, über alles das! Aber abbringen will ich ſie
ihm! er ſoll ſie hergeben, oder ſein Leben!

Grimaldi. Guelfo! ſey arm, ſey elend! Nur
mach, daß Du von dieſer Leidenſchaft loskommſt,
die Dich verzehrt.

Guelfo Sohn. Ha, Schwätzer! und haſt
Du Dich nicht aufgerieben? — Ich bitt' Dich,
ſteig auf den Balkon, gebeut dem Sturm, er ſoll
ſich legen. Faß' ihn an der Scheitel, und ruf:
„Was ſoll das, daß du wider meinen Willen die
Elemente erregſt, und Verderben anrichſt!“ Der
beleidigte Sturm wird fortbrauſen, Dich hageres
Ge=

Geripp nach der Tiber tragen, Dir seine Macht zu
erkennen geben, und gerächet fortsausen.

Grimaldi. Verflucht! Eine solche Leidenschaft
zu unterdrücken gebieten, die die größte Triebfeder
unsers Wesens ist — die alles aus uns herauswin=
det, was wir werden können! — Guelfo, versuch
alles! Dring ihn, er soll Dir Kamilla abtreten!

Guelfo Sohn. Grimaldi! Ich wollt' ihm
alles lassen, alle meine andre Begierden sollten
schweigen. Aber glaub'st Du wohl? — Ha! er
müßte der größte Schurke seyn! und er solls! Ich
schwör' Dir, er solls! Teufel und Hölle, er solls!
Zitterst Du? Und Du sollst ihm nach? Ist er mein
Bruder? Ist er — er soll.

Grimaldi. Denkst Du das, so ziehe Deinen
Degen, laß mich sterben.

Guelfo Sohn. Zum Teufel mit Dir! —
Horch!

Grimaldi. Leise Schritte und Seufzer durch
den Gang her.

Guelfo Sohn. Fort mit Dir! Mein böser
Geist kommt wieder. — Fort mit Dir! Ich will
niemand um mich sehen. Hinaus!

Grimaldi. Hörst Du nicht Wimmern?

Guelfo Sohn. Hinaus denn!

Grimaldi. Guelfo!

Guelfo Sohn. Bey meinem Zorn! Ich ver=
derbe Dich.

Grimaldi. Weh uns! weh allen! (Ab.)

Zwey=

Zweyter Auftritt.

Amalia (vor der Thür.) Guelfo Sohn.

Amalia. Mein Sohn, mein Guelfo, bist Du hier?

Guelfo Sohn. Ich bin hier— wollt, ich wäre nicht hier!

Amalia. (tritt herein, fällt ihm um den Hals.) O, mein Guelfo! ich kann nicht schlafen, ich kann nicht wachen. Laß mich mit Dir reden, laß mich um Dich seyn!

Guelfo Sohn. Mutter! Sie sind zu einer unglücklichen Stunde gekommen. O, es aus Deinem weichen Herzen zu drängen — Ich bitt' Sie, gehen Sie unsanft mit mir um!

Amalia. Was ist's, mein Guelfo?

Guelfo Sohn. Mutter! ich wollt', Sie wären nicht gekommen.

Amalia. Warum, Guelfo? O, ich suchte Dich herzlich auf! Unsre Kissen sind mit Thränen gebadet. Angst und Liebe trieb mich vom Lager auf. Ich schlich mich weg, mußte Dich sehen. An wessen Thür ich vorüber gieng, hört' ich Schluchzen und Weinen. Sohn! laß mich Dich zufrieden sehen, alles wird's dann. Guelfo! nimm mir die Angst vom Herzen.

Guelfo Sohn. Noch einmal, wär'st Du nicht gekommen — um Deinetwillen nicht! Guelfos Weib! kehren Sie zu ihm zurück, und werden Sie ruhig! Sie sind die Einzige auf dieser weiten Erde,

E

Erde, für die mein Herz etwas fühlt. Du wirst blutige Thränen weinen. Nein! Du sollst nicht! ich hoffe, nicht. Geh! geh von mir, wenn Du meine Mutter bist — Ha! ich beschwöre Dich! sieh nicht blaß und zerschlagen wie ein Nachtgeist! Ha, Mutter! und auch Ferdinandos Mutter!

Amalia. Deine arme geängstete Mutter, wie seine. Laß mich um Dich! Laß mich bey meinem Sohn! mein Guelfo wird mir freundlich die Angst vom Herzen nehmen, sich mit mir aussöhnen, wenn er mir zürnt. Du bist mein innig geliebter Sohn. Keine Mutter kann ihren Sohn mehr lieben, als ich meinen Guelfo. Gieb mir Deine Hand, sey gut! Wie wohl wird mir's dann seyn.

Guelfo Sohn. Schone meiner! Schone Deiner! — Ich bitt' Sie, wenns aus mir bricht — Blut wird aus Deinem Herzen strömen. Mutter, komm! ich will Dich wegschaffen, durch diesen Sturm tragen, daß Du Ruhe hast!

Amalia. Guelfo! was denkst Du? werd' ich nicht selig um Dich seyn, wenn Du mein Sohn bist? Weg von Dir? Von Ferdinando, mein Guelfo, denk anders. Ja, wenn Du sagtest, Du wolltest mein Guelfo nicht seyn, mich denn zum Grabe trügst, itzt noch), dann würdest Du mir einen Liebesdienst thun. Und Guelfo, das ist doch mein Schicksal, wenn Du nicht besser wirst. — Aber Du wirsts so weit nicht kommen lassen, Liebster!

Guelfo Sohn. (fällt nieder.) Mutter! noch einmal, schone meiner! schone Deiner! Du zer-

drückst

brückst mir das Herz mit dem Blick und den Reden, verwirrst meine Sinne.

Amalia. (kniet zu ihm.) Guelfo, ich knie zu Dir und flehe. Laß Dich die Mutter heilen! Ruh an der bangen Brust der Mutter, und hol' an ih= rem Herzen Ruh! Dein Herz wird stille seyn, und ruhig Deine Sinne.

Guelfo Sohn. Du endest diese Stunde mit mir. Komm'! — ich will Dich fragen; antwort mir treu!

Amalia. Das will ich. Der alte Guelfo trauert, Kamilla trauert, Ferdinando trauert.

Guelfo Sohn. Kamilla? Und wollt mich alle niederweinen? Kamilla soll nicht trauern, kei= ner soll trauern.

Amalia. Dein Vater rauft sich die grauen Haare über Dich. Er gieng hart mit mir um über Dich.

Guelfo Sohn. Laß Dichs nicht wundern, Mutter! Er kann nicht leiden, daß mir jemand gut sey.

Amalia. Nicht so, Guelfo! Er glaubt, ich stärke Dich im Zorn. Er meint's treu mit uns. Er bereuts, daß er Dir heut hart begegnet ist; er bereuts innig.

Guelfo Sohn. Mutter! hier, wo Du Deine Hand niederdrückst, schlug der alte Guelfo seinen Sohn, daß es noch schmerzt!

Amalia. Ich will meine Hand nicht nieder= drücken, Guelfo! will Dir sanft über den Schmerz streichen! Verzeih mirs!

E 2 **Guelfo**

Guelfo Sohn. Du legst glühende Kohlen auf meine Wunde.

Amalia. Ich will sie mit meinen Lippen kälten, und löschen. Der alte Guelfo thats ungern, ohne Vorsatz.

Guelfo Sohn. Ohne Vorsatz? Nein, nein! Er schlug als wollt' er mich in die Erde schlagen.

Amalia. Nicht doch! Sieh, Du schossest nach der Känze, und er fürchtete —

Guelfo Sohn. Was? Was?

Amalia. Deinen Zorn! — Guelfo! — es ist ihm leid.

Guelfo Sohn. Das solls nicht! Hätt' er mich zu Boden geschlagen, daß ich mich nicht wieder aufgericht hätte, dann wärs morgen Hochzeitfest, und ich brauchte nicht zu singen das Brautlied. Ich bin Euch allen ein Abscheu.

Amalia. Gott bewahr! Guelfo! gieb uns Frieden, gieb Dir Frieden.

Guelfo Sohn. Frieden sollt ihr haben — hab ich ihn!

Amalia. Auch die Schimmel sollst Du haben, sobald Ferdinando beym Herzog aufgefahren ist. Ferdinando hätt' Dir sie gleich gegeben, aber Guelfo wollte nicht.

Guelfo Sohn. Still, Mutter, oder ich renn' in Stall, und stech' sie nieder.

Amalia. Du wirsts nicht thun, wirst Deiner Mutter schonen.

Guelfo Sohn. Keines! Wie Ihr meiner schont!

Ama-

Amalia. Guelfo, ich schone Deiner, wie ich Deiner schonte, da ich Dich als schwachen Säugling an meine Brust drückte.

Guelfo Sohn. Mutter! Mutter! — Und jetzt gehen Sie!

Amalia. Du wirst mich nicht wegstoßen.

Guelfo Sohn. Nun Mutter, sag' mir! — sag mir! — Ha!

Amalia. Dein Aug' rollt fürchterlich. Ich will mich hinter Dich verstecken. Guelfo, berge mich für Deinem Blick.

Guelfo Sohn. Schau mich an, Guelfos Weib! Mach denn meiner Quaal auf Einmal ein Ende! Antwort mir treu!

Amalia. Wenn ich Dir helfen könnte! Eil! eil! zögre nicht! — Was stockst Du? — — Eil doch!

Guelfo Sohn. Weib! wer von Deinen Söhnen ist der Erstgeborne? — Erschrick nicht, oder Deine Furcht beantwortet meine Frage! Wo ist nun die Hülfe, die meine Mutter so schnell versprach? Antwort auf diese Frage, Mutter! Ich lasse Dich nicht weg, und erliegst Du unter der Angst! Wer ist der Erstgeborne von Deinen Söhnen?

Amalia. Ferdinando.

Guelfo Sohn. Mutter! Auch Du willst Guelfo durch Lügen betrügen? Mit dieser Lüge stirbt die Mutter aus meinem Herzen, mit dieser Lüge stirbt alles! — Werd nicht ohnmächtig! Und wenn Du ohnmächtig wirst, will ich Dich aufbrül-

E 3   len,

len, vom Tod auf! Halt Dich aufrecht! Ha denn!
Mutter, wer von uns beyden ist der Erstgeborne?

Amalia. Erbarme Dich mein! Erbarm Dich
unser aller, schrecklicher Würger!

Guelfo Sohn. Belügst Du Deinen Guelfo?

Amalia. Bey der Angst, die je eine Mutter
wegen ihres Kindes erlitten! ich lüge nicht.

Guelfo Sohn. Ferdinando wärs?

Amalia. Ferdinando ists!

Guelfo Sohn. Wie ich Dich ertappe, Weib!
und wie ich Dich ertapp' auf Deinen Lügen! —
Mutter, Sie hätten gehn sollen; nun ists zu spät;
— Und Sie meinen, ich wüßte den Betrug nicht?
Noch einmal, wer ist der Erstgeborne?

Amalia. Ferdinando!

Guelfo Sohn. Hör es Guelfo! Deine Mutter rief sich mit dem Namen aus Deinem Herzen.
Es ist Deine Mutter nicht. Ich straf meine Mutter keiner Lüge; Guelfos Weib log! Weg, was
Mutter heißt! Du bist Guelfos Weib! Werd' nicht
ohnmächtig, es hilft nichts! Du sollst mir sagen,
wie Ihrs machtet, um mich zu bestehlen.

Amalia. Guelfo! Guelfo! Die Angst bey
Deiner Geburt war so schrecklich nicht. Erwürgst
Du Deine Mutter?

Guelfo Sohn. Nein! Gott behüte mich für
allen Mord! Aber Sie müssen mirs sagen, wie er
der Erstgeborne geworden ist. Wir sind Zwillinge?

Amalia. Das seyd Ihr! Laß mich sterben!

Guelfo Sohn. So nicht! Ich will Dich
und Dein Leben fest in meinen Armen halten.   Ob
Du

Du mich schon halfst zu Grunde richten und klein
machen, da ich unvermögend war, will ich Dir
doch vergeben — Dir allein! denn der Tod schweb=
te um Dich.

Amalia. Du wirst besser.

Guelfo Sohn. Noch nicht, liebe Mutter!

Amalia. Nenn mich fort so! ich hab' Hoff=
nung.

Guelfo Sohn. O! wie glücklich ist das
Weib, so schnell überzugehen von Angst zur Freu=
de! — Es sieht auf meinem Gesicht vieleicht ganz
ruhig, ob's schon hier immer tiefer geht. Nun,
Mutter! Woran erkanntet Ihr, daß Ferdinando der
Erstgeborne ist?

Amalia. Ich weiß nicht. — Dein Vater sagt'
es. Guelfo der starke muß der zweyte seyn.

Guelfo Sohn. Sagen Sie das nicht. Sie
machten was Sie wollten. — Nun ists gut, daß
wir so weit sind. Beruhigen Sie sich, und gehen
Sie zu Bette.

Amalia. Guelfo! was willst Du mit dem
allem!

Guelfo Sohn. Nichts! nichts, unglück=
liche Mutter!

Amalia. O, das bin ich. Als Gott den
Fluch über Eva sprach, fiel er schwer auf mich,
vor allen ihren Töchtern.

Guelfo Sohn. Gott bewahr Dich, Mutter.
(umarmt sie.) Ich wollt' nun, Sie giengen! —
Sagen Sie dem alten Guelfo nichts von dieser Un=
terredung! Er haßt mich, und es würde ärger zwi=

E 4 schen

schen uns. — Geh, Mutter! Gott erhalt Dich mir, sanfte, liebe Mutter!

Amalia. Er liebt Dich.

Guelfo Sohn. Glaub' ihm nicht, wenn ers sagt! — Gott erhalt Dich! Gott bewahr Dich! (umarmt sie.) Und wenn ich Dich wieder seh' — Mutter! wenn ich Dich wieder seh' — Gott geb' Dir Stärke, die Du brauchst!

Amalia. Er gebe Dir alles, und mir wenig, mein Sohn! Mein Leben ist nichts; er gebe Dir alles! Du brichst mirs Herz.

Guelfo Sohn. Noch nicht! — Lebe wohl, Mutter! Mutter, lebe wohl!

Amalia. O, Guelfo — nicht so! Morgen früh komm ich zu Dir geschlichen! Noch wenige Stunden, und die Nacht ist vorüber. — Ich seh' Dich. — (geht.)

Guelfo Sohn. Ich bin ruhig, laß mich so! — Gute Nacht, Mutter! Gute Nacht, herrliche Mutter!

Amalia. (wendet sich an der Thür um.) Gute Nacht! — Gute Nacht, liebster Guelfo. (ab.)

Dritter Auftritt.

Guelfo Sohn (allein.)

Mutter! Mutter! Mutter! — Mir ists, ich müßte sie zurückrufen. Eine wunderbare noch nie gefühlte Empfindung durchdringt mich. Ha! noch einmal hat ihre Liebe mein Herz weichgemacht.

Mut=

Mutter! — wenn er nicht? — wenn er nicht? —
Ha, denn bin ich Guelfo, und weiß nicht, was
wird? — Gute Nacht, Mutter! (nach der Thür.)
Hörst du? Gute Nacht! Gott erhalt' dich! geb'
dir, was ich nicht habe — Gute Nacht! keine mehr
für mich auf dieser Erde, vieleicht keine mehr für
dich! — Grimaldi! — schlaf, Trauriger! ich will
dir nun deinen Schlaf nicht stehlen. Du verläßt
mich, alles verläßt mich! Wenn du mich wieder
siehst, und ich hab' sie nicht — — Auch Kamilla
trauert! Weh mir! oh, weh mir! Ferdinando!
der häßliche Laut zerreißt mir die Nerven! — Die
Erstgeburt und Kamilla! — — Wenn du sie nicht
giebst — (sieht durchs Fenster.) Ha! die blutige
Strahlen durch die Nacht! Die erschrecklichen Ge=
spenster! Das Heulen und Gesauß! — Wie die
Wolken schwarz hängen, blutig durch! Es stürmt
erschrecklich fort! Krach'! — da brachs ein. Hu!
— Das arme Weib, wie sie zitternd bekannte! —
Stürm' fort! (ins Nebenzimmer ab.)

Ende des dritten Aufzugs.

Vier=

Vierter Aufzug.

Erster Auftritt.

Amalia, Kamilla (mit Kleidern beschäftigt.)

Kamilla.

Nein, dieses werd' ich nicht anziehen, Mutter.

Amalia. Warum?

Kamilla. Die Farbe ist mir zu hell. Und ich weiß nicht, mich deucht — nach meinem Gefühl würd' ich lieber schwarz gehen.

Amalia. Wenn Sie nur viel sprächen, und nicht so oft im Reden einhielten. Ich muß näher zu Ihnen rücken. Mir ist so bang, so gar ängstlich, wo ich mich hinwende. Kamilla! ich möchte nichts als weinen. Ich weiß nicht warum? Lassen Sie mich nah bey sich sitzen — solche Angst hab ich nie gefühlt.

Kamilla. Mutter, wenn ich stärker wäre, wollt' ich Sie trösten; aber mir fährts mit tausend Stichen durchs Herz, und itzt — Ferdinando!

Amalia. Wie erschrecken Sie mich! Was ist Ihnen?

Kamilla. Nichts, nichts! Es ergriff mich am Herzen, und drückte mich, und ward mir etwas dun=

dunkel vor den Augen. — Mutter — verzeihen Sie, ich konnte nicht wider mich halten. Wir wollen nun den Brautputz aussuchen. Wenn wir nur nicht so viele Gäste hätten — Hat der Vater so viele bitten lassen?

Amalia. Es war nicht abzubringen. Bey solchen Gelegenheiten macht ers nicht anders. Es muß prächtig bey ihm hergehen an solchen Tagen. Wir wollen ihm seine Freude lassen.

Kamilla. Von Herzen gern, Mutter. Ich will mir Gewalt anthun, lustig zu seyn, aber wirklich bin ich weit davon.

Amalia. Horch! — Ha! kömmt jemand?

Kamilla. Erschrecken Sie mich nicht —

Amalia. Mich deucht, es käme jemand geschlichen nahe zu mir.

Kamilla. Ich hör so oft meinen Namen mit banger Stimme rufen.

Amalia. Das geschieht einem oft. Sie machen mich gar traurig.

Kamilla. Das will ich nicht. (steht hinaus.) Es ist ein lieblicher Morgen nach dieser stürmischen Nacht. Möcht er sich so ändern!

Amalia. Guelfo! nicht wahr? Seyn Sie getrost, Kamilla, er wird sich ändern. Wir zwey wollen ihn schon besänftigen. Wir wollen immer zusammen seyn. Wollen ihn aufsuchen, er mag flüchten wohin er will. O, wir wollen den lieben Guelfo mit Liebe verfolgen! Ferdinando thuts auch.

Kamilla Ich will alles thun, ich bin ihm sehr gut. Unser Leben wird dann erst Leben seyn.

Ama-

Amalia. Gott segne Dich, meine Tochter! — Was fahren Sie schon wieder auf?

Ramilla. O wenn ein Vögelchen von einem Ast auf den andern fliegt, und nur ein Blättchen rauscht, rauscht mirs durchs Herz. Ferdinando! kehre schnell zurück!

Amalia. Um Gottes willen!

Ramilla. Warum weinte er, als er gieng? — Warum fiel er mir so geängstet um den Hals, und sagte ein so gepreßtes Lebewohl? Noch fühl' ich, wie seine heissen Thränen meine Wangen herabrollten. Nahm er nicht auch so von Ihnen Abschied?

Amalia. Eben so. Aber das macht seine Liebe. Ich bitte Sie —

Ramilla. Mußt' er denn just heute ausreiten! Nahm er ein wildes Pferd? Sagen Sie mirs! Wenn er stürzte!

Amalia. Ich weiß nicht.

Ramilla. Schicken Sie doch Boten nach ihm! Ich kann nicht ruhen; ich laufe nach ihm wenns länger dauert.

Amalia. Ich vergeh' für Angst.

Zweyter Auftritt.

Guelfo Vater, die Vorigen.

Guelfo Vater. Guten Morgen! guten Morgen! — Warum seht Ihr so blaß?

Amalia. Und Du so zerstört?

Guelfo

Guelfo Vater. Mir ist doch nichts, als daß ich manchmal furchtsam um mich seh. Ich komme, mich bey Euch zu zerstreuen.

Kamilla. Ist Ferdinando noch nicht zurück?

Guelfo Vater. Er kann nicht lange mehr bleiben. Das war eine schreckliche Nacht. Seitdem ich lebe, hab' ichs so nicht stürmen gehört. Unsre ganze Orangerie ist zerschlagen. Alle Bildsäulen liegen zerschmissen, weit von den Fußgestellen. Ferdinandos Lieblingsbaum ist vom Gipfel bis auf die Mitte zersplittert; wie wird er trauern, kommt er zurück! Wir müssens ihm heute nicht sagen, hört Ihrs? Der schönste Baum, der auf viele Meilen zu finden ist. Weiß Gott, wie ich mit Kummer und Ahndung die schönen breiten Aeste, die uns so oft Schatten gaben, zur Erde hängen sah!

Kamilla. Was soll das all' noch werden?

Amalia. Der schöne Baum, unter dem wir so oft mit ihm saßen, und er uns die halben Sommernächte beym Mondenschein mit der Harfe wegspielte!

Guelfo Vater. Ich suchte Hülfe bey Euch, und Ihr macht's schlimmer. Was ist Ihnen, Tochter?

Kamilla. Nichts, nichts!

Guelfo Vater. Ich fürchte, Guelfos Haus bedroht großes Unglück. Es sind fürchterliche Zeichen diese Nacht geschehen. Der Wächter will die Todtenglocken von den nächsten Klöstern her gehört haben. Man trug Leichen an ihm vorbey, und

schwarz

schwarz verhüllte Männer wehklagten durch den Sturm.

Amalia. Still! Kamilla wird bleich und todt.

Guelfo Vater. Tochter! Tochter! Was wird uns das thun? Daß ich's auch erzählte! Kommen Sie zu sich! Vergessen Sies!

Kamilla. Mir ist nicht wohl. Es wird schon besser. Reden Sie was anders, Vater! Hat Ferdinando ein wildes Pferd?

Guelfo Vater. Nein, nein! O, so nah ist's nicht! Ich lege das ganz anders aus. Seyn Sie munter! Amalia, sey munter!

Amalia. Wo ist der Ritter?

Guelfo Vater. Er ritt vor Sonnenaufgang hinaus, der wilde Jäger Nimrod mit Lanz und Schwerdt. Gott beßr' ihn, oder kehr' er nie wieder! Noch so eine Begebenheit, wie die gestrige, und ich streich' ihn aus! Er bringt uns alle um. Ich hab' eine Nacht gelebt — wenn ich noch so eine leben soll, will ich mich lieber auf die Galeeren schmieden lassen. Sein Zorn ist verflucht!

Amalia. Fluch Deinem Sohn nicht, Vater!

Kamilla. Lassen Sie sich nicht hinreissen! Der Ritter wird sanft werden, und verträglich. Wir nehmens über uns.

Guelfo Vater. Steh' Euch der Himmel bey! Ich seh' nicht lange mehr zu. Ich hoffte, es sollte gut gehen. — Der Stallknecht sagte, er habe sich auf seinen tollen Türken geschwungen, mit dem Pferde wie mit seinem bestem Freunde gesprochen, und die Thränen wären dem Thier auf die Mähnen

ge=

gefallen. Aber gleich kehrte der wilde Guelfo zu=
rück. Er fragt' ihn, ob er nichts an mich zu be=
stellen hätte? und er gab dem armen Kerl die Peit=
sche, daß er noch heult und wimmert.

Amalia. Denk' nicht dran!

Guelfo Vater. Nun stille denn! Die Sonne
soll uns freudig finden an Ferdinandos Hochzeits=
tag. Ich hab' grosse Gesellschaft bitten lassen, und
keiner schlugs dem Guelfo ab. Diesen Abend will
ich Euch Ball geben, und wer mir nicht lustig ist,
der soll dem Guelfo und dem traurigen Grimaldi
Gesellschaft leisten.

Amalia. Die werden dabey seyn, Guelfo!

Guelfo Vater. Ich zweifle.

Kamilla. Warum? —

Dritter Auftritt.

Grimaldi, die Vorigen, hernach Bediente.

Grimaldi. Ist Guelfo noch nicht da? Wo
ist Guelfo? Ha, Alter! wo ist Dein Sohn?

Guelfo Vater. Wo ist er? Wo ist er?

Grimaldi. Verflucht sey mein Schlaf! ver=
flucht sey ich! Guelfo! Guelfo! Alter, ich will
Dirs abzwingen das Geheimniß! Wo bist Du mit
dem Ritter hingekommen? Wo hast Du ihn hinge=
schafft?

Guelfo Vater. Wollen Sie die Weibsleute
zu Tode ängstigen?

Gri=

Grimaldi. Vater! Du haſt den Guelfo aus=
geſtoſſen! Haſt Dein beſtes Kind ausgeſtoſſen! Wo
iſt er?

Guelfo Vater. Sind Sie wahnwitzig?

Grimaldi. Wär' ich's! Von Sinnen und Ver=
ſtand völlig! Wo iſt Ferdinando?

Guelfo Vater. Ausgeritten — und Er aus=
geritten.

Grimaldi. (fällt traurig auf einen Stuhl.) O,
Grimaldi! dein Guelfo! dein Freund!

Guelfo Vater. Weg von hier! Was? Wol=
len Sie uns hier alle den Todten ähnlich machen?

Grimaldi. Guelfo! Guelfo! Du brichſt mir's
Herz!   (Ab.)

Guelfo Vater. Er iſt raſend worden.

Kamilla. Wenn ich nur fort könnte!

Amalia. Horch! horch! ein Pferd!

Kamilla. Ha, mein Ferdinando! Laßt mich
ans Fenſter, daß ich ihm ruf', ihm zuwink'! —
(ans Fenſter.) Ein Pferd ohne Reiter jagt ſcheu her=
ein. Iſt das Ferdinandos Pferd? Vater, iſt's
Deines Sohnes Pferd? O geſchwind! geſchwind!

Amalia. Iſt's Ferdinandos Pferd? — Willſt
Du nicht reden?

Guelfo Vater. (ohne Antwort.)

Amalia. Er ſagt nichts — Ferdinando! Fer=
dinando!

Kamilla. Hinaus! Ich will ihn aufſuchen —
Er iſt geſtürzt, er iſt todt!

Guelfo Vater. Bleibt ruhig, ich will hinaus
reiten.   (klingelt.)

(Be=

(Bediente kommen.)

Guelfo Vater. Sattelt Pferde! Sitzt auf!

Bediente. Unsers Herrn Pferd läuft ledig.

Guelfo Vater. Eilt Euch! — Halt' Euch aufrecht, Weiber! Wer weiß, was es ist!

Kamilla. Das Pferd sieht scheu. O, Blut! Blut! am Sattel! Guelfo, Deines Sohns Blut!

Amalia. Gott! Gott! (Sie sinken beyde nieder)

Guelfo Vater. Wollt Ihr mich umbringen? Wollt Ihr mir allen Entschluß nehmen? Wenn Ihrs so forttreibt, kann ich nicht aus der Stelle. Der Schrecken ist mir in alle Glieder gefallen. Weiber! Weiber! (will sie aufrichten.) Gott der Allmächtige heb' Euch auf! ich bin zu schwach. (ab.)

Amalia. Geh! geh! Schick eilends Boten zurück! — Komm zu Dir, Tochter! Es ist ihm nichts. Laß mich nicht! O bey Deiner Liebe, bey Deinem Ferdinando, verlaß mich nicht! Komm zu Dir! Erbarm Dich, zartes Mädchen! — So! schlage Deine Augen auf! Wein' nicht! — O, ich danke Dir! Sieh mich an! —

Kamilla. Ist Er noch nicht da?

Amalia. Ein Pferd!

Kamilla. Mein Ferdinando?

Amalia. Ritter Guelfo sprengt wütend herein. Stürz nicht! Ha! halt Dich! Guelfo, wo ist Ferdinando?

Kamilla. Ruft ihm der Vater zu?

Amalia. Ja, ja. — Er lacht bitter. — Was weiß ichs! sagt er.

F   Ka=

Kamilla. (aus dem Fenster.) Guelfo, wo ist er? — Nicht so unfreundlich, Guelfo! — Wo ist Ferdinando? Gieb mir das Leben.mit einer Antwort!

Amalia. Noch nicht? — Mein Sohn! — Er ist weg.

Kamilla. Er kommt herauf. (laufen nach der Thür.)

Vierter Auftritt.

Guelfo Sohn, Kamilla, Amalia.

Guelfo Sohn. Hi! hi! was weiß ich! — Bin ich Hüter Deines Bräutigams, schönes Mädchen? Bin ich Hüter Deines Sohns? Hi! hi! Komm Kamilla! schöne Kamilla! setz' Dich auf mit Ritter Guelfo durch die Welt! — He! Kamilla, sieh nicht bleich! — Weg, rührt mich nicht an! Wo ist Ferdinando? Hi! hi!

Kamilla. Ich laß Sie nicht los.

Amalia. Halt ihn! wir wollens ihm abzwingen.

Guelfo Sohn. Ich weiß nichts. Weg!

Kamilla. Ritter! ich dachte, Sie wären mir gut, und nehmen mir das Leben.

Guelfo Sohn. Gut Dir? Ey ja doch! ey ja doch! lieb, Du sanfter Engel! Komm, ich will Dich drücken und herzen! — Weg von mir! — Tausend Vergebung schöne Braut! Gut? — Ja doch! ich bin Dir gut.

Ka»

Ramilla. Wir wollen hinausfahren, ich halts nicht länger aus! — O Ferdinando, du lebst! ein Strahl von Hoffnung durchzittert meine Seele.

(Beyde ab.)

Guelfo Sohn. (allein — nach einigem Still-schweigen.) Wo bin ich? (kömmt vor den Spiegel.) Rächer! Rächer mit flammendem Schwerdt? Hast du eingegraben auf meine Stirne den Mord? Hast du ausgesprochen über mich, daß die Himmel zit-terten; unstät und flüchtig! — Hast du's? den Fluch noch nicht? und er brüllt um mich! Rä-cher! Hi! hi! ich that's wohl! Kömmt er noch nicht, mit glühender Hand den Mord einzugra-ben? — Ha! ich kann mich nicht ansehen. Reiß dich aus dir, Guelfo! (zerschlägt den Spiegel.) Zer-schlage dich Guelfo! — Guelfo! Guelfo! geh aus dir! Schaff dich um! — Jetzt will ich schlafen. O, jetzt will ich sanft schlafen. Ferdinando ließ mich lange nicht schlafen, jetzt wird er mich schlafen las-sen! Ich will schlafen, Blutiger! Und wenn tau-send brennende Dolche durch meine Seele giengen. Gute Nacht, Guelfo! Hi! hi! Gute Nacht, Gu-elfo! (wirft sich auf den Boden nieder.)

Fünfter Auftritt.

Grimaldi, Guelfo Sohn.

Grimaldi. Bist Du da? Gott sey Dank! Wo ist Dein Bruder?

F 2 Guelfo

Guelfo Sohn. (springt auf, und Grimaldi ſinkt zurück.) Was ſtörſt Du mich im Schlaf? Weg, ich will den Schlaf herzaubern. Ich muß, muß ſchlafen. Hinaus! (faßt ihn an.)

Grimaldi. Mann, mit dieſem Würgblick' ſchone meiner, daß Du Dein Gewiſſen nicht beſchwereſt mit Mord!

Guelfo Sohn. Mord? Hi! Steh' auf, Grimaldi! Mich deucht, Du biſt's? — Sieh mich an, und wenn Du lügſt — Was ſteht auf meiner Stirne? (wiſcht ſich die Stirne mit Angſt.) Ich wills tilgen! herausbrennen!

Grimaldi. Guelfo!

Guelfo Sohn. Was ſteht auf meiner Stirne, Unglücklicher?

Grimaldi. Brudermord!

Guelfo Sohn. Ha! So will ich Dich zerſtieben! die Winde ſollen Deine Aſche davon wehen! — Brudermord? Schändlicher Lügner!

Grimaldi. Gott ſey Dank, wenns anders iſt!

Guelfo Sohn. Ha! Du dankſt? Ich ſteh da, traue mein Haupt nicht zu heben zum Himmel. Die Sonne würde mich blenden, und der Rächer aus den Wolken Blitze ſenden, meine Seele zu vernichten, richtete ich meine Augen zu ſeinem Sitz. Stehts nicht auf meiner Stirne?

Grimaldi. Gefolterter Geiſt, Wuth und Verzweiflung!

Guelfo Sohn. Schäm' Dich, Betrunkner! Süſſer, ſanfter Schlaf hängt auf meinen Augenliedern, der mich einwiegte, wenn ihr alle giengt,

die

die ihr so gräßlich um mich heult. Mir war nie so wohl. Und ich hab' ihn doch ermordet, hab' ihn erschlagen, als er mir nicht geben wollte die Erstgeburt, als er mir nicht geben wollte das Weiblein, als er sagte: Ich bin Herzog, auch du sollst steigen! — Ich hab' ihn gestreckt in Staub, als er bat um ein Gebet zum Rächer! —. Er winselte und röchelte dumpf aus hohler, langsamer Brust. Ich habe meinen Feind erlegt; hab' der Schlange den Kopf im Staube zertretten! Er liegt! Als er lag, rief ich: Verflucht, die mich geboren! Schwung mich auf, und die Sonne verkroch sich! Wolken raubten ihr das Licht, wie ich's dem Feind stahl! — Ich nahm Staub, und warf ihn hinter mich mit seinem Gedächtniß! Als er schrie: „Guelfo! Guelfo!" fuhr mir ein Feuer durchs Herz, daß ich ächzte. Wo ich hin seh', zieht's blutig um mich, heult und winselt — mir ist wohl!

Grimaldi. Du hast den Bruder ermordet?

Guelfo Sohn. Den Feind! (stößt nach ihm.) Den Dieb der Erstgeburt! Ha! werden sie heulen, ihre Hände starr zum Rächer erheben! Wehe! Wehe! — Werden sie ihn mit Thränen baden, wegschwemmen sein Blut. — Rufen: Einziger, steh auf! Aber stark ist Guelfos Faust. Schrey mit! Ich will meine Ohren zustopfen, will mich verschanzen hier vor Rache und Weh'! Wer mir nahe kommt — Hi!

Grimaldi Flieh, flieh! Dein Anblick tödtet.

Guelfo Sohn. Nein! bleiben will ich, und sie quälen! Ich will ihnen nach und nach das Herz

zer=

zerreißen mit Fluchen! Grimaldi! Was faßt Du
mich an so hart? was drückst Du mich, daß Tropfen aus meinen Augen springen?

Grimaldi Ach Guelfo!

Guelfo Sohn. Du hältst mich immer fester. — Deine Hand wird immer feuriger. Hast
Du den Bund mit ihm gemacht? Ist sein Geist in
Dich gefahren? Ich will ihn heraus jagen noch einmal. So sah er aus, so, so! Wie er an die Eiche sunk, — rief: Bruder! — und wie ich in den
Wald lachte, daß es ins Echo pfiff! — Laß mich
los! Was hälst Du mich? — Bist Du nicht Grimaldi, der mir gut war?

Grimaldi. Guelfo, meine Stunde ist da.
Wo Du ihn erschlugst, sah er gestern seinen Geist.

Guelfo Sohn. Der Geist log nicht. Jetzt
will ich schlafen, itzt will ich mir Guts thun mit
Schlafen! So lange nicht geschlafen — werd ich
einmal schlafen! werd ich einmal schlafen? (legt sich
nieder.) Ha, Kain! kannst du nicht schlafen? Wie
sie ächzen, den Todten mit Thränen salben, den
Einzigen mit Küssen zum Leben rufen! Heult!
Heult! Heult! Guelfo schläft ja. O laß mich
schlafen, fünf Augenblicke nur! Laß mich schlafen
Einen Augenblick — o denn nur einen halben! —
Ha, Grimaldi! Er faßte die dicke Eiche, schlung
sich drum herum, als wollt' er sein Leben halten —
und ich riß ihm Eich' und Leben aus der Hand,
das er fest hielt! — Er sah nach mir mit einem
Blick, der so todt, bittend und voll Angst war —
schrie: Bruder! Bruder! Kamilla! — die rief er
zuletzt

zuletzt und das war gut. Da kriegt' er den
Schlag! — Grimaldi! mußt' er Kamilla rufen?
Ha! Schreckgeister! Guelfo schläft. —

Ende des vierten Aufzugs.

Fünfter Aufzug.

(Ein düsteres Zimmer.)

Erster Auftritt.

Ferdinandos Leichnam liegt auf einem Bette.

Amalia, und **Kamilla** netzen ihn mit Thränen,
zu seinem Haupt stehend.

Guelfo Vater, in einiger Entfernung.

(Stiller, heftiger Ausdruck des Schmerzes. Nach einer
langen Pause.)

Guelfo Vater.

Wollt Ihr Leichen auf Leichen häufen? Weiber!
Weiber! weg! erbarmt euch!

Amalia. Leichen auf Leichen, Vater! Ich
will mit meinem Ferdinando gehen, das soll mir
niemand wehren. Ich will mich an seine blutige
Locken hängen, er wird mich mitnehmen. Nimm

F 4

mir

mir diese runde Locken! nimm mir sie, Alter! Mei=
ne Hände sind an den Todten gewachsen.   Meiner
erbarmt er sich; nimm mir ihn!

Guelfo Vater   So häuft Leichen auf Lei=
chen, und ich stehe im öden Haus verwaist, meine
Kronen herunter gerissen.   Mein graues Haar in
sein Blut getaucht, steh ich allein! — Ha! so
überschwemmt ihn mit Euren Thränen, daß ich den
Holden nie mehr erkenne! — Weiber! Weiber!
laßt den seligen Geist zur Ruh!

Kamilla. Bring mich hier weg, Vater! Mei=
ne Hände sind warm, meine Liebe heiß, und meine
Thränen — steh auf, mein Ferdinando! Oh! wir
Weiber wollen sein Leben erwärmen! — Und sieh',
seine blasse Wangen leben! Weile nicht, mein Bräu=
tigam! Weile nicht! die Braut harrt Deiner.

Amalia. Faß ihm fest, und letz' ihn! Ha!
wenn ich ihm über die Stirne streich, wenn ich seine
blutigen Locken um meine Hände winde, zuckt er
nicht, und sein grosses Aug öffnet sich?

Kamilla. Horch! ich küßte seine Lippen —
horch! rufts nicht?

Amalia. Schlägt sein Herz nicht? Die Mut=
ter erwärmts.   Horch!

Guelfo Vater. Wehe! Wehe! Verflucht die
Hand, die's that! Verflucht die Hand, die dem
Greis den Sohn, der Braut den Bräutigam er=
schlug! Wehe! Weh! Ich stehe da verwaist! Nie=
mand erbarmt sich meiner, da mein Bester erschla=
gen liegt.

Ama•

Amalia. Der Liebe liegt nicht erschlagen. — Braut, faß' ihn! Unsre Liebe wird den Kalten erwecken. Er hat uns noch kein Lebewohl gesagt — so geht Ferdinando nicht.

Guelfo Vater. Wehe! Wehe! Laßt den seligen Geist zum Himmel, daß er den Mörder anklage, rufe Rache und Weh!

Amalia. Du willst mich von ihm reissen, mich, die ich ihn gebar? — Ich gebar sie mit Angst; als ich sie schreyen hörte, schwand alles. Ich hub die Knäblein auf, dankte, benedeyte sie mit meinen Thränen. Laß mich nun diesen benedeyen! Meinen Sohn wiederrufen!

Guelfo Vater. Ich will mich niederlegen, und sterben. Gott! Du hast mich zerschlagen! Du ließt den Einzigen erschlagen, ließt ihn vom Bruder erschlagen! Heiliger, rette mich! rette diese aus naher Verzweiflung! Vom Bruder erschlagen liegt er!

Amalia. Vom Bruder nicht erschlagen! Gott! nein! —— Ha! Du willst sagen, er thats! Du willst, daß ich die Stunde verfluche, in welcher ich zwey rüstige Knaben gebar?

Guelfo Vater. Du sollst die Stunde der Geburt verfluchen, die den Mörder brachte. Von ihm erschlagen liegt er! Kein Mensch auf Erden schlägt solche Todeswunden, als Guelfo.

Amalia. Nein! nicht! Mein Einziger und jetzt mein Einziger thats nicht! Hat er nicht seine Mutter lieb? und sollt' ihr den Geliebten erschlagen?

Guelfo

Guelfo Vater. Decke die Decke des Todes über ihn! Er schlug ihn an der Stätte, wo er seinen Geist aufsteigen sah. Riß der Hund des Erschlagenen nicht ein Stück aus dem Gewand des Mörders? Ist seine wütende Spur nicht in Boden eingedrückt? Decke die Decke des Todes über den Holden! Und nun laß Deinen Guelfo kommen, dem Todten vor der Stirne stehen, das Bekenntniß ablegen, den Mord abschwören, die blutige Locke in der Hand, die Todeswunde betasten, aus welcher das friedliche Leben quoll, aus welcher des Vaters Leben quoll! Laß ihn kommen, und das thun!

Amalia. Er soll nicht kommen, den Erschlagenen zu sehen. — Braut, bist Du dem Bräutigam gefolgt, läßt die Mutter?

Kamilla. Mutter, leite mich zu ihm, daß sich an seinem Haupt meine Seele löse!

Guelfo Vater. (deckt den Leichnam zu.) Guelfo! Rache und Weh!

Amalia. Heil! Heil meinem Guelfo! meinem einzigen Kinde von drey Lieben! Warum willst Du mir diesen wegreissen? diesen hat der Tod gefressen; Du willst grausamer seyn, und mir beyde aufzehren? Ha! was soll der Dolch, der aus Deinem Busen blinkt? Ich will Dir ihn entreissen, und diesem folgen!

Guelfo Vater. Weib! Weib! Weib! Nähm' sich der Herr meiner nicht an, ich stieß mir ihn durchs Herz — ließ Dich allein verzweiflen! — Ich leb' wegen Deiner, Weib! Mein Herz ist mehr

zer=

zerstoßen, weil ich nicht dicke Thränen weinen kann, wie Ihr!

Letzter Auftritt.

Guelfo Sohn, die Vorigen.

Guelfo Sohn. Warum laßt Ihr mich nicht in tiefem Schlaf liegen? Was schreyt Ihr, was heult Ihr, die Hände gehoben zum Rächer? Was zittert Gewinsel durchs Haus, und zerreißt meine Seele?

Guelfo Vater. Mörder! Mörder, willst Du auch uns erschlagen?

Guelfo Sohn. Mörder Ihr! — Ha!

Amalia. Guelfo, flieh! Du bist nicht Mörder! Deine Hand ist nicht blutig! Du bist nicht Mörder! Du hast ihn nicht erschlagen, hast nicht!

Guelfo Sohn. Wen erschlagen? Wer liegt erschlagen?

Kamilla. Du hast der Braut den Bräutigam erschlagen!

Guelfo Sohn. Ich habe keinen erschlagen, weiß von keinem.

Guelfo Vater. Wo ist Dein Bruder, Mann mit dem Feuerblick? Du mit dem rollenden Auge der Verzweiflung, wo ist Dein Bruder?

Guelfo Sohn. Alter! ich hatte keinen Bruder.

Guelfo Vater. Wo ist Ferdinando, Dein Bruder? Ha, Giftiger! Schüttle Deine starren

gehobenen Haare! Schüttle den Mord von Dir!
Wo ist Ferdinando?

Guelfo Sohn. Wer heischt von mir, Fer=
dinando zu hüten? Hat ers verdient um mich? Ich
hab' ihn nicht gesehen, mag ihn nicht gesehen ha=
ben, mag ihn ewig nicht sehen!

Guelfo Vater. Hörst Du den Rächer, der
im Wind daher fährt, Dich wegen Mord und
Meineyd zu strafen? — Meine Kniee zittern.

Guelfo Sohn. Komme der Rächer! ich weiß
nichts.

Guelfo Vater. Soll ich die Decke des Todes
heben? Weh' über Dich!

Guelfo Sohn. Hebe die Decke des Todes
und der Hölle!

Guelfo Vater. Tritt herbey! — Hast Du
nicht diesen erschlagen? — (hebt die Decke.) Hast
Du nicht Vater, Mutter, Braut erschlagen mit
diesem? Lege Deine Hände auf ihn! Schwör!

Guelfo Sohn. Ich lege meine Hände nicht
auf diesen. Den erschlug ich, der auf mich blickt
mit starrem kalten Auge, der seine blutigen Locken
schüttelt und Tod. Mit starker Faust erschlug ich
ihn an der Eiche. Blick' auf mich, Blutiger! Bli=
cke Tod! — Ha! ich reiß ihn von mir, und aller
Tod auf Dich! Verflucht sey Er und Ihr! — Ich
erschlug ihn, daß Ihr ihn mit Eurer Liebe aufwe=
cken mögt. Ha! habt Ihr keine Liebe, den Einzi=
gen zu erwecken? Ich sang' ihm das Brautlied,
kränzte den Bräutigam, sang, sang —— Fluch
Euch!

Ama=

Amalia. Erbärmen! Erbarmen! Fluch' der Mutter nicht!

Guelfo Vater. Fluchst Du dem Vater, da Du ihm den Besten erschlugst?

Guelfo Sohn. Er hat mir die Erstgeburt gestohlen, hat mich verdorben, und Ihr. Er hat mir diese gestohlen, die bleich da liegt. Ich erschlug ihn, da er mir das Meinige nicht geben wollte.

Guelfo Vater. Ich will Dein Gewissen nicht foltern mit Entdeckungen Deiner Verblendung, von Gott Verfluchter! Geh' mit Brudermord zur Hölle! Weh' über Dich!

Amalia. Erbarm' Dich seiner, er mordet uns! Tod blickt aus ihm.

Guelfo Sohn. Rufet Rache und Weh!

Amalia. Flieh, Guelfo flieh! Ich will mich vor Dich stellen, Dein Schild seyn.

Guelfo Vater. Deine Spur sey ausgetilgt auf Erden! Ausgetilgt hier! Verflucht!

Amalia. Decke die Decke des Todes! Der Blutige steigt auf.

Guelfo Sohn. Steig er auf! — Rächer! Rächer! Ich hab' ausgeredt. (verhüllt sich.)

Guelfo Vater. Sang nicht der Schwan seinen Todtensang? Sah' in der Ferne seinen Geist aufsteigen, wo der Verfluchte den Scheitel des Gerechten schmetterte? Horcht' er nicht den Todtenruf an der Braut Seite und zitterte? — Du hast ausgesungen dein Lied! Du hast verlassen Vater und Mutter im Jammer! Du liegst erschlagen vom Bruder der Verdammung! Gott erbarm' dich seiner!

Hier

Hier steht er verhüllt, bebt, Rächer, entgegen der Rache!

Amalia. Rächer, strafe die Mutter! schone hier und dort!

Guelfo Vater. Ich stehe da, wie Adam, als ihm der Gerechte erschlagen ward. Eva heult, die Braut klagt, Kain flucht dem Alten. — Rache und Weh! — Gott! ich danke dir, daß du mein Gefühl starr machst, daß du den Ermordeten jetzt aus meinem Herzen reißst mit dem Mörder — (zieht einen Dolch.)

Amalia. Was willst Du?

Guelfo Vater. Weib! wenn er lebt, soll ihm der Blutrichter das Haupt abschlagen vor Deinen Augen? Soll er irren, doppelt verdammt, unstät und flüchtig? — Sterben durch den Henker, Guelfos Sohn? — — Der Blutige ruft Rache! — Rächen will ich Vater Guelfos Sohn! Erretten von der Schande Guelfos Sohn! Leben im Jammer verwaist — (stößt ihn nieder.)

Ende des Trauerspiels.

Die

Die Kokarden.

Ein

Trauerspiel

in fünf Aufzügen,

von

August Wilhelm Iffland.

Perſonen.

Der Fürſt.

Kammerher von Berring.

Geheime Rath Bangenau.

Geheime Räthin, ſeine Frau.

Franz,
Bernhard, } ſeine Kinder.
Albertine,

Bürgermeiſter Rechfeld.

Magiſter Hahn.

Bierbrauer Freund.

Jürge,
Peter, } Bauern.
Lieſe,

Mehrere Bürger und Landleute.

Er=

Erster Aufzug.

Zimmer mit zwey Seiten= und Mittelthüre, drey Flü=
gel tief.

Erster Auftritt.

Geheime Rath Bangenau, und seine Frau.
(Er mit Hut und Stock.)

Geheime Rath.

Adieu!

Geheime Räthin. (da er schon ain Seiten=
ausgange ist.) Du gehst?

Geheime Rath. (am Ausgange.) Sollte ich
nicht?

Geheime Räthin. Ach!

Geheime Rath. (zurückkommend.) Du bist
unruhig, gutes Weib?

Geheime Räthin. Unruhig nur?

G   Ge=

Geheime Rath. Du leidest sehr — und ich kann dir wenig Trost geben.

Geheime Räthin. Aufruhr im Lande — Zwietracht im Hause — Sorge um Mann und Kinder — wo soll ich Fassung hernehmen, um es zu tragen, und dir Trost zu geben? Habe Geduld mit mir, ich bin nicht stark genug, ich kann nichts als weinen, und euch alle Gott empfehlen.

Geheime Rath. Gute Seele — ich fordre nicht, was du nicht vermöchtest. Nur laß auch mich meinen Weg gehen.

Geheime Räthin. Ohne Zittern kann ich das nicht.

Geheime Rath. Sey gerecht! Mitten in diesen Unruhen bleiben meine Pflichten für Land und Herrn, Kinder und Freunde, die nämlichen —

Geheime Räthin. Da sich aber diese Pflichten auf sanftem Wege vereinigen lassen — so geh doch diesen Weg!

Geheime Rath. Vergebliche Hoffnung!

Geheime Räthin. Der alte Rechfeld ist dein Busenfreund —

Geheime Rath. Ich liebe ihn, und werde es beweisen —

Geheime Räthin. Der Volkshaß ruht auf ihm.

Geheime Rath. Niemals wird mich das schrecken.

Geheime Räthin. Sein Sohn liebt unsre Tochter —

Ge=

Geheime Rath. Er liebt meine Tochter, aber nicht seinen Vater.

Geheime Räthin. Eben darum. Unser Sohn liebt Rechfelds Tochter. Unsre beiden Söhne, und der junge Rechfeld sind durch Stand und Talente Jünglinge, die Hoffnung und Aufsehen erregt haben.

Geheime Rath. Die nun in dem Freyheitssturme auch die Lautesten überbrüllt haben.

Geheime Räthin. Nur Franz hat diese —

Geheime Rath. Und sein Bruder Bernhard ist bereit für unsre bisherige Verfassung zu kämpfen. Ein Bruder wider den andern — der Vater wider den Sohn — der Sohn wider den Vater — grosser Gott!

Geheime Räthin. Drum laß uns durch das sanfte Band der Liebe ihre Herzen leiten —

Geheime Rath. Sie lieben jetzt nicht mehr —

Geheime Räthin. Laß uns ihren Verstand gewinnen —

Geheime Rath. Niemand hat jetzt noch sanfte Empfindungen. Jeder will nur herrschen, und aus Schutt und Trümmern Freyheit rufen.

Geheime Räthin. Väterliche — mütterliche Rechte —

Geheime Rath. Sind nicht mehr! Jeder geht seinen eignen Weg. Wer am meisten verheert, hat am meisten geopfert, und ist dann der Volksheld. Die Tugend gilt jetzt — was sie kostet, und wem sie kostet — wer achtet das?

Geheime Räthin. Wie halten wir dieß Uebel auf — und was thun wir für uns — für unsere Kinder?

Geheime Rath. Wir empfehlen sie Gott — und lassen uns nichts befremden, was noch geschehen könnte.

Geheime Räthin. Mann — das sagst du so kalt?

Geheime Rath. (entschlossen.) In diesen Zeiten gilt Naturrecht nichts mehr, als ein Herkommen — ich erwarte es, daß meine Kinder mich verrathen, und daß mein nächster Verwandter den Strick mir um den Hals legt.

Geheime Räthin. Du bist krank, daß du alles in diesem gräßlichen Lichte siehst!

Geheime Rath. Leider scheinen dem Haufen der Pestkranken gerade die wenigen Gesunden krank zu seyn.

Geheime Räthin. Ich hoffe alles von diesen Heyrathen!

Geheime Rath. (nach kurzem Besinnen.) So gehe ich sie ein.

Geheime Räthin. Mit Unwillen?

Geheime Rath. Das nicht. Aber auch ohne Hoffnung. Du wirst sehen, wie sie das jetzt so kalt aufnehmen werden.

Zwey=

Zweyter Auftritt.

Vorige. Kammerherr von Berring.

Kammerherr. (nach wechfelfeitigem kurzen Empfang.) Zwey Worte von unferm guten Fürften an Sie.

Geheime Räthin. Indeß handle ich in der Sache.

Geheime Rath. Immerhin.

Geheime Räthin. (Ab.)

Kammerherr. (nach kurzen Höflichkeiten.) Lieber, redlicher Mann! Der Fürft läßt Ihnen nochmals herzlich danken, für alle Maßregeln gegen die Aufrührer zu feinem Beften. Obgleich alles ihm die Strenge anräth, fo bleibt er unveränderlich dabey: — „Das, was ich nicht der Liebe und Ueberzeugung meiner Unterthanen verdanken kann, will ich nicht befitzen."

Geheime Rath. Ich billige den Weg nicht, fo fehr mich auch der Entfchluß rührt.

Kammerherr. Auch foll man keine Gelder eintreiben, fondern von dem, was freywillig eingeht, die Penfionen der Wittwen, und die Befoldungen der untern Klaffen fortzahlen, ohne auf fein Bedürfniß die mindefte Rückficht zu nehmen.

Geheime Rath. So denkt er, fo hat er immer gehandelt, und doch muß er — auch Er! das Unglück des Aufruhrs erfahren.

Kammerherr. Befremdet Sie das?

Geheime Rath. Befremdete Sie es nicht?

Kam=

Kammerherr. Wahrlich nicht! Beyspiel eines Volks ist immer gefährlich. Wenn nun Zeitungen, Journale und Schwärmer — schriftlich und mündlich eine solche Revolution als die höchste Volkstugend empfehlen — selbst die Gräuel davon als Muth und Edelsinn anpreisen, so revoltirt die Menge — nicht, weil sie sich so ausgemacht elend glaubte — sondern, weil sie dem nächst revoltirenden Nachbar in der Volkstugend nicht nachstehen will.

Geheime Rath. Es ist nicht unwahr!

Kammerherr. Gehen Sie unter das Volk — Sie werden weniger Klagen über Fürstendruck hören, als überhaupt Mißmuth darüber, daß andere Menschen in Seide schlafen, mit Sechsen fahren, und alten Wein trinken. Bey dem Worte — Revolution — denken sie sich nichts anders, als — dem ersten dem besten die seidenen Vorhänge abschneiden, vier Pferde anspannen, den alten Wein auszapfen. Dahin deuten sie die Gleichheit, die man ihnen vorgegaukelt hat. Wollten sie im Taumel ermatten, so schreyt man es ihnen vor, bis der tolle Tanz aufs neue wieder angeht.

Geheime Rath. Und wer thut das? Meistentheils Gelehrte, die ihren Kredit für diese Gährung mißbrauchen.

Kammerher. Die wenigsten aus Ueberzeugung. Einige aus Rache oder Spekulation; andere, um die Männer zu spielen, für die man sich denn doch nun wohl auch fürchten müßte. Genug, sie haben die Menge dahin getrieben, zu glauben,

es

es sey nun Zeit, daß einmal die Kammerherrn den Pflug zögen. So tobt nun das Volk weiter, bis —

Geheime Rath. Bis?

Kammerherr. Irgend einer der Schreyer das Heft in Händen hat.

Geheime Rath. (seufzt.) Und dann?

Kammerherr. Ist und bleibt es immer die vorige Geschichte. Denn eins ist, was die Frey=heitsschreyer übersehen. Jetzt — ist der Schuster damit zufrieden, wenn Graf und Schuster gleich werden. Bald aber würde er verlangen, der Graf solle auch Schuhe machen, wie er — und da fällt auch diese Spannung wieder! — Wenn auch je=mals die Worte, Fürst und Graf — aufhörten; so ist doch der Reiche und Arme — und also bleibt ewig das Recht des Stärkeren. Diesen gegen=über — die menschlichen Leidenschaften, Geiz, Di=stinktionssucht, und um dieser willen — Schmei=cheley — Erpressung!

Dritter Auftritt.

Vorige. Magister Hahn.

Hahn. (den Hut auf, die Hände in den Taschen, nickt er nur mit dem Kopfe und setzt sich gleich.) Wie stehts?

Geheime Rath. (verlegen, den Blick auf den Magister und den Kammerherrn.) So, so!

Kam=

Kammerherr. (geht zu ihm, lächelnd.) Ihr Diener!

.**Hahn.** Sind Sie das?

Kammerherr Was?

Hahn. Mein Diener?

Kammerherr. Nun — Sie erinnern sich — man braucht diese Redensart —

Hahn. Nicht mehr! Man sagt nicht, was man nicht denkt. Ein Kammerherr kann mein Diener nicht seyn — und wenn er es mit Gewalt seyn will, so muß er meine Bewilligung vorher dazu haben.

Geheime Rath. (heftig.) Herr Magister! Das war —

Kammerherr. (ihn besänftigend.) Laſſen Sie das so. (zum Magiſter.) Eben so nenne ich denn den Herrn Magister nicht in der mehrern Zahl — Sie — sondern ich frage — was macht Er? Herr Hahn.

Hahn. (verlegen.) Recht so — ich mache Kopfweh!

Kammerherr. Durch Unverdaulichkeiten —

Hahn. Wie mans nimmt. (zum geheimen Rath, auffpringend.) Hier ist das dritte Heft von meinem Journale über Menschenrechte. Wenn das unter den Pöbel kommt, so kreppirt die Bombe. (zum Kammerherrn.) Und da fliegt viel unnützes Zeug mit in die Luft.

Kammerherr. Das Journal wird also mit eingeladen?

                                      Hahn.

Zahn. (wie rasend.) Mich kümmert das alle nicht! Lange genug sind wir hintangesetzt; jetzt gelten wir. Unsre Zungen sind Schwerter, unsere Federn, unsere Journale, sind Heere, die dem Feinde ins Land fallen.

Geheime Rath. Wo ist der Feind?

Kammerherr. Ja, das möchte ich denn doch auch fragen.

Zahn In wenig Stunden will ich es auf dem Markte ausrufen.

Kammerherr. Bis zu diesem Termin will ich mich empfehlen.

Zahn. Empfehle sich der Kammerherr derweile nur auf dem Markte.

Kammerherr. Unter den Lesern Seines Journals? Schwerlich. Unterdeß mag ich die Konversation nicht fortführen, denn die nöthige Antwort könnte ich doch hier nicht geben. Indeß erlauben die Rechte des Menschen gegen unartige Gesellen dem rechten Arme eine kleine Bewegung — Vergessen Sie diese Consequenz nicht! (ab.)

Vierter Auftritt.

Vorige, ohne Kammerherrn.

Zahn. Mord und Tod! (er schwenkt seinen Hut.) Freyheit — Freyheit — heilige Freyheit! Mir so zu begegnen? Mir! ein solches Geschöpf —

Geheime Rath. Ein Mensch, der —

Zahn. Ein Kammerherr?

G 5

Ges

Geheime Rath. — Der keine Grobheit leiden will!

Hahn. Einem Gelehrten —

Geheime Rath. Der sehr grob war.

Hahn. Wahr bin ich gewesen — wahr! Ungemischt, ungetrübt kam dieser heilige Quell aus meinem reinen Herzen. Aber wer mag davon kosten?

Geheime Rath. Ich nicht.

Hahn. Ich will mich rächen. Fürchterlich!!! Ich will im nächsten Hefte wieder über die Gleichheit der Stände schreiben. Mit einer Beredsamkeit, mit einer Gluth! Es soll in die Sinne fallen, so — so! so daß —

Geheime Rath. Jeder Nachbar dem andern über die Mauer, jeder Diener dem Herrn über den Geldkasten gehen möchte.

Hahn. Daß jeder Sterbliche Sinn und Muth bekömmt, zu zerreissen, zu zersprengen, was ihn preßt, engt und aufhält, zu erreichen — wohin Talent und Naturrecht ihn rufen.

Geheime Rath. Bravo!

Hahn (steigend.) Hinterher ein Kapitel mit dem feinsten Salz ausgestattet — ein Kapitel, was im Lachen das tödtlichste Gift ausstreuet —

Geheime Rath. Ach ja, seit einige von euch aus ihrer Bahn gezogen sind, und ihr doch nicht alle dahinauf könnt, scheint es mir, als hätte euer Salz viel Gift bey sich.

Hahn. Ein Kapitel — über die Kammerherren.

Geheime Rath. Lassen Sie es weg!

Hahn.

Zahn. Ein Kapitel mit der Ueberschrift — in diesen Zeiten — wahrlich nur die Ueberschrift ist schon ein Todesstreich.

Geheime Rath. Dieß Schmähen über den Adel ist so abgenutzt, ist so zum Wahrzeichen der Zuträger = und Einheizerzunft in der Litteratur geworden, daß die Bürger und die guten Bücherschreiber sich dessen schämen sollten. Ihr habt so lange über die Gewandtheiten der Herren geschrieben, einige unter ihnen schreiben nicht übel. Fiele es diesen ein, über eure Linkheiten zu schreiben, es würde euch unheimlich dabey werden.

Zahn. Dieser Ton? — Hm! Ich bin hier zu viel.

Geheime Rath. Ja!

Zahn. Warum?

Geheime Rath. Weil Ihre Beredsamkeit überall, in meinem Hause besonders — viel Uebel gestiftet hat —

Zahn. Daß ich den falschen Glanz leerer Hoheit niedertauche —

Geheime Rath. Daß Sie mit dem falschen Glanze leerer Worte und Systeme ruhige Bürger zu treulosen Unterthanen machen, ist schändlich. Sie und Ihres gleichen verscheuchen den Frieden von der Erde; Sie spiegeln eine Glückseligkeit vor, davon Sie wissen, daß sie ohne unerträgliches Elend, nicht — auch nur der Form nach, eingeführt werden kann, und ohne grösseres Ungemach, als die Menschenmenge jetzt trägt, aufzulegen, kann sie nicht bestehen.

Zahn.

Hahn. Das iſt ein Pasquill.

Geheime Rath. Ihr ſäet Zwietracht; Eigenthum hat keine Sicherheit mehr, ſeit eure prächtigen Lügen dem Volke das Gehirn verdrehen.

Fünfter Auftritt.

Vorige. Jürge.

Jürge. Grüße Ihn Gott, Herr Geheimer Rath.

Geheime Rath. Kommt Ihr doch auch einmal herein?

Jürge. Ey, ich werde doch! (er ſieht Magiſter Hahn.) Ey, ſieh da! (ſchüttelt ihm die Hand.) Gott grüße den Herrn Bruder!

Hahn. (umarmt ihn.) Gott erhalte Dich ſtandhaft, Bruder! Du biſt Menſch — und keiner iſt mehr als Du!

Jürge. Partou nicht! Das bleibt, wie wirs in der Gans abgeredet haben.

Hahn. Setz Dich, Bruder!

Jürge (ſetzt ſich.)

Hahn. (ſetzt ihm den Hut auf.) Die Tyrannen ſterben, lebe hoch — Sohn der neuen Freyheit!

(Geht.)

Sech=

Sechster Auftritt.

Geheime Rath.   Jürge.

Geheimer Rath. Wie ſtehts zu Hauſe?

Jürge. (ſteht auf.)

Geheime Rath. Bleibt ſitzen, Jürge! (er macht ihn ſitzen.)

Jürge. Ach, ich weiß wohl, es ſchickt ſich nicht. Aber ich mußte es thun, weil eben der Herr Bruder da war. (ſteht auf.)

Geheime Rath. (läßt ihn niederſitzen.) Kennt Ihr den Mann?

Jürge. (ſteht auf.) Das will ich glauben.

Geheime Rath. Ich bin nicht Euer Herr Bruder, aber ich befehle Euch, daß Ihr ſitzen bleibet.

Jürge. (ſetzt ſich.)

Geheime Rath. Und den Hut aufbehaltet.

Jürge. (ſitzt, und hat den Hut auf.)

Geheime Rath. Nun, wie ſtehts zu Hauſe?

Jürge. (ſitzt.) Ha!

Geheime Rath. Nun?

Jürge. So! Wir ſind auch ſcharf dahinter.

Geheime Rath. Wohinter?

Jürge. Ey — mit der Freyheit.

Geheime Rath. Wie iſt Euch denn das Ding ſo mit einemmale gekommen?

Jürge. Ha! Erſt, wie wirs ſo hörten von Frankreich, hat mirs und meiner Lieſe nicht recht gefallen wollen. Nachher aber, wie wir Sonntags so in der Zeitung gelesen haben — wies vorangeht — und daß da alle Menschen mit Gewalt gleich werden — und daß die Bauern dort auch ihre Meinung sagen können — und daß wir mit einem Worte jetzt was mehr sind! Da hat uns das Ding wohlgefallen.

Geheime Rath. Weil Ihr was m e h r seyd also?

Jürge. Ja! — Nachher nun hat vollends der Zeitungsschreiber mit seinen Reden immer gebohrt an uns Bauern, immer gebohrt, — daß wir hier zu Lande auch sollten einmal ausschlagen — da sind wir denn doch stutzig geworden. Das war aber alles noch nichts. Wenn wir so Abends unter der Linde gesessen sind, wir Alten, und haben unser Pfeifchen geraucht — da ist — eben da der — der Herr Bruder Hahn zu uns heraus gekommen — der hat uns erst den rechten Verstand von der Sache gegeben.

Geheime Rath. Wie so?

Jürge. Recht gemein hat er sich mit uns gemacht, hat uns Büchelchen gegeben, von Menschenrechten — haben sie sie getitulirt, die hat der Schulz vorgelesen; der Bruder Hahn hat sie denn recht ausgelegt, und hat uns gesagt — weil nun jetzt eben die ganze Welt Brüder wären — und die Herren da — die — — hm, wie heissen sie denn? — die 1200 Brüder von Paris — weil die die Deutschen mit Gewalt lieb hätten — und immer so lieb gehabt hätten —

Ge=

Geheime Rath. Davon haben wir Denk=
male —

Jürge. So liessen sie sichs was rechts kosten,
daß wir hier zu Lande auch dahinter kämen, wie
wirs anstellen müßten mit dem Aufruhr, und er
kriegte auch Schreibens deswegen —

Geheime Rath. Nun, und Ihr?

Jürge. Ja, seitdem wissen wir nun alles,
wie es hangt und langt, und nun sind wir einig,
die ganze Gemeinde, wir zahlen eben niemand nichts
mehr.

Geheime Rath. Nichts?

Jürge. Nichts.

Geheime Rath. Niemand?

Jürge. Niemand.

Geheime Rath. Also kriege ich für meinen
Acker von Euch auch keinen Pacht mehr?

Jürge. Nein.

Geheime Rath. Der Acker ist aber doch
mein?

Jürge. Höre Er — Er hat zu viel. Wir
werden nun alle gleich, es wird alles getheilt.

Geheime Rath. Getheilt? Alles gleich ge=
theilt, was auf der Welt ist?

Jürge. Alles.

Geheime Rath. Das hat man Euch gesagt?

Jürge. So wills verlauten.

Geheime Rath. So müßt Ihr mit Eurem
Knecht auch theilen, was Ihr mehr habt als er?

Jürge. Es kriegt einer so viel als der andere.

Ge=

Geheime Rath. Wer wird dann für Euch die Arbeit thun, die Ihr bisher nicht selbst gethan habt?

Jürge. Meine Kinder.

Geheime Rath. Und wenn die heyrathen?

Jürge. Dinge ich mir Leute für Geld.

Geheime Rath. Wenn aber alle gleich reich sind, wird sich da nicht einer schämen, für den andern zu arbeiten?

Jürge. Hoho! — es giebt immer Leute, die gern Geld verdienen.

Geheime Rath. So giebts auch immer Leute, die mehr haben als Ihr.

Jürge. Das wohl!

Geheime Rath. Wer reicher ist als Ihr, vermag mehr als Ihr.

Jürge. Das wohl!

Geheime Rath. Die Welt ehrt das Geld. So lange es Reichere giebt, so giebt es auch Vornehmere als Ihr seyd.

Jürge. (steht auf.) Auf die Weise —

Geheime Rath. Warum bleibt Ihr nicht sitzen?

Jürge. Herr! lasse Er mich stehen — ich bins nicht gewohnt — so vor Seines gleichen zu sitzen — es ist mir nicht bequem; laß Er mich stehen.

Geheime Rath. Wenn Ihr vor meines gleichen sitzt, und vor ihnen den Hut aufhabt — ists Euch nicht einmal bequem?

Jürge. Nein.

Geheime Rath. Ihr armen Leute! — Der ganze Vortheil, den Ihr von dem aufrühriſchen Weſen habt, beſteht doch nur darin, daß Ihr eine Weile gegen die Vornehmen grob ſeyn dürft.

Jürge. Das wäre alles?

Geheime Rath. Alles! Und die Herren, die Euch dazu verleiten, haben nicht viel mehr davon — als daß ſie vor aller Welt eine Weile recht breit und grob waren.

Jürge. Und wir müßten hernach doch wieder Abgaben zahlen?

Geheime Rath. Allerdings!

Jürge. So? — Nun, das hat nichts auf ſich — ſo ſetzen wir hernach die neue Obrigkeit auch wieder ab. Indeß wollte ich nur ſagen: — Weil Er ein ſo guter Herr iſt — ſo will ich Ihm denn noch einmal zu guter Letzt den Pacht bringen. (Sieht ſich um.) Daß es aber niemand erfährt, meine Kinder würden ſonſt häßlich mit mir umgehen.

Geheime Rath. Eure K i n d e r?

Jürge. Ja wohl! Ey das iſt jetzt alles anders. Meynt Er denn, ich dürfte ein Wort reden? Ja — da iſts aus. Mein älteſter ſagts gleich wieder — und da giebts einen Heidenlärmen.

Geheime Rath. Alſo — Euer Sohn verräth Euch?

Jürge. Ja — verſtehe Er — er verräths nicht — er ſagts nur wieder. — Sonſt wars auch nicht ſo; aber jetzt — wegen der Freyheit — — ſehe Er — da iſt nun jetzt alles anders.

H　　　　　　Ge

Geheime Rath. So seyd Ihr doch eben nicht sehr frey?

Jürge. Meynt Er? Herr! ich sage Ihm, wir thun gar nichts mehr.

Geheime Rath. So?

Jürge. Gar nichts! Wir schwatzen — trinken — und toben — und sind eben frey.

Geheime Rath. Und unser Herr —

Jürge. Ja — da wissen wir nun noch nicht so recht, wie wirs halten sollen. Der Herr Bruder Hahn — meynt — Herr — müßte er bleiben.

Geheime Rath. Aber Ihr müßtet ihm nichts mehr bezahlen?

Jürge. Nicht einen rothen Heller! Und er müßte auch nichts mehr zu kommandiren haben.

Geheime Rath. Müßte aber doch Herr bleiben?

Jürge. O Gott ja!

Geheime Rath. Mensch! sagt Dir denn Dein Gewissen gar nichts dabey?

Jürge. Manchmal ist mirs wohl unheimlich. — Wenn ich aber — sehe Er, so daran denke, wie der Amtmann mit mir verfahren ist — alle Wetter, Herr, dann kochts in mir.

Geheime Rath. Habt Ihr geklagt?

Jürge. Ach ja. Aber es ist dem Herrn nicht recht vorgebracht — und dem Amtmann ist darüber gar nichts geschehen.

Geheime Rath. Und darum wollt Ihr Eurem Fürsten den Gehorsam aufkündigen?

Jürge. Ja — so meyne ich.

Ge=

Geheime Rath. Hm! — Es — läßt sich hören.

Jürge. Nicht wahr!

Geheime Rath. Hört, Jürge — daß ich doch meine Sache nicht vergesse — der Zaun an meiner Wiese, wo Euer Vieh weidet, ist noch nicht zugemacht.

Jürge. (verwundert.) Noch nicht?

Geheime Rath. Euer Vieh verwüstet noch immer meine Aecker. — Wenn wir nun alle frey sind, bey wem soll ich klagen?

Jürge. Herr, ich habe mein Seel geglaubt, der Zaun wäre gemacht. Ich habe mich auf den Knecht verlassen; zürne Er nicht! Er weiß, ich thue sonst niemand leides.

Geheime Rath. Ich habe mich bey Euch beklagt, es ist nicht geholfen. Nun müßte ich mein eigen Recht nehmen, Euch den Pacht aufkünden, oder Euch gar aus dem Hause werfen.

Jürge. Mein Seel, Herr, ich habe mich auf den Knecht verlassen! Ja, mein Gott! man kann nicht alles selbst thun, sonst bleibt die grosse Arbeit liegen.

Geheime Rath. Jürge — ich verzeihe Euch — ich künde euch keinen Pacht auf — ich mißhandle Euch nicht. Aber — auch der Fürst — mußte sich auf seinen Knecht, den Amtmann, verlassen. Er kann auch nicht alles selbst thun, sonst bleibt die grosse Arbeit für die Tausende — davon Ihr einer seyd — liegen. Ich künde Euch meines Schadens halben den Pacht nicht auf — kündet Ihr Eures

Schadens halben Eurem Fürsten den Gehorsam nicht
auf! Da ist Euer Geld. — Seyd Ihr mir und
dem Fürsten schuldig, und Ihr könnt nicht beyde
zugleich bezahlen — so laßt mich warten, bezahlt
den Fürsten. Geht heim, ehrlicher Mann, rührt
die Gewissen der andern — daß sie auch so thun —
und Ihr werdet Segen davon haben. Gott be-
fohlen.

Jürge. Er greift mir ans Herz — aber ich
verlöre meinen ehrlichen Namen.

Geheime Rath. Wer sagt das?

Jürge. Alles — alle Welt! Ey — ich bin
jetzt so viel als der Fürst. Wenn ich bezahle, so
bin ich ein Sklave — und mein Seele — sie stossen
mich zum Dorfe hinaus. Da nehme Er, mache
Er damit, was Er will — aber ich mantenire die
Freyheit! (Ab.)

Geheime Rath. Unseliger Starrsinn, doch
ist Beharrlichkeit darin. — Gut dann — Ich werde in der guten Sache dir nicht nachstehen. (Er
nimmt Hut und Stock, die er bey des Kammerherrn
Ankunft weggelegt hatte, und begegnet der Geheimen
Räthin.)

Siebenter Auftritt.

Voriger. Geheime Räthin.

Geheime Rath. Was hast du ausgerichtet?
Geheime Räthin. Wo?
Geheime Rath. Bey den Kindern.

Ge-

Geheime Räthin. Albertine war immer ein dankbares Mädchen.

Geheime Rath. Und meine Söhne?

Geheime Räthin. Ach!

Geheime Rath. Sie waren kalt —?

Geheime Räthin. Lieber Mann —

Geheime Rath. Sie lieben mich nicht mehr?

Geheime Räthin. Ich kann dir es nicht verbergen —

Geheime Rath. Was?

Geheime Räthin. Meine Angst ist zu groß —

Geheime Rath. Rede!

Geheime Räthin. Sie sind beyde nicht da!

Geheime Rath. Franz?

Geheime Räthin. Und Bernhard, beyde schon zwey Stunden fort —

Geheime Rath. Wenn sind sie denn jetzt einmal zu Hause —

Geheime Räthin. Das ist nicht alles —

Geheime Rath. Nun — was noch?

Geheime Räthin. Man spricht von einem Auflaufe —

Geheime Rath. Von einem Auflaufe?

Geheime Räthin. Der jetzt eben in der Stadt entstanden seyn soll.

Geheime Rath. So sind sie dabey. Wo ist das?

Geheime Räthin. Man sagt, nicht weit vom Schlosse.

Geheime Rath. Adieu —

Geheime Räthin. Mann —

Ge-

Geheime Rath. Da gehöre ich hin.

Geheime Räthin. Um Gotteswillen —

Geheime Rath. Weib, ich liebe dich zärtlich! Ich bin ein guter Vater. — Aber wo von der Person unsers guten Herrn die Rede ist — da kennt dein ehrlicher Mann — im ganzen Lande, in der Stadt, an seinem Busen selbst — nur Unterthanen — Unterthanen nur. (geht ab.)

Geheime Räthin. Welche Zeiten! — welche Tage! — In der Angst, mein Haus über mir wegbrennen zu sehen, lege ich mich nieder! In der Verzweiflung, Wittwe zu werden, erwache ich!

Ende des ersten Aufzugs.

Zweyter Aufzug.
(Dasselbe Zimmer.)

Erster Auftritt.

Bierbrauer Freund (mit grossem Lärmen, und vieler Wichtigkeit, den Hut auf.)

Heda! — So weit wären wir denn doch nun gekommen! — Sonst — war ich nur der Bierbrauer Freund schlechtweg — man warf mir, für mein

mein schönes goldgelbes Bier — die schmutzige ku-
pferne Münze, nur so vor die Nase hin — ohne
guten Tag und guten Weg. Wer jedermanns ge-
horsamer Diener seyn mußte noch obendrein — war
ich. Wie das jetzt alles anders worden ist! Man
bückt sich vor mir auf zehn Schritte, man bietet
mir die Hand — und die hochfahrige Geheime Räthin wird mich schön bitten, daß ich mich nur ein
Minütchen, auf den seidenen Stuhl da, nieder-
lasse. — Es leben die Gelehrten, die die Welt um-
kehren! Bruder Hahn, und alle, die so in das
Volk hinein brüllen, wie der Nordwind, daß Baum
und Haus zusammenstürzt! (halb singend.) Es leben die Gelehrten!

Sie wohnen hoch
Und schreiben hoch,
Daß alles glatt
Wird, gleich und glatt.

Zweyter Auftritt.

Freund. Geheime Räthin.

Geheime Räthin. Sie haben nach mir gefragt?

Freund. (rückt den Hut.) Das habe ich.

Geheime Räthin. Wer — (verlegen) wer
sind Sie?

Freund. Sic eunt fata hominum! Es wird
darum keinem bey der Wiege gesungen, was noch
aus ihm werden kann.

H 4 Ge-

Geheime Räthin. Ich bitte mir zu sagen — wer sind Sie?

Freund. Ein Mensch.

Geheime Räthin. Was verlangen Sie?

Freund. In der Stadt gelte ich für den Bierbrauer Freund, der braves Bier für billiges Geld giebt, und schöne Verse dazu umsonst. Bald werde ich ein anderer Kerl seyn. Aber das beste Bier soll doch noch bey mir fortgebrauet werden.

Geheime Räthin. (unruhig) Was soll ich —

Freund Gemach! Denn auch bey Ihnen werde ich gleich eine andere Positur annehmen. — Ich darf Ihnen nur sagen — ich komme aus der Schloßgasse.

Geheime Räthin. O mein Herr — wie steht es dort?

Freund Wie wir Poeten sagen:
>   Die edle Freyheit
>   Kostet viel Arbeit.

Ihr Sohn Franz hat mich hergeschickt.

Geheime Räthin. Ist er wohl? Und sein Bruder?

Freund. Herr Franz hat mich hergeschickt. Vor seinem Namen hat die ganze Bürgerschaft Respekt.

Geheime Räthin. Und mein Mann? Ach mein Mann!

Freund. Der wackere Herr! — Schade um ihn! Er und sein jüngster Sohn sind auf Feindes Seite.

Ge=

Geheime Räthin. (die Hände ringend.) O meine Kinder!

Freund. Der Aelteste geht ins Feuer wie ein Blinder! Haha — Nun — antworten Sie gleichfalls in Versiculis.

Geheime Räthin. Lieber Mann, ich bin in Todesangst um die Meinen —

Freund. Machen Sie Verse! Das ist ein probat Mittelchen in Nöthen, die Seele geht in die Wolken — sehen Sie — und wenn man den Leib mit Nadeln sticht, er weiß es nicht.

Geheime Räthin. Ich muß Sie verlassen. Ich weiß nicht, was in mir vorgeht, welche Ahndungen —

Freund. (feyerlich.) Trinken Sie Bier! Von meinem Bier —

Geheime Räthin. Ach Gott!

Freund. (den Hut schwenkend.) Es lebe Freyheit und Bier! Mein Bier, sage ich Ihnen — das thut alleweile Wunder! Die ganze Schloßgasse handelt durch mein Bier.

Geheime Räthin. Desto schlimmer!

Freund. Nicht immer! Haha! sie suchen den Bürgermeister Rechfeld.

Geheime Räthin. (erschrocken.) Rechfeld?

Freund. Und wenn sie ihn finden —

Geheime Rath. Nun?

Freund. So wird er morgen nicht mehr gesucht.

Geheime Räthin. Wie verstehen Sie das?

H 5 **Freund.**

Freund. Damit er nicht wieder davon laufen kann, binden sie ihn fest. — Wie hoch? weiß ich nicht, da lasse ich mein Bier schalten.

Geheime Räthin. Rechfeld! armer — unglücklicher Mann —

Freund. Arm ist er nicht.

Geheime Räthin. Weil er nicht arm ist, soll er elend werden; ich weiß es nur zu gut.

Freund. Der Bürgermeister, so oft
   Mein Bier ausricht;
  Mein Bier nunmehr den
   Bürgermeister richt.

Sehen Sie — wie ich gehört habe, daß es dem Bürgermeister an den Kragen gehen soll — fuderweis habe ich mein Bier in die Schloßgasse geschickt, daß der Pöbel recht wütig wird.

Geheime Räthin. Was hat Ihnen der redliche Greis gethan?

Freund. Gethan? Was Rad und Galgen werth ist. Meine Urgroßmutter hat ein gewaltiges Kapital gestiftet, daß alle Samstäge eine Predigt gehalten werden solle. Die Predigt ist immer richtig gehalten — wie ein Löwe hat der Herr Pfarrer geschrieen, und wenn auch niemand da war, als ich alleine. Jetzt hat der Bürgermeister die Predigt aufgehoben; Bettelkinder von Lumpenleuten werden von dem Kapital gekleidet. Hat er nicht das neue Gesangbuch eingeführt? Hat er nicht die Glöckchen am Klingelbeutel abgeschafft? Was wollen Sie sagen — schon allerley hätte die Stadt dem Fürsten abgezwackt; er war aber immer dagegen.

Ge-

Geheime Räthin. Darum —

Freund. (wütend.) RathsHerr wäre ich ſchon
längſt, wenn er nicht wäre. Was hat er geſagt?
Ich ſollte zu Hauſe bleiben, und gut Bier brauen
— das hat er geſagt. — Aber ich bin nicht ſo da,
ich. Wie meine Knechte in der Schloßgaſſe das
Bier ausgetheilt haben, haben ſie gleich Stimmen
geſammelt. Es fehlt mir nicht, ich werde Bürgermeiſter — wenn nur Ihr Sohn will.

Geheime Räthin. Mein Sohn?

Freund. Auf den hört alles; ein wütiger Red-
ner iſts; überall vornweg. Er iſt, ſo zu ſagen,
der Hauptrebell.

Geheime Räthin. Das iſt ſchrecklich!

Freund. Magiſter Hahn gilt auch viel; den
habe ich aber, denn er hat freyen Trunk bey mir —
wenn er Abends der Brüderſchaft vorlieſt. Da
ſollten Sie einmal ſo dazu kommen; thun Sie
das! Kein Menſch fällt darauf, wie wir da ſo
alle Tage mehr hinter die Regierung kommen.

Geheime Räthin. Zu Eurem Unglück!

Freund. Wie ein Krug Bier leer wird — muß
auch ein Thron leer werden; da geben wir die
Fürſtenthümer weg um ein Bagatell.

Geheime Räthin. Seht Ihr denn gar nicht,
daß Euch das ins Elend führt?

Freund. Nichts Elend! Aber das muß wahr
ſeyn: den Herren, die ſo alle Monate ein Gewiſſes
ſchreiben, ſind wir alles ſchuldig! Alles! Ey Sapperment, wir lebten noch in der Ruhe, brauten unſer Bier, und tränken es ſtille weg, wenn die nicht
wä-

wären. Aber die haben es pfiffig gemacht, die: Erst haben sie den Adel herumgeholt, und geschimpft — das mußte nur so seyn, die großen Herren haben hinter der Gardine dazu gelacht. Nun wurds noch ärger. Als sie mit dem Adel fertig waren, haben sie die großen Herren angepackt; da lachte nun der Adel wieder hinter der Gardine. Derweile nun die großen Herren den Adel fallen ließen, und der Adel die großen Herren — sind wir eins geworden, wir wollen alle beyde ganz und gar kaput machen. Man sagt zwar, jetzt sähen sie alle beyde ein, daß sie sich einander beystehen müßten — aber ich — was mich anlangt, leide es nicht. So lange ich nur noch Bier im Keller habe, müssen sie mir zu Schanden werden.

Geheime Räthin. Ich bitte Sie — lassen Sie mir Erholung —

Freund. Nun, so helfen Sie mir nur bey Ihrem Sohne. Wenns dann einmal gegen Ihren Mann losgehen soll, will ich auch kein Bier herschicken. Adieu derweile; ich muß wieder hinaus in die Schloßgasse:

Heute machen wir das neue Regiment,
Henken das alte, so hats ein End. (geht ab.)

Dritter Auftritt.

Geheime Räthin, Albertine.

Albertine. Wie ist Ihnen zu Muthe, gute Mutter?

Ge-

Geheime Räthin. Sehr traurig, sehr angst. Dein Bruder geht immer weiter in der rasenden Thorheit.

Albertine. Zu weit geht er; aber — Thorheit — ist ein hartes Wort, für ein muthiges, edles Unternehmen.

Geheime Räthin. Mit jedem Pöbel lassen sie sich in Verbindung ein, er und der junge Rechfeld.

Albertine. Pöbel? — Armseliges Vorurtheil! Was ist denn der Unterschied, den Sie so ehren? Der Unterschied der Kleider!

Geheime Räthin. (die Hand auf ihre Achsel.) Der Seelen!

Albertine. Nun denn —

Geheime Räthin. Wer sind die Menschen, denen dein Bruder und dein Bräutigam sich und ihr System in die Arme werfen?

Albertine. Gemeine Bürger, ungebildete Menschen — voll Gefühl für Menschenwerth, voll Muth für ihre Rechte — das adelt ihren Stand.

Geheime Räthin. Albertine — was hat die Liebe aus Dir gemacht?

Albertine. Eine würdige Geliebte.

Geheime Räthin. Diese Schwärmerey könnte man einem Knaben etwas zu gute halten —

Albertine. Erlauben Sie mir meine Ueberzeugung.

Geheime Räthin. Habe sie; nur bleibe Weib.

Al

Albertine. (fest.) Ich bin, ich werde, ich bleibe, was meinem Vaterlande frommt.

Geheime Räthin. (weint) Das wußte ich noch nicht, daß ich auch über Dich seufzen soll!

Vierter Auftritt.

Vorige. Bernhard.

Bernhard. (hastig.) Der Vater ist wohl, liebe Mutter.

Geheime Räthin. Dein Bruder?

Bernhard. Der Auflauf hat sich gelegt, er wird ja nun wohl kommen.

Geheime Räthin. Wie stehts um den alten Rechfeld?

Bernhard. Er ist nicht gefunden worden.

Geheime Räthin. Gott Lob!

Albertine. Sein Sohn — ist er —

Bernhard. O, liebe Schwester! er hielt Reden an den wütenden Pöbel, für die Sicherheit seines Vaters, deren der Vater sich geschämt haben würde, hätte er sie gehört. „Er bekannte seines „Vaters Unrecht; bat, man möge aus Großmuth, „einem alten, schon kindischen Manne verzeihen, „daß er so an dem Fürsten hänge. Man möge „ihm, der alles das verabscheue, seines Vaters „Leben schenken.“

Geheime Räthin. Und das Volk?

Bernhard. Gab es ihm — als Almosen.

Al=

Albertine. Es gab es ihm; er erhielt doch seinen Vater; ob er ein Wort mehr oder minder bey dieser kindlichen Handlung brauchte, was liegt daran?

Bernhard. Auf acht Stunden! So lange wollte man ihm Frist zum öffentlichen Widerruf und Niederlegung aller seiner Stellen geben.

Albertine. So dringt in ihn, daß er diesen Zeitraum nutze und gehorche.

Bernhard. Nein, das ertrage ich nicht! Dieser Augenblick hat mir das Schwert in die Hand gegeben, nicht für den Fürsten allein, für die Menschheit, die in diesem unsinnigen Taumel unter die Füße getreten wird!

Geheime Räthin. Ich hoffe noch immer; die Natur kann sich nie so verläugnen.

Bernhard. Da — sehen Sie, hören Sie! Die Natur hat dieß Mädchen sanft gebildet, und gut, auch sie —

Albertine. Ist Bürgerin — und dankt Gott, daß einmal ein Augenblick da ist, wo Menschenrech= te auch ihrem Geschlechte wieder gegeben werden.

Fünfter Auftritt.

Vorige. Geheime Rath.

Geheime Räthin. Ach lieber Mann! —
Bernhard. Mein Vater! —

(Beide umarmen ihn.)

Ge=

Geheime Rath. Ich sehe, ihr armen Leute habt Unruhe gehabt. —

Albertine. Die schmerzlichste —

Geheime Räthin. Das wußtest du doch ohne unsre Worte —

Geheime Rath. Es war ohne Noth. Ich war im Schloß, und niemals wird sich die Tollheit des Volks bis an den Wohnsitz seines Wohlthäters wagen.

Bernhard. Doch, mein Vater —

Geheime Rath. Niemals! So viel Glauben habe ich an Dankbarkeit.

Bernhard. Ich meine, Bewegungen bemerkt zu haben —

Geheime Rath. So entdecke sie.

Bernhard. Wo? Wem? —

Geheime Rath. Wo Du es nöthig glaubst — Ist es gegen den Fürsten selbst?

Bernhard. Das weiß ich nicht; das glaube ich nicht. Aber kann der Urheber eines Planes in einem gräßlichen Augenblicke dafür stehen, wie weit der zügellose Haufe gehen wird?

Geheime Rath. Entdecke, was Du weißt!

Bernhard. Auch wenn mein Bruder dabey ist?

Geheime Räthin. Franz?

Albertine. Ich fürchte es!

Bernhard. Nun, Vater — reissen Sie mich aus dieser Angst! Was soll ich thun? (Pause)

Geheime Rath. (setzt sich.) O Gott!

Bes

Geheime Räthin. Was willst du, daß Bernhard thun soll? —

Geheime Rath. (gerührt.) Wir werden uns gewöhnen müssen, auf diesen Sohn nicht mehr zu rechnen.

Geheime Räthin. Kann ich das? Ich bin Mutter —

Geheime Rath. Ich bin Vater! — Vater — aber auch Mensch, der weiß was Treue ist und Dankbarkeit.

Bernhard. Wenn nur Einer rückkehrte! Ein Beyspiel eines bedeutenden Mannes risse Tausende zurück. Wer könnte leichter rückkehren als Rechfeld, der seinen Vater an das Grab geschleift sieht? Albertine! wenn du mit Liebe, mit Güte den Sturm in Rechfelds Busen besänftigen wolltest!

Albertine. Ich will alles thun, Unrecht zu verhüten, wo ich Unrecht fühle.

Geheime Rath. Fühlst Du es hier nicht?

Albertine. Nein, Vater!

Geheime Rath. Albertine!

Albertine. (mit einem Strom von Gefühl seine Hand fassend.) Ewig Ihre gute Tochter.

Geheime Rath. Albertine! Der Sohn ist gegen den Vater.

Albertine. Bey Gott nicht! Der Sohn hat dem Vater das Leben erfleht. Dann aber — ist der Freye wieder gegen den Sklaven. Trägt der Sklave eine drückende Bürde, will er darunter erliegen, den Geist aufgeben — warum wirft er die Bürde nicht ab, da er das kann? Wenn er es

J   nicht

nicht will — wenn er sogar gern erliegt, weß ist die Schuld?

Geheime Rath. Tochter — ich sehe Dich als eine Kranke an — geh — überlege — zieh Dein Herz mit zu Rathe — Ich war von jeher ruhig über Dein Herz — ich war manchmal wohl stolz darauf — laß Dein Herz uns sanften Frieden ge= ben, ich bitte dich darum!

Albertine. Vater, Sie rühren mich zu Thrä= nen, aber mein Sinn ist fest.

Geheime Rath. (sehr ernst.) Nun ja doch, Du bist krank — ich bin ein väterlicher Arzt — ich zürne nicht, ich gebe Dir Erholung. Wenn ich aber dann Dich unheilbar finden sollte — so rechne auf den gesunden Entschluß eines vernünftigen Man= nes. Geh!

Albertine. (geht.)

Sechster Auftritt.

Vorige, ohne Albertine.

Geheime Räthin. Ich kann mich nicht er= holen, so geht das alles mit mir um. Kummer dieser Art ist so neu. Wer konnte das jemals er= warten, wer konnte sich etwas darüber sagen?

Geheime Rath Du hast Recht. Alle Men= schen sind jetzt überrascht. Eben darum sind weni= gen entschlossene Bösewichter so plötzlich Herren ge= worden.

Bern=

Bernhard. Herren über unsre erste Empfindung; aber über unsre Ueberzeugung doch nicht? Soll der erste Schreck unsere edelsten Kräfte noch länger gefangen halten? Ist das billig? ist das männlich?

Geheime Rath. Nein! Drum laßt uns fest seyn. Frau — niemals werde ich Naturgefühle opfern, um Held in meiner Pflicht zu heißen. Aber, kein Verhältniß soll mich zum Meineidigen an Fürst und Vaterlande machen — das schwöre ich beym allmächtigen Gott.

Bernhard. Noch nicht! —

Geheime Räthin. Kann ich mich mit gutem Herzen des Schwures freuen? Er geht gegen Sohn und Tochter?

Geheime Rath. Handle — wie du als Gattin und Mutter fühlst! mehr fordre ich nicht von dir.

Geheime Räthin. Ich danke dir für dieß gräßliche Geschenk. Wer ist nun der erste aus der geliebten Reihe, über den ich armes Weib meine Haare ausraufen soll? — O Gott! (sie geht.)

Siebenter Auftritt.

Bernhard, Geheime Rath.

Geheime Rath. Unthätig bin ich nicht, mein Sohn! Ich habe von der Gefahr mein Theil übernommen, nicht das kleinste. — Du liebst unsern Fürsten?

Bern-

Bernhard. Zwiefach, seit er unglücklich iſt. Ich ehre ihn, weil er ein wohlthätiger, guter Menſch iſt.

Geheime Rath. So waffne Dich mit Muth für ihn und ſeine treuen Diener. Bernhard — ich will Dir ein Geheimniß anvertrauen. Ob es gleich Leben und Tod betrift, ſo fordre ich dennoch keine Verſchwiegenheit von Dir, weil ich deiner gewiß bin. Du weißt, man hat den alten Rechfeld geſucht, und man würde ihn erwürgt haben, wenn man ihn gefunden hätte.

Bernhard. Iſt er denn nun ganz ſicher?

Geheime Rath. Ja!

Bernhard. Gott Lob!

Geheime Rath. Man glaubt, er wäre ins Schloß geflüchtet —

Bernhard. Ach Gott! iſt er denn nicht dort?

Geheime Rath. Nein, mein Sohn, er iſt hier.

Bernhard. Hier?

Geheime Rath. Hier im Hauſe, durch die Gärten und Höfe glücklich daher entkommen. Niemand weiß es, als ich und Du. Er iſt in meinem Kabinet verborgen; allein dort achte ich ihn nicht ſicher, wir wollen ihn in das Zimmer führen, wo die Tante gewohnt hat. Indeß geh hinaus an die Treppe; ſetze mich ſicher, daß niemand uns überraſche. Eile!

Bernhard. Gleich. (geht.)

Geheime Rath (folgt, in der Thüre ſagt er.) Siehſt Du niemand?

Lern=

Bernhard. (von auſſen.) Niemand.

Geheime Rath. (geht, nach kurzer Pauſe
kommt)

Achter Auftritt.

Geheime Rath mit dem Bürgermeiſter Rechfeld,

(das Geſicht ruht auf dem Buſen des erſtern.)

Geheime Rath. (da er mitten im Zimmer mit
ihm iſt.) Rechfeld! alter Freund — Rechfeld,
ſammle Dich! Du biſt in den Armen der Freund=
ſchaft.

Rechfeld. (ohne aufzuſehen.) Mein Sohn —

Geheime Rath. Ermanne Dich — ſtütze
Dich auf deine guten Handlungen.

Rechfeld. (hebt das Geſicht.) Mein Sohn ver=
läßt mich!

Geheime Rath. Dir bleibt eine Tochter, und
ihr dein Segen!

Rechfeld. Ich ſterbe eines ſchändlichen Todes!

Geheime Rath. Nein, das ſollſt Du nicht—
nur ruhe jetzt. (Sie gehen.)

Rechfeld. Mein Sohn, mein Sohn!

Neunter Auftritt.

Franz und Bernhard (von außen.)

Franz. Warum nicht?

Bernhard. Dein Vater will es so!

Franz. Zurück! sage ich —

Bernhard. Ich darf nicht, und der Vater ist nicht hier.

Franz. (tritt ein.) Wo ist er?

Bernhard. (folgt.) Ich weiß es nicht.

Franz. Seltsam, wahrhaftig! Die Erlaubniß, meinen Vater zu sprechen, wird eine Gnade, die ich aus meines Bruders Hand empfangen muß!

Bernhard. Mißdeute nicht gewaltsam!

Zehnter Auftritt.

Vorige. Geheime Rath.

Geheime Rath. Ach mein Franz! — Gieb mir noch einmal deine Hand. Noch weiß ich nichts. Noch kenne ich die Gräuel nicht, die sie vollbracht hat, noch kann ich sie auf mein Herz legen. Noch einmal kann ich Dich umarmen. (Er thut es herzlich) So! Nun erzähle, und (er entläßt ihn) bringe mich um alle Hoffnungen, die ich von meinem Franz hatte.

Franz. Vater!

Geheime Rath. Stolz und herrlich bist Du heran gewachsen — Wozu? Zum stolzen Rebellen —

zum

zum Mordbrenner! zum Mörder, wenn es dein Tyrann, der wilde, tolle, trunkne Haufen will. Wie wird das enden — wie? Gute Vorsicht, was ahndet der arme Vater hinter diesem Wie?

Franz. (Vater und Bruder mit Erstaunen betrachtend.) So kleinmüthig sah ich Sie nie.

Geheime Rath. Höre, mein Sohn! Zwey Gedanken sind es, die ich jetzt nur denken kann, und keine andern; höre sie — fühle sie. Bist Du unglücklich, so muß ich Dich bejammern — bist Du glücklich, so muß ich Dich verfluchen! (sanft.) Noch bist Du zu retten — noch! (mit Thränen.) O Franz, Franz!

Bernhard. Ist Dir dein Vater so ganz gleichgültig geworden? —

Geheime Rath. Nicht doch — laß mich das fürchten, Bernhard; wissen laß mich es nicht!

Franz. Meine Ueberzeugung kann nicht wanken — Warum zerreissen Sie mein Herz?

Geheime Rath. (nach einiger Pause.) Du warst die Nacht weg?

Franz. — Ja!

Geheime Rath. Die ganze Nacht?

Franz. Ja!

Geheime Rath. Jetzt auch?

Franz. — Ja!

Geheime Rath. — Wieder?

Franz. Messen Sie die jetzigen Zeiten nicht mit den vergangenen.

Geheime Rath. Leider, das kann ich nicht.— Wo warest Du?

Franz.

Franz. — In der Vorstadt —

Bernhard. Bruder! Du hättest auch den guten alten Rechfeld mit gesucht?

Franz. Das habe ich.

Geheime Rath. Konntest Du es ohne Herzensangst?

Bernhard. Wenn man ihn nun gefunden hätte? —

Franz. So hätte man ihn —

Geheime Rath. (heftig.) Franz, Franz —

Franz Vater —

Geheime Rath. Ehe Du weiter sprichst — ach Franz! nur einen Augenblick halt inne! Denk Dir den alten Vater, verlassen von seinem Sohne — sein eisgraues Haar von Mörderhänden zerrauft — dieses ehrwürdige Haupt — in den Schutt seines Hauses getreten! Franz, Franz! — Denke Dir das letzte Todeszucken der Hand, die so oft auf deinem Haupte lag; die Stimme, die so oft Dir zurief — Gott segne dich, guter Junge!

Franz. (nach einem tiefen Seufzer.) Ja! — schrecklich ist es, aus einem solchen Getümmel in das väterliche Haus zu kommen. Es zerreißt die Seele, wenn die Stimme eines guten Vaters die Bilder der Kindheit uns zurückruft. Aber —

Bernhard. Ich danke Gott, daß Du so fühlst. Bruder, verlaß den Weg nicht! er führt Dich zu Frieden und Glück.

Geheime Rath. Still Bernhard! Aber —? — Ich möchte wissen, was Du nach einem so reinen, richtigen Gefühl für ein Aber haben kannst?

Franz.

Franz. Wir entwachsen der Kindheit — Alles um uns her reift einer Vollendung entgegen. Wir werden unwillkürlich fortgetrieben — unser Weg wird steiler — was uns da umgiebt, ernster — unsre Pflichten strenger — die Opfer, welche unsre Pflicht begehrt, oft schrecklich! (heftig.) Laßt mich das Verhängniß anklagen, wenn es blutige Opfer werden.

Geheime Rath. „Wenn es blutige Opfer werden!" Hätte man den alten Rechfeld ermordet, wenn man ihn gefunden hätte?

Franz. — Er ist am eifrigsten gegen die Freyheit!

Geheime Rath. Sein Amt —

Franz. Er hindert uns am hartnäckigsten!

Geheime Rath. Sein Eid —

Franz. Er hat den meisten Anhang im Volke und auf dem Lande.

Geheime Rath. Seine Richterverantwortung, vor Gott und dem Fürsten.

Franz Ich bitte Sie, zählen Sie nicht länger diese verrufene Münze gegen das ächte Gold, was unser Herzblut würdigt.

Geheime Rath. Wer hat Richter = und Unterthanenpflichten aufgehoben?

Franz. Naturrecht— Menschenwürde— Volksmajestät.

Bernhard. Zusammen gerotteter Pöbel!

Franz. Volk oder Publikum, Dorf oder Stadt, Grafschaft oder Königreich — eines ganzen Volkes Stimme — ist Gottes Stimme.

J 5

Geheime Rath. Wo ist hier ein ganzes Volk?

Franz. In der Stimme der Besseren.

Bernhard. Wer führt sie?

Franz Die mit mir fühlen! mit mir Blut zu ihren Worten geben.

Bernhard. Ist es das, was euern Beruf heiligt? Franz! ich gebe willig mein Blut für unsern guten Herrn hin.

Geheime Rath. Für ihn, oder Recht und Ordnung — das gilt Eins! für Eigenthum, und Redlichkeit, und Frieden! Franz! ich will Dir zeigen, daß Muth und Ausdauer leichter noch das Werk der Ueberzeugung ist, als des gährenden Blutes!

Bernhard. Kannst Du das wollen? — Soll unser Blut gegen deines strömen, wenn es aufs Aeußerste käme? Und es kommt dahin! Du weißt es — Du! Ich klage Dich hier vor unserm Vater an: Du weißt um einen fürchterlichen Anschlag —

(Pause.)

Franz. (wendet sich ab.)

Geheime Rath. Sohn — ich beschwöre Dich —

Franz. Nicht weiter! — Denn was ich auch wissen könnte: — mich bindet ein doppelter, gräßlicher, körperlicher Eid.

Geheime Rath So fahre hin! und ein guter Engel erbarme sich deiner!

Franz. Nähren Sie die Hoffnung, daß alles noch in Frieden enden kann.

Be-

Geheime Rath. Mörder und Räuber suchen keinen Frieden!

Franz. Wenn der Fürst nachgiebt — gewährt —

Geheime Rath. Er hat nachgegeben, was sein ist — äußere Vorzüge; mehr kann er nicht — Die Richterweihe über das Volk, was er leitet, empfieng er von Gott. Die Urkunde dafür ist das Gewissen der Fürsten. Sie wird einst untersucht werden, wenn die Völker umher zur Wahrschaue aufgestellt sind — unser Fürst kann sich daneben stellen, und gnädiges Gericht hoffen. Wer seine Hand ausstreckt, diese Kraft zu hemmen, diese Fürstenvollmacht zu verletzen — ist verflucht! (ganz ferne der Appell einer Trommel.) Was bedeutet dieß?

Franz. Die Zünfte versammeln sich.

Geheime Rath. Wozu?

Franz. Den alten Rechfeld abzusetzen, und die Stadtarchive ihm abzunehmen.

Geheime Rath. Und Du gehst hin?

Bernhard. Franz — mir ist zu Muthe, als ob diese Trommel Dich in den Tod riefe.

Franz. In Gottes Namen — ich muß vorwärts! In mir glüht die Ueberzeugung, daß ich Gutes will, und Gutes thue.

Geheime Rath. Du kommst vielleicht nimmer zurück, und ich muß mich dann der Thränen schämen, die ich auf deiner Leiche weine.

Bernhard. Bruder!

Franz. Wo ich weich werde, leidet das Vaterland eine Wunde. Nachricht will ich schicken,

so

so oft ich kann — Vater — Bruder! stärkt Euch für die gute Sache der Menschheit — oder vergeßt mich! (eilt ab.)

Geheime Rath. In Gefahr und Tod geht er — und mein Segen kann nicht mit ihm seyn! O guter Gott! Der Mensch, der zuerst in seiner Seele Aufruhr gebrütet hat, kann wahrlich nicht Vater gewesen seyn! (Er geht mit Bernhard, wo er den alten Rechfeld hinbrachte.)

Ende des zweyten Aufzugs.

Dritter Aufzug.

(Dasselbe Zimmer.)

Erster Auftritt.

Kammerherr von Berring, Geheime Räthin.

Kammerherr.

Ihren Mann, liebe Madame!

Geheime Räthin. Nicht mich? Kann —

Kammerherr. Es ist ein Geschäft für Män=
ner.

Geheime Räthin. (geht, und kehrt zurück.) Ist es traurig?

Kam•

Kammerherr. Ernst, wie die Zeiten, worin wir leben.

Geheime Räthin. So betrift es auch mich?

Kammerherr. Wie alles, woran Ihr Mann Theil nimmt. — Ersparen Sie mir Zeitverlust —

Geheime Räthin. Ich hole ihn her.

(geht.)

Kammerherr. Wenn nur nicht — O, noch ist es Zeit — — hoffe ich! Auf allen Fall — ja, Sicherheit muß man ihm schaffen.

Zweyter Auftritt.

Geheime Rath, Kammerherr.

Geheime Rath. Herr von Berring, wovon ist die Rede?

Kammerherr. Von einer guten Absicht des Fürsten.

Geheime Rath. Ich bin bereit.

Kammerherr. Das sind Sie, edler Mann — Sehen Sie in der liebevollen Vorsicht des Fürsten für Sie eine Gattung Belohnung — Er wünscht es.

Geheime Rath. Vorsicht für mich? Was steht mir bevor?

Kammerherr. Ihr Sohn Franz —

Geheime Rath. Ist er todt? —

Kammerherr. Nicht doch —

Geheime Rath. Reden Sie, reden Sie —

Kam

Kammerherr. Er ift nunmehr erklärter An=
führer des Haufens, der eben eines gänzlichen Re=
gierungsumfturzes fich erdreiftet. —

Kammerherr. Lieber Mann, fo reiffen Sie
ihn zurück!

Geheime Rath. Ich kann nicht.

Kammerherr. Väterliche —

Geheime Rath. Umfonft! —

Kammerherr. Der Fürft will das Aeufferfte
gegen feine Perfon felbft abwarten, ehe er die ange=
botene Hülfe unferer Nachbarn annimmt. Alle Ge=
walt hat er verboten. Was auch in diefem Augen=
blick vorgehe, fo wiffen Sie doch, unfer Fürft ift
von vielen geliebt; und in einem bedenklichen Augen=
blicke, wer kann für blutige Rache an den Auf=
wieglern ftehen? Er fürchtet das. Er bittet Sie,
Ihren Sohn zu warnen, daß er doch nicht fich Un=
glück zuziehe, oder, falls er öffentlich gefangen
würde — dem Fürften eine Gerechtigkeit abbringe,
die Ihnen und ihm dann Thränen koften würde.

Geheime Rath. Das gleicht dem Vater des
Vaterlandes!

Kammerherr. Wollen Sie alfo —

Geheime Rath. Ich will thun, was ich
kann; verfuchen, ob —

Kammerherr. Die Zünfte haben das Land=
volk an fich gezogen; die Bauern find in Haufen
herein gedrungen.

Geheime Rath. Mein Gott!

Kammerherr. Man trägt nun allgemein die
weiffen und gelben Kokarden, als Freyheitsfignal.

Die

Die wütenden Menschen haben einige Häuser ge=
zeichnet, mit einem weiß = und rothen Kreuze; man
weiß nicht, was das auf sich hat.

Geheime Rath. Wird das Schloß nicht ge=
sperrt?

Kammerherr. Der Fürst hat es ausdrücklich
verboten. Adieu, Freund! — Sorgen Sie für
Ihren Sohn! (geht ab.)

Geheime Rath. Ich will — (schellt.)

Dritter Auftritt.

Geheime Rath. Geheime Räthin.

Geheime Rath. Wo ist Bernhard?

Geheime Räthin. Ich weiß nicht — ob —

Geheime Rath. Rufe ihn, suche ihn.

Geheime Räthin. Lieber Bangenau —

Geheime Rath. Er soll mir Franzen schaffen.

Geheime Räthin. Was steht ihm bevor?

Geheime Rath. Alles!

Geheime Räthin. Was willst du thun?

Geheime Rath. Was ich vermag, eile!

Geheime Räthin. (geht ab.)

Geheime Rath. (denkt eine Weile nach) Wie
handle ich denn? — Ich gehe so immer fort —
und denke nicht daran, mein Haus zu bestellen;
denn wer ist mir Bürge, wohin es heute noch mit
mir kommen kann?

Geheime Räthin. Bernhard ist nicht da.

Geheime Rath. So will ich selbst —

Ge=

Geheime Räthin. Selbst? selbst in den Haufen wütender Menschen? Halten sie dich nicht für den Mitgenossen des alten Rechfelds, und bist du nicht Mann und Vater?

Ein Stimme (von außen.) Nur daher — nur mir nach — nur herauf! sage ich euch.

Geheime Räthin. Wie — was ist das? —

Geheime Rath. Das sind mehrere. Nur ruhig! —

Geheime Räthin. Umarme mich, und laß uns an den Tod denken!

Geheime Rath. (hält sie im Arme.) O das ist längst geschehen; und so gehabe dich ruhig! Bitte nicht — winsle nicht — sey fest! Fassung giebt Waffen, welche oft die Nichtswürdigkeit zurück schreckt. (Er geht an die Thür.) Wer ist da?

Stimme. Ey — ich — und die Leute aus meinem Orte; wir wollen zu Ihm.

Geheime Rath. Kommt her — alle her — nur hieher!

Stimme. Allons — mir nach!

Geheime Rath (zu ihr.) Es ist Jürge, unser Pachter — und mit ihm ein Haufen Leute aus einem Orte; sey nicht bange!

Vier=

Vierter Auftritt.

Geheime Rath, Geheime Räthin, Jürge.
Liese, Peter, viele Bauern und Bäuerinnen, (mit ländlichen Werkzeugen bewaffnet, alle behalten die Hüte auf.)

Jürge. Nun, was gilts — wir sind bey der Hand, wenn Noth an den Mann geht.

Geheime Rath. Das ist gut; denn Ihr seyd ehrliche Leute.

Peter. Ja! wir wollen aber auch was mehr werden.

Geheime Rath. Daß Ihr dadurch nicht weniger werdet.

Liese. Hast Du es gehört?

Peter. Wie er von was wentger sprach!

Jürge. Sey Er nicht impertinent!

Peter. Wir reden nun anders.

Jürge. Thun, was uns gefällt.

Liese. Und wir haben nun das Regiment mit.

Alle Bäuerinnen Ja, ja, allerdings!

Peter. Und da rede Er nicht von — weniger — Er!

Liese. Oder, wir wollens Ihm weisen.

Peter. Daß kein Stein auf dem andern bleibt.

Geheime Rath. Lieben Leute —

Peter. Und wer uns was sagt, den henken wir über die Hausthür.

Alle. Ueber die Hausthür.

Bäuerinnen. Weg mit — weg!

K   Jür-

Jürge. Nun Ihr Kinder — nur gemach! Sey Er nicht in Noth — Zwar sind wir herein bestellt, mit Wehr und Waffen, aber es soll Ihm doch nichts geschehen weiter — das heißt, außer, daß alles getheilt wird.

Peter. Ja, getheilt muß werden!

Jürge. Haus und Hof — Kisten und Kasten — Aecker und Vieh — Geld und Hausrath.

Liese. Und die Kleider —

Peter. Der Wein —

Liese. Die Spitzen —

Jürge. Das Weißzeug —

Liese. Der Schmuck —

Alle. Alles in gleiche Theile.

Geheime Rath. Von Herzen gern.

Jürge. Nun, da seht ihrs!

Geheime Rath. Wenn nämlich jedermann theilet —

Peter. Sie müssen!

Liese. Oder wir zünden Ihm das Haus überm Kopfe an.

Peter. Ja, das Haus überm Kopfe weg.

Einige. Feuer!

Alle. Feuer — Feuer!

Geheime Räthin. Gerechter Gott!

Geheime Rath. Lieben Leute! ich bitte euch — erschreckt ohne Noth meine guten Nachbarn nicht durch euer wildes Geschrey. Hört mich an! Wollt ihr mich ruhig anhören?

Jürge. Ja! ja denn —

Peter. Meint ihr?

Ei.

Einige. Ja!

Peter. (zu den Frauen.) Und ihr?

Liese. Laßt ihn schwatzen.

Geheime Rath. Ich danke euch derweile. Indeß geh, liebe Frau, und schaffe mir meinen Sohn. Du siehst, ich bin hier bey Leuten, die mich anhören wollen, also sey ohne Furcht! Mutter — schaffe mir meinen Sohn.

Liese. Ja — gehe Sie mit Gott.

Geheime Räthin. (geht ab.)

Fünfter Auftritt.

Vorige, ohne Geheime Räthin.

Geheime Rath. Ihr Leute — hat man euch denn eine Theilung aller Güter und Sachen im ganzen Lande versprochen?

Jürge. Peter — wie wars?

Peter. Es kam so darauf heraus —

Liese. Und wir wollens!

Geheime Rath. So müßt ihr eine Deputation von allen Städten und Orten wählen, welche überall diese Theilung einrichtet. Wenn die nun bevollmächtigt seyn wird, so bin ich bereit und willig, wie andere, und mit allen zu theilen. Bis dahin, bitte ich, laßt alles stehen und liegen, sonst verwüstet ihr es nur denen, mit denen ich theilen soll.

Jürge. Da hat Er recht!

Peter. Es läßt sich davon reden;

K 2

Alle.

Alle. Ja, ja!

Geheime Rath. Und denn — auſſer der Theilung — was wollt ihr ſonſt noch hier in der Stadt?

Jürge. Das Regiment führen.

Peter. Recht und Gerechtigkeit —

Lieſe. Handel und Wandel richten und ſchlichten.

Geheime Rath. Ihr Bauern allein?

Jürge. Allein! Ja Herr!

Geheime Rath. Aber der Mittelſtand?

Peter. Nichts da!

Geheime Rath. Der Adel?

Jürge. Nichts!

Geheime Rath. Die Städte?

Alle. Weg damit!

Lieſe. Wir können auch Städte vorſtellen.

Alle. Ja wohl!

Geheime Rath. Dieſen allen wollt ihr keine Stimme bey der Regierung laſſen?

Jürge. Nein!

Peter. Unſer ſind die mehreſten.

Jürge. Die mehreſten Stimmen gelten.

Lieſe. Wir ſchreyen über die andern alle hinaus.

Geheime Rath. Die Städte nnd der Mittelſtand haben aber die jetzige Veränderung angefangen — die Freyheit eingeführt, die euch ſo heilig iſt.

Peter. Daran haben ſie ihre Schuldigkeit gethan; und nun thun wir unſere Schuldigkeit, und ſagen, wer die mehreſten hat, der gilt.

Ge=

Geheime Rath. Es läßt sich einigermaffen hören.

Jürge. Seht — er ist raisonabel.

Geheime Rath. Aber jene würden denn doch auch ihre Stimme selbst führen wollen.

Peter. Nichts da — Wer das Land bauet, erhält die Welt. Von uns ist die Rede.

Geheime Rath. Und war denn bisher bey unserm guten Fürsten nicht von euch die Rede?

Peter. So — wohl, ab und an.

Jürge. Mit Einem Worte, wenn der jetzige Herr immer lebte — möchts hingehen! Aber es waren schlimmere da, und können schlimmere wieder daran kommen.

Geheime Rath. Freylich wohl!

Peter. Und das wollen wir eben nicht länger mehr abwarten.

Alle. Nein — nein!

Jürge. Wir müssen unsre Abgaben fortbezahlen, es komme ein guter Landesherr an die Reihe, oder ein schlechter; es kostet immer Ein Geld.

Geheime Rath. Das ist wahr — Aber laßt euch sagen: Ihr grabt euern Acker um, ihr behackt, ihr säet, pflanzet, begießt, jätet, ihr thut alle diese mühsame Arbeit unverdrossen, denn ihr hofft immer auf eine gesegnete, reiche Ernte — und der Gedanke macht euch alles leicht.

Peter. Freylich!

Jürge. Ja, wahrlich!

Geheime Rath. Nun tritt aber ein Mißjahr ein; ihr erntet wenig — oft gar nichts, und

alles

alles ist umsonst gethan; Zeit, Mühe, Geld und
Hoffnung ist dahin. Das aber schreckt euch doch
nicht ab. Ihr grabt, säet, pflanzt, behackt, und
thut die nämliche Arbeit wieder unverdrossen. Oft
ist auch diese nächste Ernte wieder schlecht. Was
thut ihr? Gebt ihr den Bau eurer Aecker auf?
Laßt ihr alles wild unter einander wachsen?

Peter. Ey nicht doch —

Jürge. Mißjahre sind Schickung —

Geheime Rath. Meine Freunde! Ihr guten,
aufgebrachten — und doch sehr ehrlichen Männer!
Alles menschliche Vorhaben — hat seine Mißjahre.
Alle menschliche Einrichtung hat sie. Wie ihr Son=
nenschein und Regen, gute und böse Jahre von der
Vorsicht annehmt, und doch den Muth nicht ver=
liert: so nehmt denn an, auch unter den Fürsten
und Regierungen gäbe es Mißjahre.

Jürge. Ja, ja!

Geheime Rath. Auf der andern Seite nun,
denkt euch den Fürsten — der Nächte durchwacht
für euch — der sorgt — denkt! — für jedes ein=
zelne Menschenelend Vaterherz hat, und doch nicht
allen helfen kann; der seine besten Einrichtungen,
davon erst eure Kinder den reifen Segen genießen
können, mit Tadel, Hohn und Undank muß ver=
gelten sehen! Wie? Erlebt ein solcher Fürst an
seinem Volke keine Mißjahre?

Peter. Was Er da sagt —

Geheime Rath. Wenn die Menschen, für
die er sorgt, für die er wacht, um die er weint —
mit Wehr und Waffen zusammen treten — und

unter

unter Brand und Mord — vor seinen Augen, den Schwur des Undanks und Verraths laut feyern — ist das dem Fürsten kein Mißjahr?

Jürge. Ey, so sind wir nicht —

Geheime Rath. Ist das nicht der Menschheit Schande? Wenn nun, um solcher Thränenernte willen, der Fürst den Acker nicht verläßt, den steinigen Boden nicht verflucht — wenn er wehmüthig zur Seite steht, und, indem er selbst so bitter leidet, nur nachdenkt, wie der Acker vom Hagelschlage sich wieder erholen möge — Leute, Menschen mit ehrlichen Herzen! — was seyd ihr dann schuldig?

Jürge. Er hat Recht. Aber wir haben doch auch nicht Unrecht. Denn — seht — wer den Acker bauet, und wohl pflegt, warum thut er es, als daß er ihm eintrage?

Peter. Ja wohl!

Liese. Daß er ihm eintrage — freylich!

Alle. Der Vortheil — das Intelesse — ja wohl!

Geheime Rath. Daß er ihm eintrage? nur darum? Ihr seyd gute Landwirthe; ihr wißt wohl, wer Güter bauet, genießt wenig vom Hundert. Von euern Abgaben werden die Leibwachen in Gold, die Silbergeschirre, die auf den Tafeln prangen, unterhalten. Was hat aber der arme Mann, dem ihr das abgebt, vor euch voraus, wenn aus seinem heißen, verwachten Auge eine Thräne des tiefen Grams in den Becher fällt, während ihr eure

K 4   Milch

Milch ruhig und fröhlich eßt? Jeder von euch ist
Herr seiner Zeit und seiner Hütte — er nicht!

Sechster Auftritt.

Vorige. Hahn.

Hahn. (Er hat einen Hut mit weiß = und gelben
Kokarden gehäuft voll im Arme.) Brüder, was macht
ihr hier? Zu den Fahnen der Freyheit! Seht —
hier sind die Zeichen, die euch einweihen, für Frey=
heit — Leben und Gut daran zu setzen.

Peter. Ja wohl! Was stehen wir da müßig?
Ihr habt uns hergeführt, Jürge, nun geht die
Zeit so herum.

Jürge. Ey, er hätte uns doch sagen können,
wie wirs so recht angefangen hätten, ohne eben groß
Unheil.

Hahn. Lieben Brüder! eure Fesseln bricht nur
die Gewalt; leider, kann euer Heil nur durch Un=
heil gewonnen werden.

Peter. Her denn mit den Dingen!

Hahn. (theilt die Kokarden aus.) Wer dieß Zei=
chen nimmt, (er hält eine in die Höhe) will für Frey=
heit leben und sterben.

Peter. Leben und sterben!

Liese. Uns auch)!

Bäuerinnen. Wir wollen auch so viel seyn!
(Alle haben sie genommen.)

Geheime Rath. Mensch! Wie viel Uebel
thust du jetzt —

Hahn

Hahn. Uebel? Eine That, die meinen Namen unsterblich macht; eine That, die bey meinem letzten Athemzuge den ewigen Lorbeer um mich duften läßt — daß ich glorreich hinüber schlummre, wo Brutus mir die Römische Rechte entgegen reichen wird! Schwestern — Brüder — zu jedem Herzen dringe der göttliche Funke. Die Freyheitszeichen, die ihr da tragt — hat die keusche Hand der tugendhaften Tochter dieses Mannes euch zubereitet.

Geheime Rath. (traurig.) Albertine?

Hahn. Meine Schülerin, eine würdige Bürgerin. Brüder! — Schwebt, stürmt mit dem Engelsfittig der Beredsamkeit über ihm, daß er denke, fühle, handle, frey sey — wie wir es sind!

Geheime Rath. Laßt mich — und ich bin frey.

Siebenter Auftritt.

Vorige. Geheime Räthin.

Geheime Räthin. Er kommt.

Geheime Rath. Franz?

Geheime Räthin. Ja.

Geheime Rath. Du giengst selbst?

Geheime Räthin. Kann ich Gefahr achten, wo es einem Sohn gilt?

Hahn. Brüder! Er kommt —

Jürge. Wer?

Alle. Wer denn?

Hahn.

Hahn. Franz Sängenau — der Verfechter des edlen Gottesgeschenks — der Held unserer Freyheit. Schallt ihm ein jubelndes Vivat entgegen, im Posaunenschall der alles belebenden Freyheit!

Geheime Räthin. (auf ihren Mann gelehnt.) Mit Mühe gewann ich nur so viel, daß er kommt. Ihr Leute, geht in euch! Schrecklich ist es, was der Stadt bevorsteht. Wuth und Tollkühnheit auf allen Gesichtern; alle Menschen in Waffen; die Thüren verrammelt. In den Fenstern ladet man Gewehre — schreyt über die Gasse hinüber — trinkt sich zu. Andere rennen zu Pferde über die Gassen — Die Kinder reissen das Pflaster auf. Da ich herein ging, malte ein Vermummter ein weiß = und rothes Kreuz an unsere Hausthür.

Geheime Rath. Was hat das auf sich?

Achter Auftritt.

Vorige, **Franz** mit Säbel und Patrontasche. Eben so der **Bierbrauer Freund.** Beyde Pistolen in den Gürteln, letzterer ein Gewehr.

Franz. (haftig.) Da bin ich, Vater!

Freund. Und ich als Salva Guardia für ihn! (Pause.)

Geheime Rath. Fürchtest Du deinen Vater?

Hahn. Jüngling! Meine Brust ist ein eherner Schild vor deinem Herzen. Diese hier bewachen deinen Athem!

Alle.

Alle. (richten ihr Werkzeug auf, auſſer Jürgen.)

Hahn. Sieh! — Die Tyranney iſt zu Boden getreten, ſeye ſie auch vom Staat in den verlebten Vater übergegangen!

Franz. (heftig.) Vater! dieß alles iſt nicht mein Wille!

Geheime Rath. Das glaube ich Dir. Es möchte mehr noch geſchehen, was nicht dein Wille war.

Freund. Ihr ſollt ihn nicht verletzen, aber auch nicht drehen und wenden; dafür bin ich Mann. Nun kurz und gut, denn alleweile giebts einen Generalſturm.

Geheime Räthin. Gerechter Gott!

Geheime Rath. (zu allen.) Ich will alleine mit meinem Sohne reden. (geht.) Komm Franz! —

Freund. (ihm entgegen.) Nein!

Hahn. So ſage auch ich!

Geheime Rath. Wie? Darf der Vater nicht mit ſeinem Sohne reden? Seyd ihr denn nicht auch Väter, und billigt ihr das? Nein! ich ſehe es — ihr fühlt, daß hierin der Natur Gewalt geſchieht.

Hahn. Du biſt Vater — es iſt wahr, aber wir alle ſind Brüder; jeder von uns iſt ſein Vater, er iſt eines jeden Sohn und Bruder. Dein einzelnes Recht weiche dem allgemeinen Rechte, das wir, und die Tauſende, die ſeiner harren, auf dieſen Held der neugebornen Freyheit haben.

Franz. Ja Vater — redet öffentlich, denn, was ihr nicht öffentlich mit mir reden könntet —

das

das dürfte ich auch nicht hören. Ich gehöre allen, der guten Sache, mein Leben und mein Tod gehören allen — — mein ist nichts — als euer aller Bruderliebe.

Hahn. Vivat!

Alle. Vivat, Vivat!

Geheime Rath. So erlaubt mir denn in eurer Gegenwart zu meinem Sohne zu reden —

Hahn. Rede!

Geheime Räthin. Ach Franz — Franz —

Freund. Und fein kurz!

Geheime Rath. Ganz kurz. Der Fürst hat den Kammerherrn von Berring zu mir geschickt. Er verabscheuet alle Gewalt; er wird gegen euch keine gebrauchen, noch gebrauchen lassen.

Hahn. Die Tyrannen zittern vor dem Wetterstrahle der Freyheit, der aus jedes Biedermannes Auge leuchtet — Ihr habt gewonnen, Brüder!

Geheime Rath. Aber er läßt Dich warnen, daß Du nicht zu Schaden kommest — es sollte ihm leid seyn — das ist alles. — Wären wir allein gewesen, so hätte ich diese Vatersorge des grossen Mannes mit einiger Herzlichkeit Dir zu Gemüthe geführt — deine Mutter hätte innig dazu geweint —

Geheime Räthin. Und um deine Rückkehr Dich, als um ein Almosen, gebeten. Wäre es ein Unrecht, was ich bitte — Kann ein Sohn die Thränen, die seine Mutter in Todesangst zu seinen Füssen hinweint, unerhört lassen?

Geheime Rath Still davon! Was sind Thränen gegen das hohe Freyheitsideal? Mutterthrä=

thränen sind am Ende doch auch nur Weiberthrä=
nen. Dieß ist nicht mehr dein guter Sohn, der
nicht schlafen konnte, wenn nicht vorher der müt=
terliche Arm segnend um seinen Nacken gelegen hat=
te. Das ist ein Mann worden, der über Krankeu=
lager der Greise und ihre morschen Glieder schreiten
kann. Diese Augen sind an Blut, Flammen, To=
desächzen und Winseln gewöhnt.

Franz. Vater, Vater!

Geheime Rath. Weg also mit der Sprache
der Empfindung! Es ist das Zeitalter der Ver=
nunft. Ihre Triumphe reifen täglich unter unsern
Augen. Was ich von der kalten Vernunft nicht er=
halte — darauf leiste ich Verzicht. Also frage ich
Dich — nicht kalt, aber mit ruhigen Worten: —
Willst Du der großmüthigen Warnung des Fürsten
folgen und rückkehren?

Franz. (nach einiger Pause.) Vater — ich ent=
pfinde, aber ich wanke nicht!

Geheime Rath Sohn, ich leide — aber
ich bin fest. — Vor diesen allen erkläre ich: —
Mein Sohn Franz geht entschlossen zu einer ver=
ruchten Handlung — Hiermit schliesse ich ihn aus,
von meinem väterlichen Segen — Geh!

(Pause.)

Jürge. (trocknet die Augen.)

Franz. (faltet die Hände.)

Zahn. (im höchsten Feuer.) Dieser Ausruf der
Ohnmacht verschalle unter unserm Brudersegen —
Vivat!

Alle. Vivat — Vivat!

Ge=

Geheime Räthin. Bittet Gott, daß ich nicht Rache schreye über mein Kind und euch. — Ihr alle, die ihr der heiligen Aelternrechte spottet — unsre Verzweiflung wird den Stab unter eurer Hand wegreissen, der euch im Alter aufrecht halten soll. Franz, kehre um, eh deine Stunde schlägt!

Freund. Sie hat geschlagen —

Hahn. Fort!

Alle. (wild.) Fort!

Freund. Die acht Stunden sind herum, nun muß der alte Rechfeld hervor —

Alle. Ja, ja, ja!

Freund. (Franzen aus der Betäubung, womit er seine Aeltern anstarrt, aufschüttelnd.) Das neue Regiment muß eingesetzt werden.

Franz. (rafft sich auf.) Gott mit euch!

Hahn. Ehe die Sonne sich in den Fluten spiegelt, muß auf unsern höchsten Zinnen der Freyheitshut prangen!

Freund. Fort — ins Schloß!

Alle. Ins Schloß! (sie gehen.)

Geheime Rath. Haltet — hört mich — haltet ein!

Alle. Fort — fort!

Geheime Rath. Hört mich, um Gottes willen!

Jürge. (hält sie auf.) Hört ihn denn doch auch! Wartet doch, wartet! (sie halten.)

Geheime Rath. Was wollt ihr im Schloß?

Freund. Den Landverräther heraus reissen — den alten Rechfeld —

Alle.

Alle. Ja, ja! Nur zu!

Freund. Und wenn sie ihn nicht geben wollen —

Liese. Das Schloß anstecken.

Peter. An vier Ecken! Umbringen, was uns vor die Faust kommt!

{**Geheime Rath.** Das Schloß anstecken?

{**Franz.** Hört mich, Brüder!

Alle. Nein, nein! (wollen fort.)

Geheime Rath. Rechfeld ist nicht im Schloß!

Peter. Was? Nicht im Schloß?

Hahn. Wo denn? —

Alle. (wollen in ihn dringen.) Wo, wo?

Geheime Rath. Ich gebe euch mein Wort, er ist nicht im Schloß, und beschwöre euch, legt eure Mörderhände nicht an die geheiligte Wohnung unsers guten Herrn!

Hahn. Du willst nur das Schloß retten — diesen Prunkhaufen, der die Menschheit schändet.

Alle. Fort, fort!

Geheime Rath. So wahr Gott lebt, er ist nicht dort!

Alle. Wo denn?

Hahn. Du hältst diesen Zorn nicht auf — Wo ist Rechfeld?

Geheime Rath. Ich weiß es!

{**Franz.** Sie?

{**Hahn.** So rede!

Geheime Rath. — Nein!

Alle. Er soll reden — Rede!

Ges

Geheime Rath. Nein, sage ich. Nein! Ich achte euer aller nicht, und fürchte eure Wuth nicht. Mich stärkt die Pflicht — mich schützt ein guter Engel — ich sage nein!

Freund. Ergreift ihn!

Franz. Nimmermehr!

Geheime Räthin. Mein Mann —

Freund. Er verräth das Land — Schleppt ihn fort, er muß bekennen.

Franz. Zurück! — Rührt ihn nicht an — Ich bin sein Sohn, er ist mein Vater — Rührt ihn nicht an, sage ich euch!

Hahn. Mann! — bedenke was du wagst! Entdecke den Todfeind der Freyheit.

Freund. Ihr alle, bewacht ihn hier — Ich gehe, zeige es den Zünften an. (geht.)

Franz. Höre mich —

Alle. Nein, nein, nein!

Franz. Hört mich, Brüder — ihr seyd es schuldig. Geht hin, sagt es, daß Rechfeld nicht im Schlosse ist, aber —

Peter. Der Alte da muß bewacht werden. In Ketten und Banden mit ihm —

Franz. Geht — Laßt mich hier, ich will ihn bewachen!

Hahn. Du denkst groß genug dazu, Franz. — Ja Brüder, ihr müßt ihm trauen.

Geheime Rath. Ich bin kein ehrlicher Mann — wenn ich auch nur trachte, ihm zu entrinnen; ich schwöre es!

Franz. Und nun befehle ich euch — geht!

. . . .   Pe=

Peter. Befehlen?

Die Bauern. Was ist das?

Franz. Ja, ich befehle euch das — Ihr soll=
tet edel genug seyn, dem zu gehorchen, der euch
seine Pflichten und sein zerrissenes Herz jetzt opfert!
Geht!

Hahn. (zu den andern.) Laßt sie! — (zum Ge=
heimen Rath.) Du weißt, wo Rechfeld ist — Du
haftest uns für ihn — (zu Franz.) Du für die=
sen — Genug, Brüder! die Tyranney gewinnt
nur eine Henkersfrist — Kommt! (sie gehen.)

Franz. (steht mit gefalteten Händen auf seine
Aeltern. Gram und Verzweiflung haben sich seiner be=
mächtigt.)

Geheime Rath. (bringt seiner Frau, die schwach
wird, einen Sessel.)

Franz. (wirft alle Waffen dicht hinter sich nieder,
und stürzt seinem Vater zu Füssen.)

Geheime Rath. (hebt ihn auf.) Sammle
Dich, junger Mensch! — Deine Lage ist gräß=
lich!

Ende des dritten Aufzugs.

Vier=

Vierter Aufzug.

(Daffelbe Zimmer.)

Erster Auftritt.

Geheime Räthin, Albertine (folgt.)

Albertine.

Mutter — zärtliche, geliebte Mutter — könnte ich doch mein Leben für Sie opfern —

Geheime Räthin. Du willst mich um alle Hoffnungen bringen!

Albertine. Und wenn ich mich hinreissen liesse, Unrecht zu heissen, was ich für Recht halte, was würden Sie gewinnen?

Geheime Räthin. Eine Tochter!

Albertine. Was würde die schmerzliche Lage unsers Hauses gebessert?

Geheime Räthin. Der junge Rechfeld würde rückkehren —

Albertine. Nimmermehr —

Geheime Räthin. Er liebt Dich —

Albertine. Noch mehr das Vaterland —

Geheime Räthin. Dein Beyspiel würde ihn erschüttern, er würde —

Al.

Albertine. Mich verachten. Wenn mein Vater im Eigensinne beharrt, warum soll ich nicht in Tugend beharren?

Geheime Räthin. Tugend!

Albertine. So lange lebt unser Geschlecht in Posse und Dienstbarkeit; nun erst haben wir Rechte der Bürgerinnen. Unser Muth muß die Mannskraft beleben. O es ist ein grosser Gedanke, mitzuwirken, wenn eine Welt umgeschaffen wird!

Geheime Räthin. Sollen wir deinen guten Vater opfern?

Albertine. (mit wahrem Schmerz.) Kann ich ihn retten — und kann er seine Kinder seinem Eigensinne opfern? O Gott!

Zweyter Auftritt.

Vorige, Geheime Rath.

Geheime Rath. Bernhard ist noch nicht zu Hause?

Geheime Räthin. Nein.

Geheime Rath. Der gute Mensch bekümmert mich sehr.

Geheime Räthin. (weinend.) Ach — alles, was uns am Herzen liegt — schwebt ja in dieser Gefahr! Wo ist denn Franz?

Geheime Rath. Unten im Hause. Sagt ihm kein Wort. Die Lage, darin er nun einmal ist, ist die schrecklichste. Ein Schritt rückwärts ist sein Tod, ein Schritt vorwärts — Vatermord!

Ge=

Geheime Räthin. Ist denn deine Lage minder schrecklich — armer Mann?

Geheime Rath. Minder — ich habe sie nicht verschuldet.

Albertine. (mit Zärtlichkeit.) Lieber Vater! wenn ich Sie sehe, ist mein Herz zerrissen. —

Geheime Rath. Schweige, entartetes Geschöpf — der Ton deiner Stimme macht, daß ich für Zorn bebe. Du bist auf dem Wege, zu den Furien deines Geschlechts zu gehören, die mit Bachantenfreude würgen und brennen!

Albertine. Gütiger Gott!

Geheime Rath. Das Weib sollte der Inbegriff aller sanften Tugenden seyn. Wenn der Friede vom Erdboden geflohen wäre, wenn ein grauenvolles Verhängniß alle männlichen Kräfte und Leidenschaften verwirrt, den Vater gegen den Sohn, Bruder gegen Bruder zum Streit geführt hätte, so sollte von euch aus Ruhe wieder über den Erdboden kommen; eure sanfte Stimme sollte den Aufruhr in allen Kräften besänftigen; euer Herz uns Bruderliebe wieder geben. Aber, wo selbst dem Manne Grausen anwandelt, habt i h r in unsern Tagen noch in den Leichen der Schuldlosen gewütet — und die Schandsäule dieses Jahrhunderts errichtet d a s W e i b !

Albertine. Nein, Vater —

Geheime Rath. Hinweg! Es erfreuet mein Herz nicht, den Namen aus deinem Munde zu hören. Dein Anblick thut mir weh. Ich würde Dich

aus

aus meinen Augen gehen heissen; aber Du bist Bürgerin — ich habe nicht Recht dazu.

Albertine. Ernste Pflichten kosten viel — diese bricht mein Herz — ich bin darum nicht minder.
(Sie geht, und begegnet Franz.)

Dritter Auftritt.

Vorige, Franz.

Albertine. Bruder, ich habe weder Vater noch
Mutter, sorge für mich!

Franz. Die Menge am Hause nimmt zu, die
Unruhe wächst; reissen Sie sich und mich aus dieser
gefährlichen Lage.

Geheime Rath. (sanft.) Wodurch?

Franz. (bittend.) Wo ist Rechfeld?

Geheime Rath. (fest.) Wo ihr ihn nicht erwürgen werdet.

Franz. (mit Edelmuth.) Er entsage nur! Ich
will mich vor ihn stellen — was ihm droht, drohe
mir! Kann ich mehr?

Geheime Rath. Du kannst d a s nicht.

Franz. Alles! Nur entsage er! Nur rede er
über sein Unrecht, und trage das Zeichen der Freyheit!

Geheime Rath. Einen Schritt vom Grabe — wer wird die Verzögerung eines Augenblicks
noch durch eine Niederträchtigkeit erkaufen? — Ich
erröthe für Dich.

Franz.

Franz. Großer Gott! Wer vermag es, diesen Sturm zu besänftigen? Stehen Sie ab! Ich beschwöre Sie —

Geheime Rath. Du wirst mich nicht anders handeln sehen, und wenn der schmählichste Tod meiner wartete.

Franz. Dringen Sie in ihn, Mutter, ich kann jetzt nicht anders handeln. Es ist zu spät; mein Wille, meine Handlungen sind in diesem Wirbel, darin ich getrieben werde, nicht mehr mein.

Geheime Rath. Das ist der Abgott, den das freye Volk sich gewählt hat! Das ist seine Freyheit!

Franz. Alles vermag ich, nur in diesem Falle bin ich einzeln. Mein Leben, mein Tod, und keines Menschen Tod und Leben ist nun noch mein. Vater! ich stehe zwischen Eid und Natur, Seligkeit und Verdammniß — Aus Erbarmen — reden Sie!

Geheime Rath. — Wir könnten übereilt werden — laß mich also diesen Augenblick brauchen, Dir alles zu verzeihen, was noch geschehen kann.

Franz. Mutter! Mutter —

Geheime Räthin. Weh mir, daß ich es ward!

Vier=

Vierter Auftritt.

Vorige. Bierbrauer Freund, eine zinnerne Kanne in der Hand. Er hat getrunken, aber er taumelt nicht.

Freund. Nun, wie wirds? Muß ich dir helfen, Bruder?

Franz. Mann! wenn ich hierüber hinaus bin, ist eine Welt unter meinen Füssen.

Freund. Frisch Bruder! trink — — Vergiß, schlag alles nieder, und vorwärts! Da — du sollst trinken.

Franz. (ohne es zu bemerken.) Weg damit!

Freund. (zornig.) Weg? damit? mit meinem Biere? Wenn ich dirs heiße, so mußt du trinken. Die da unten stehen, haben scharf geladen, alle Säbel gezogen. Sie brüllen, als ob die Hölle aufgienge, und schlagen die Köpfe wider einander wie — alte Flaschen. — Ist dir hier etwas nicht recht? Du kannst nur winken — ich lasse eine Salve in die Fenster geben, und das Haus an vier Ecken anzünden. Ihr habt so schon das Feuerkreuz an eurer Hausthüre —

{ **Albertine.** Mann!

{ **Geheime Räthin.** O Gott, Gott!

{ **Geheime Rath.** Das ist Freyheit — und mein Sohn an der Spitze!

Freund. Jetzt laß uns trinken
　　　　Bis wir sinken,
　　Brennen und sengen,

　　　　　　　　　Den

Den alten Rechfeld hängen;
Hängen! Vivat — hängen!
Trink — oder ich lasse Mannschaft kommen — du!

Franz Wenn ich auf Liebe von dir rechnen kann, so besänftige sie unten nur noch einen Augenblick.

Freund. Bruder — ich thue was du willst — du weißt — wegen der Bürgermeisterstelle — aber, mein Seele, sie sind wie wütend!

Albertine. Vater! opfern Sie uns nicht einem Fremden; wir sind Ihnen näher —

Freund. Sie fangen an, mißtrauisch auf dich zu werden, sie rumoren, daß der Boden kracht, und wenn ich sie länger aufhalten wollte, dränge der ganze Haufen mit herein.

(Unruhe von außen — entfernt.)

Franz. Hört ihr das? Wollt ihr euch aufopfern, und mich zum Mörder machen?

Geheime Rath. (nach kurzem Nachdenken.) Weib — umarme mich! (Sie umarmen sich herzlich.) So — es ist genug gelebt!

Franz. O Gott — Gott! das sah ich nicht vor! Erbarme dich!

Geheime Rath. Ist meine Stunde gekommen? Ich will sie nicht aufhalten. Nur laßt mich vorher meine Einrichtung machen, wie es nach meinem Tode gehalten werden solle.

Fünf=

Fünfter Auftritt.

Vorige. Hahn.

Hahn. Ihr Leute! es ist die höchste Zeit, greift in euern Busen. Bangenau — sagst Du den Aufenthalt des alten Verräthers nicht an, so wirst Du ein Opfer deines Starrsinns, und des Verraths am Volke.

Franz. O rede — beschwört ihn alle; sein Sohn ist ihm fremd worden.

Geheime Rath. Mein Kind mir fremd — und ich stehe an der Pforte des Todes? Albertine — geh — sieh, ob Bernhard noch nicht da ist.

Albertine. (geht.)

Geheime Rath. Laßt mich sie alle noch einmal sehen, mein Haus bestellen, dann mag die Vorsehung walten.

Albertine (kommt zurück.) Er ist noch nicht da.

Freund. Sag, wo der alte Dieb ist! Nimm die Kokarde — und wir tragen Dich auf den Schultern herum. Willst Du nicht? dann kurz aufgepackt — ein Stoßreimlein, damit holla. —

Geheime Rath. Mir bleibt die Zeit nicht mehr, meinen letzten Willen niederzuschreiben — so laßt mich ihn hier sagen — und ihr beiden Männer seyd Zeugen und Vollstrecker desselben. Gelobt mir das.

Freund. Ja Herr!

L 5   Hahn.

Hahn. (gerührt.) Ich wills Bruder! (Beide geben ihm die Hände.)

Franz. (die Hände ringend.) Wo soll ich Ausweg finden? — Wie rette ich?

Geheime Rath. Ruhig Franz! — Nun denn — weint nicht— Albertine — liebes Weib! faßt euch doch! — Ich will und verordne, daß alles, was ich besitze, alles ohne Ausnahme, verkauft, die Summe aber meiner Frau eingehändigt werde, daß sie damit von hier fortziehen möge. Was sie ihren Söhnen abgeben will, steht bey ihr. Auch wenn sie ihnen gar nichts abgeben will, soll es bey ihr stehen.

Hahn. Nein Bruder, das geht nicht!

Freund. Das ist schon nichts!

Geheime Rath. Und wer wills hindern?

Hahn. Ich!

Geheime Rath. Jetzt sagst du mir das — Mensch!

Hahn. Denn ich könnte es nicht zusagen. Die Kräfte des Staates gehören ihm eigen, sie können und sollen nicht in fremden Staaten wirken. Deine Söhne können nicht von der Willkür einer Mutter abhängen; thätige Bürger müssen leben. Dergleichen letzte Willen wird künftig das Volk für unstatthaft erklären.

Geheime Rath. Nun — auch das! Ich stehe an der Ewigkeit, und will um das Zeitliche nicht rechten. Eure Thränen, meine Kinder, sagen mir, daß eure Mutter nicht Mangel leiden wird. Macht es denn, wie ihr wollt. Euch alle, meine

meine Kinder — ach — ist denn Bernhard noch
nicht da?

Geheime Räthin. (geht hinaus.)

Geheime Rath. Euch alle, meine Kinder,
segne ich, und verzeihe euch alles. Umarmt mich!
(Es geschieht.)

Geheime Räthin. (kommt zurück.)

Geheime Rath. Ist er noch nicht da?

Geheime Räthin. (verneint es, und bedeckt
das Gesicht.)

Geheime Rath. (reicht die Hände nach der Thür)
Geliebter, abwesender — treuer, guter Bernhard —
mein Segen mit dir bis ans Ende! Albertine —
deine Hand hat die schändlichen Kokarden gewun=
den — ich wills für weibliche Eitelkeit halten —
ich verzeihe es. Du willst den Sohn des alten
Rechfeld heirathen? — Er verfolgte seinen Vater;
ich verabscheue diesen Auswurf der Menschheit.
Wenn du je sein Weib wirst — so verfluche ich diese
Heirath! Das ist mein letzter Wille an euch —

(Albertine. Gerechter Gott! —

(Franz. Mein Vater! —

Hahn. Hast du keinen Vater mehr, so hast du
Brüder. Und wenn diese vor der ohnmächtigen
Verwünschung beben — zu mir, Tochter — so sey
das Volk dein Vater! Es statte die aus mit Reich=
thum und mit Segen, die um seinetwillen enterbt
und verflucht werden. —

Geheime Rath Nun, so habe ich denn gar
keinen letzten Willen — als, es gehe euch allen
wohl, und nimmer werde euch gleiches mit glei=

chem

chem vergolten! — Wer von euch mich am meisten liebt, drücke meinen Bernhard fest an sein Herz von meinetwegen! Und nun — sagt denn, was aus uns werden soll,

Geheime Räthin (fällt ihm um den Hals.)

Albertine. (kniend.) Mein theurer Vater.

Geheime Rath. Mein Gewissen ist frey — meine Stunde gekommen — hinweg denn!

Franz. Mein Sinnen und Denken ist vergebens — Habt Mitleid mit meiner Todesangst!

Sechster Auftritt.

Vorige, Bernhard.

Bernhard. Franz, Franz, was geht hier vor?

Geheime Rath. Umarme mich, Bernhard!

Geheime Räthin. Sohn — es ist zum letztenmale —

Bernhard. Ihr macht mich wütend —

Franz Der Vater will sein Elend und unsres!

Bernhard. Laßt mich! Ich habe aufgeboten, was ich kenne. Unser sind wenige; aber — Recht und Gott ist mit unserm Arm!

Geheime Rath. Bernhard —

Franz. Bruder! was hast Du gethan?

Bernhard. Menschen aus dem Schlummer geweckt — das Schwerd ihnen in die Hand gegeben; wo eure Mörderrotte Freyheit rief — Pflicht, Fürst und Vaterland gerufen!

Hahn.

Zahn. (geht ab.)

Franz. Bruder! das ist dein Tod.

Bernhard. Drauf wage ichs.

Geheime Räthin. Bernhard — Franz! Soll ich kinderlos umher irren?

Geheime Rath. Soll meine Wittwe niemand schützen?

Bernhard. Wittwe?

Franz. Sie wollen Rechfeld — der Vater weiß ihn — sie wissen, daß ers geheim hält — wie halte ich sie zurück?

Bernhard. Mit mir.

Franz. Die Menge —

Bernhard. Laß ihrer seyn so viel sie wollen, sie kämpfen nicht um einen Vater.

Franz. Mein Eid!

Bernhard. Natur —

Franz. Mein schauervoller körperlicher Eid!

Bernhard. Das Blut, das hier fließt, ist das deine! Fühlst Du das nicht mehr, so bist Du fremd für mich in Ewigkeit!

(**Geheime Rath.** Kinder! —

(**Albertine.** Brüder —

Bernhard. So sehe ich in Dir nur den Mörder meines Vaters. Ich) —

Geheime Rath. (streng.) Nicht weiter.

Bernhard. Fechte für ihn, bis ich falle, oder Du — Wen es trifft, den hat Gott hingestreckt!

Sie=

Siebenter Auftritt.

Vorige, Hahn mit einem Haufen bewaffneter Bürger, unter welchen **Peter** ist.

Hahn. Es gilt der Menschheit, ich darf nicht mehr an Freundschaft denken. Mein Herz mag bluten und zerreissen, das grosse Werk muß nun vollendet seyn!

Geheime Rath. Vollende es.

Hahn. So wähle denn! Opfre die hoffnungsvollen Kinder deinem Tollsinne — oder dem Vaterlande einen alten Verräther der Menschenrechte!

Geheime Rath. Ich habe längst gewählt, und verlange eure Gräuel nicht mehr zu sehen — Vollendet.

Hahn. (zieht sich oben an den Eingang, die Familie ist zu seiner Rechten vorn am Ende.) Hieher, Franz — hier ist dein Platz.

Alle. Zu uns — hieher —

(**Bernhard.** Bruder!

(**Geheime Räthin.** Sohn!

Hahn. Dein Vaterland will Dich. Der Mensch, der dein Vater heißt, ist nur ein einzelner, der seinem Menschenrechte selbst entsagt! Sieh hier die Abgeordneten von Tausenden, deren Heil an der Spitze der Vollendung — deiner harrt!

(Pause.)

Bernhard. (der einigemal reden und handeln wollte, ist vom Vater zurück gehalten.)

Geheime Räthin. (liegt in den Armen ihrer Tochter, die flehend auf Hahn und die andern sieht.)

Hahn. (dräuend.) Vermagst Du das nicht, so geh — und laß uns enden.

Franz. Genug! Ich bin entschlossen! Das heiligste von allen Menschenrechten ist Dankbarkeit. Hier stehe ich an meines Vaters Seite — so lange bis sein Leben nicht mehr in Gefahr ist. Sichert mir sein Leben — und ich bin euer wie zuvor.

Bernhard. Elende! wagt es nun mit denen aufzunehmen, die für einen Vater ihr Leben geben wollen!

Hahn. Rebell —

Bernhard. Die durch Gott und die Natur zu diesem Kampf geheiligt sind!

Hahn. Verräther der Majestät des Volks — hinweg von ihm! Täuscht euch nicht! Den Vater nennt er, den Fürsten meint er.

Franz. Verlaß mich, Bruder!

Bernhard. Nimmer —

Franz. Der Vater ist sicherer, wenn Du von mir gehst!

Hahn. Reißt sie fort!

Freund. (nimmt einige, mit denen er auf sie hinein geht.)

Bernhard. (zieht.)

Franz. Haltet! Der Sohn kann nimmer in Todesnoth den Vater lassen. Wer das von mir verlangt, der sey verflucht!

Alle. Hieher, zu uns, hieher!

Geheime Räthin. Guter Gott, erbarme
dich!

Freund. Schießt sie zusammen nieder!

Hahn. Brüder — hier seht ihr das erste Beyspiel des Verraths an euch!

Alle. Verrath — Verrath!

Geheime Rath. O meine Söhne —

Hahn. Will er nicht der Schöpfer grosser Thaten und eurer Freyheit werden —

Freund. So giebt es andere, die euch führen — Schießt ihn nieder!

Alle. Nieder — todt!

(Einige legen auf ihn an.)

Bernhard. (will eindringen.)

Franz. (mit ausgebreiteten Armen beide zurück
weisend, um einen Schritt vor.)　Haltet!

Peter. Hört ihn an —

Franz. Die Kugel, die mich treffen soll —
kann meinen Vater tödten — Ich will den Knoten
lösen.

(Rasch nimmt er die Pistole, sich zu tödten.)

Geheime Räthin. Mein Sohn!

Geheime Rath. Halt ein —

Albertine Mein Bruder!

Bernhard (und einer vom Volke entwaffnen ihn)

Hahn. Hinab mit ihm zum Volke!

(Es treten mehrere vor, die Franz ergreifen, wegführen,
und Bernhard zurück stoßen.)

Franz. (im Gehen.) O Vater — rettet euch!

Geheime Räthin. Wir sind verloren!

Albertine. (kniet.) Erbarmet euch!

Ges

Geheime Rath. (Bernhard zurück haltend.) Nicht weiter, Sohn!

Achter Auftritt.

Vorige. Der alte Rechfeld fällt Bernhard in die Arme, der eben sich los gerissen hat.

Rechfeld. Haltet — haltet ein!

(**Geheime Rath** O Gott, was thust Du —

(**Bernhard.** Greis, Du bist verloren —

Alle. Verräther — Da ist er!

Rechfeld. Hier ist der Vater ohne Sohn — er stirbt gern —

Freund. Henkt ihn —

Alle. Schießt ihn zusammen!

Albertine. Um Gottes willen — schenkt mir dieses Leben —

Rechfeld. Nur diesen da erhaltet. Er hat Kinder, die ihn lieben — ich nicht! Tödtet mich —

Hahn. (zum Volk.) Einen Augenblick noch! — Entsage deinen Stellen selbst — nimm die Kokarde, und zeige Dich so dem Volke, so bist Du gerettet.

Albertine. (nimmt die Kokarde vom Busen) Nehmen Sie, und retten Sie Ihr Leben. —

Rechfeld. Ich gehe zur Ewigkeit, und kann nicht lügen! (Er wirft die Kokarde weg.) Gott vergebe euch!

Hahn. Nun ergreift ihn —

Stimme (von außen.) Rettet — rettet!

Freund. Was ist das?

M   Bern-

Bernhard. Er ift von feinem Sohne verlaffen, erbarmt euch das nicht? fo bin ich fein Sohn. Du gehft nicht allein unter diefe Mörder! Wer rührt ihn von euch an, der tödte mich zuvor!

Geheime Rath. Mein Segen mit Dir Sohn, im Leben und im Sterben.

Eine Stimme (von außen.) Feuer!

Mehrere. Feuer, Feuer!

Neunter Auftritt.

Vorige. Jürge.

Jürge. Ihr Leute rettet euch — Das Haus brennt an vier Ecken —

Freund. Werft den alten Dieb hinab!

Alle. Ins Feuer mit ihm!

(Die Feuertrommel, mitunter ein fchwaches Feuerge= fchrey von außen. Sie ergreifen Bernhard und den alten Rechfeld, und fchleppen fie im Zirkel mit fich fort; andere halten den Geheimen Rath ab.)

Bernhard. Mein Leben an das deine —

(**Geheime Rath.** Mein Sohn, mein Sohn!

(**Albertine.** Schont ihrer, erbarmt euch! (Sie dringt mit hinaus.)

Die Thüre wird zugefchlagen. Es ruft wiederholt: Feuer — Feuer!

Geheime Räthin. (kniet nieder.) Rette mei= ne Kinder!

(Die Trommel geht ftärker. Man hört die Glocke.)

Ge=

Geheime Rath. (geht von Thür zu Thür.)
Kein Ausweg — keine Rettung — Gott! dieser Tod
ist schrecklich! (Indem er spricht, fällt der Vorhang.)

Ende des vierten Aufzugs.

Fünfter Aufzug.

(Grosser Saal im fürstlichen Schlosse. In der Mitte
ein Thron, zu den Seiten die Bildsäulen der fürstlichen Vorfahren, einige in moderner Kriegstracht,
andere in Altdeutschen Kostum.)

Erster Auftritt.

Bürger, Bauern, einige mit Waffen, andere
mit geraubten Kostbarkeiten, ziehen in Konfu-
sion herein. **Bierbrauer Freund** den Krug
in einer, den Säbel in der andern Hand,
führt sie an. **Hahn** folgt. **Jürge, Peter, ein Kaufmann** ꝛc.

Alle. Freyheit — Vivat! Freyheit — (Sie
gehen um den Thron herum.) Heissa! (Sie stellen sich
zu beiden Seiten des Throns.)

Hahn. (steigt auf den Thron.) Meine Brüder —

Jürge. Will Er da herab!

M 2 **Hahn,**

Hahn. Warum? Ich will ja nur —

Peter. Er muß da herunter —

Hahn. Es ist nur, daß ihr mich alle hören könnt —

Peter. Krähe du da unten auf dem Boden, Bruder Hahn —

Hahn. Lieben Brüder! begreift mich wohl — es ist nur, daß ihr alle mich sehen könnt —

Jürge. Nein, nein!

Freund. Schweig! — Du hast lange darnach gezappelt, einmal da oben zu stehen.

Hahn. Kann ein Bruder den andern so verläumden! Duldet ihr das?

Freund. Herunter!

Hahn. (geht eine Stufe herab.)

Alle. Herunter!

Hahn. (geht ganz herab.)

Jürge. Meinst du, Bruder Hahn, wir hätten nur deßhalb so gewütet — daß am Ende doch wieder einer da oben stehen sollte?

Peter. Nein! bleib nur hübsch unten —

Hahn. So hört mich denn an —

Freund. Jetzt rede, lieber Bruder, da du dich wieder erniedrigt hast!

Hahn. (feyerlich.) Das grosse Werk ist nun gelungen — wir sind frey!

Alle. Vivat! (werfen ihre Hüte hoch.)

Hahn. Franz Bangenau, der den Grundstein mitgelegt hatte, ist von der Ehre ausgeschlossen, ferner mitzuwirken, denn er war euch ungehorsam. War das euer Wille, daß er ausgeschlossen ist?

Alle.

Alle. Ja, ja!

Zahn. Der alte Rechfeld hat vermuthlich gebüßt — Der ehemalige Geheime Rath Bangenau ist in Fesseln — doch empfehle ich ihn eurer Milde. Zu Tausenden harrt das Volk, was wir jetzt hier beschliessen. Laß uns nun in der ersten Glut Hand an das neue Werk legen, daß es bestehe — von Tyrannen vergeblich angefochten!

Freund. Ja! so wollen wir —

Jürge. Gut so, ja!

Alle Ja — ja!

Zahn. Meine Seele ist gerührt — da ich uns alle so in brüderlicher Eintracht sehe — einer nicht mehr als alle — alle nicht mehr als einer.

Peter. So ists recht!

Zahn. Verstattet mir — dem Geringsten unter euch — aus redlichem Gemüthe, im Namen der künftigen Geschlechter, Dank zu sagen für euern Muth! Nun laßt euch erinnern, daß ihr festsetzt, wie künftig dieß freye Volk sich unter sich selbst regiere.

Freund. Da muß einer ausgewählt seyn — der —

Jürge. Nun will ich einmal sprechen. Sind wir denn frey und los? Nun — so hat alles Regieren ein Ende. Wir essen, trinken, beten, zackern unser Feld, fahren ein — wer uns etwas zu leide thut — dem thun wir wieder etwas zu leide — endlich sterben wir, und — und waren eben frey!

Peter. Damit holla! Ja — so ist es nun künftig.

Alle

Alle Bauern. Ja, so ists!

Freund. So ist es wohl etwa — ja — Nur — was denn doch so zu besorgen ist, wo —

Jürge. Es ist nichts mehr zu besorgen.

Hahn. Oeffentliche Gebäude —

Peter. Die brauchen wir nicht mehr —

Jürge. Unsere Kirchen, die halten noch eine feine Weile.

Freund. Bedienungen, wegen Einnahme und Ausgabe —

Peter. Es wird nichts mehr eingenommen —

Jürge. Denn es wird nichts mehr ausgegeben —

Hahn. (heftig.) Aber die Abgaben —

Jürge. (hoch auf.) Was?

Peter. (beyde Hände in die Seite.) Was will er mit den Abgaben?

Hahn. Die Beyträge, wollte, ich sagen — Beyträge!

Freund. Ja, lieben Brüder, die müssen seyn!

Jürge. O lieber Bruder, schweig still, oder —

Peter Sag einmal, was verstehst du unter Beyträgen?

Hahn. Kleinigkeiten, ihr guten Seelen! Ihr gebt etwas — nichts von der Person — nur von euern Aeckern — euerm Vieh; wenig, was ihr denn wollt — ich möchte sagen — so wenig ihr wollt.

Peter. (kreischend.) Sapperment! ich will gar nichts mehr geben — gar nichts! Dafür habe ich gerebellirt.

Hahn.

Hahn. Ihr glaubt vielleicht, ihr biedern See=
len, ihr solltet wieder Abgaben geben, wie zuvor?
Nicht doch!

Peter. Ja doch! Geht, geht — ich höre euch
kommen. Vorm Jahre wurden wir von der Re=
gierung mitgenommen — da hieß es Abgaben. Dieß
Jahr sollen wir von der Freyheit ausgezogen wer=
den, da heißt es Beyträge!

Jürge. Du hast Recht, Bruder!

Ein Kaufmann. Ja wohl!

Ein Schuster. Das wollen wir nicht!

Alle. Nein, nein!

Freund. Weg, Bruder Hahn. Die Leute
verstehst du nicht, laß mich reden!

Hahn. Bruder, ich bin noch nicht fertig —

Freund. Bruder — ich habe noch nicht ange=
fangen.

Hahn. (feurig.) Aber ich —

Freund. (brutal) Weg da! (er schiebt ihn weg)
Hört einmal ihr — ich sehe, man muß anders mit
euch reden. Was bildet ihr euch ein, ihr!

    Keine Welt

    Ohne. Geld!

    Aus nichts,

    Wird nichts!

Geld muß da seyn! Aus dem Boden kommts nicht.
Nun schickt euch — ihr!

Jürge. Hört — so ganz Unrecht hat er nicht!

Peter. Geht doch —

Jürge. Nun — laßt euch bedeuten. Ihr
wißt — viel hundertmal, wenn wir verkauft hat=

ten, und haben bey ihm getrunken, hat er über alle
Gäste weggeschrieen, daß ihm der Othem ausge=
gangen ist — „er wüßte es mit dem Regieren.‟
Ganz schwarz ist er geworden, so hat er regiert.
Nun, meinte ich — ihr ließt ihn einmal austoben.

Freund. (grob) Abgaben müssen seyn.

Jürge. (gelassen.) Aber wer muß sie geben?

Kaufleute. Ihr Bauern —

Bauern. Ihr Bürger —

Freund. Seht ihr Leute — wir brauen für
euch!

Hahn. (gerührt.) Wir lesen für euch —

Peter. Das können wir selbst —

Jürge. Von uns kriegt ihr Brod!

Peter. Verhungern müßtet ihr ohne uns.

Hahn. Wir können auch das Feld bauen, wir!

Jürge. Ja — Lateinisch.

Peter. Und wo wolltet ihr die Aecker herneh=
men?

Freund. Wenn alles getheilt wird —

Jürge. Potz tausend — wegen der Theilung!
Wen fangen wir an?

(Pause.)

Kaufleute. (heimlich.) O weh!

Freund. (zärtlich.) Kinder — übereilt euch
nicht!

Peter. (grob) Alle Wetter — das meine ich!
Bey mir ist nicht viel zu theilen. Aber bey dir,
Bruder? Da muß es schmuck hergehen — du hast
viel! (Pause)

Freund.

Freund. (beſinnend.) Mit der Theilung? Hm!
— Bruder Hahn — wie wars denn?

Hahn. Ich weiß von nichts; ich glaube —
von Franz war der Gedanke.

Alle. Getheilt — getheilt!

Freund. Wie — (ängſtlich) könnte mans denn
halten mit der Theilung? Hm!

Hahn. Man theilte —

Jürge. Alles von der Fauſt weg!

Peter. Und gleich!

Schuſter. Zur Stelle —

Freund. (reibt die Stirne.) Bruder Hahn —
(pathetiſch) nun rede du! (Er geht unter die übrigen.)

Hahn. (tritt an ſeine Stelle) Ihr ſeht alſo, an
die Spitze von allen Dingen gehört Einer, und
einer, auf deſſen Bruderſinn man ſich verlaſſen
kann.

Alle. Die Theilung!

Hahn. Ja! — allen gehört alles! Aber —
was beſinnen wir uns? Hier — gleich hier —
laßt uns eine Theilung machen! Wozu der Prunk
in dieſem Gemache? Seht da die Bildſäulen an —
ihre Urbilder haben eure Väter gedrückt — reißt ſie
nieder! Dieſe männliche That entflamme euch wie=
der, daß in allen euren Handlungen nur eine Bru=
derſtimme ertöne!

Peter. Ja — nieder damit!

Alle. Nieder — nieder!

Peter. Ich habe einen Strick.

Galanteriehändler. (der die Statue durch eine
Lorgnette betrachtet.) Thut ihrs (zu Jürge) dem Bil=

de

be um den Hals, Herr Bruder — und wir reißens nieder.

Peter. Da steig hinauf! (giebt Jürgen den Strick)

Jürge. (steigt neben der Statue hinauf.)

Alle. (schließen einen Kreis umher, umarmen sich, und rufen:) Vivat! —

Hahn und **Freund.** (reden indeß gegen über heimlich.)

Galanteriehändler. (steht darneben , sieht den Leuten mit der Lorgnette zu und ergötzt sich.) Nun wollen wir sie niederreißen!

Jürge. (hat der Bildsäule den Strick umgethan.) Wartet! — (Er sieht dem Bilde ins Gesicht.) Was war denn das für einer?

Peter. Der da? — Das war Fürst Rudolph.

Jürge. Ich glaubs bey meiner Seele!

Peter. Ja, ja — Ich kenne ihn an dem Spitzbarte; so steht er auf den Thalern.

Jürge. Hm — ihr Leute — er hat doch ein gutes Gesicht.

Peter. — Das hat er.

Jürge. (dems auf einmal beyfällt.) Mein Seel, das ist der — ich glaube — der in der Stadt hier das große Krankenhaus gestiftet hat.

Peter. Da am Markte, wo ihr vor zwanzig Jahren gesund worden seyd.

Jürge. Ja. Hahn! du — hör einmal. Ists nicht Fürst Rudolph gewesen, der das schöne Hospital am Markte aus eigenen Mitteln erbaut hat?

Hahn. (kalt.) Ja.

Peter. Ists dieser hier?

Hahn.

Hahn. Der Tyrann Rudolph. Er hat —

Jürge. Mein Seele, er hat ein gutes Ge=
sicht —

Ein Schuster. Es ist, als ob er uns anre=
den wollte —

Jürge. O hört — laßt mich herunter gehen!
Ich danke ihm das Leben; denn in seiner Stiftung
bin ich gesund worden. (Er steigt herab.) Laßt einen
andern den guten Herrn wegthun! So viel Arme,
Verlaßne und Kranke haben ihm schon gedankt —
ich habe ihm in meiner Krankheit gedankt — und
seine Asche unter der Erde gesegnet —

Schuster. Wir wollen ihn gar stehen lassen.

Peter. (schlägt die Hände zusammen.) Ja — der
soll stehen bleiben! (Wendet sich.) Aber die andern
müssen alle weg! (Zur Statue.) Wir können dir
nichts anhaben, steinerner Herr, weil du kein stei=
nernes Herz gehabt hast. — Nun kommt zu den
andern —

Freund. Da — zu dem! Das ist Bernhard;
der hat der Bürgerschaft viele Privilegien genom=
men —

Jürge. Fürst Magnus ists, ihr Leute; der
bleibt stehen. Der hat dem gemeinen Mann gutes
gethan, wo er wußte und konnte —

Peter. Nun — der bleibt einmal gewiß stehen!

Galanteriehändler. Ihr Leute — pst —
he — ich gebe euch zwey Dukaten, wenn ihr diesen
hier in kleine Stückchen zerschlagt. Der hat alle
Pracht bey Hofe aufgehoben — der ist der erste

ge=

gewesen, der zu Fuß gieng — O der hat grossen Schaden gethan — (Alle gehen hin.)

Jürge. Das — ist Fürst Friedrich! Höre Er, der bleibt stehen! Der hat die Leibeigenschaften aufgehoben.

Alle Bauern. Der bleibt stehen!

Peter. Brüder — dem wollen wir alle Jahr einen Kranz von frischem Korn aufsetzen! — Thut alle eure Hüte ab und segnet ihn!

Alle. (thun die Hüte ab.)

Hahn. Da hinten steht einer — Brüder — den zertrümmert im Freyheitsjubel, der hat euch grossen Schaden gethan, durch —

Peter. Nun ja — es war ein gottloser Herr. Da sie aber alle stehen bleiben, so laßt den auch gewähren!

Bauern Ja!

Einige. Laßt den armen Teufel —

Alle Ey laßt ihn auch stehen!

Jürge. Da ist vorn ein leerer Platz — da hat vieleicht der jetzige Herr hinzustehen kommen sollen.

Hahn. Nun kommt er nicht hin.

Jürge. Nicht?

Freund. (überlaut.) Nein!

(Pause.)

Jürge. (treuherzig.) Hm! — Es ist doch auch ein guter Herr — (Pause. Er sieht die Statuen in der Runde an.) Wir haben drum hier zu Lande viel gute Herrn gehabt!

Peter (faltet die Hände.) Es ist wahr!

(Pau

(Pause.)

Hahn. (prunkvoll) Jetzt zur Hauptsache, Kinder! Vor dem Schloßthore wartet das versammelte Volk auf unsern Entschluß. Laßt uns ihren Ungestüm nicht aufhalten, und einen Entschluß faßen, ehe die Vornehmen und Reichen, die bis hieher unsere gerechte Wuth fürchteten, sich ins Spiel mischen können. So wie das Thor geöffnet ist — muß alles abgelesen werden, welche Beyträge für des Landes Wohl künftig abgeliefert werden sollen, (mit gehobener Stimme) und wer von euch gewählt ist, der Sache und euch vorzustehen.

(Pause.)

Freund. Lieben Brüder — von Beyträgen zu reden! Nichts ist dem Menschen nöthiger als Bier; das muß also ausgemacht werden — Von Hopfen und Malz wird nichts mehr bezahlt!

Alle Er hat Recht —

Freund So! ich danke! Nun macht es mit dem übrigen wie ihr wollt —

Schuster. Lieben Brüder! Wir mögen so frey seyn, als wir wollen — ohne Schuh sind wir Sklaven. Vom Leder laße ich einmal nichts mehr abgeben!

Freund. Er hat Recht!

Alle. Er hat Recht!

Schuster. Schönen Dank!

Schlächter. Von allen Thieren, deren Fleisch ihr täglich eßt — kann nichts mehr abgegeben werden, denn —

Alle. Freyheit — Freyheit!

Hahn.

Hahn. Brüder — was soll denn eigentlich abgeben?

Bürger. Das Land — die Aecker —

Jürge. Und da wären wir frey?

Peter. (erbittert.) Schöne Freyheit!

Hahn. Immer doch freyer als sonst!

Peter. Heda! Wo ist Franz? unser Bangenau? Der hat uns das anders gedolmetscht!

Hahn. Er verdient nicht mehr, daß ihr —

Jürge. Bruder Hahn, dir traue ich doch auch nicht mehr! Du bist schlangenglatt, und fängst an in unsern Sack zu greifen, wie der Amtmann. Wißt ihr was, Kinder, wir wollen den Alten holen lassen, den Geheimen Rath —

Freund. Den Freyheitsmörder?

Jürge. Nun, wir sind ja nun frey!

Peter. Aber werden soll er nichts!

Alle. Nein — nein!

Jürge. Nur Auskunft soll er uns geben, wie es sonst gehalten ist.

Hahn. Ich erstaune —

Peter. Und da wollen wir davon und dazu thun!

Schuster. Und wir auch —

Alle. Ja, holt ihn her!

Jürge. Geh, Peter, hole ihn!

Peter. (geht ab.)

Hahn. (mit unterdrücktem Grimm) Der Gedanke war gut, Bruder! Indeß, daß er geholt wird — laßt uns Männer wählen, die ganze Sache für das Land zu führen —

Alle.

Alle. Recht so — recht!

Hahn. Denkt nun zurück an die Zeiten, wo ihr Sklaven waret — denkt an die Männer, die mit Gefahr Leibes und Lebens — euch den Glanz der Freyheit zeigten, die für euch Nächte wachten, und alles thaten, euch die Waffen in die Hand zu geben — Denkt euch diese guten Männer, einen nach dem andern — und dann ruft einstimmig, wer hat sich um diese Stelle am meisten verdient gemacht? — Redet!

(Pause.)

Freund. Denkt auf jemand, der hier bey der Bürgerschaft viel gilt —

Hahn. (wirft einen wütenden Blick auf ihn) Und der auswärts Ruf hat — der das Land in Ansehen erhalten kann — der den Gesetzen Weisheit geben kann — einen Gelehrten!

(Kleine Pause.)

Jürge. Ich will Ihm sagen — aus der Bürgerschaft machen wir nicht viel; sie braucht immer unser Korn.

Freund. Was?

Jürge. Und aus den Gelehrten machen wir uns nun gar nichts.

Hahn. Ihr Undankbaren!

Jürge. Was die unter sich mit einander verkehren, wissen wir nicht. Die Sonne geht auf, ohne daß man ein Buch aufschlägt, und geht wieder unter, ohne daß man eins zumacht. Ausser unserm Pfarrer — brauchen wir die andern Herrn in unserm Dorfe einmal gar nicht!

Hahn.

Hahn. Undankbares Volk! Durch u n s — ist
alles geschehen! Durch die unsägliche Mühe, die
wir uns heimlich und öffentlich, mündlich und schrift=
lich gegeben haben, ist es dahin gediehen, daß ihr
den Muth gekriegt habt, eure Obrigkeit anzugrei=
fen.

Jürge. Das ist wahr!

Hahn. Wie mühsam habe ich diesen Sturm
vorbereitet! Durch Unterricht der Jugend, durch
eingestreute Grundsätze, in lockenden Reisebeschrei=
bungen, durch das Predigen der Ständegleichheit
in Schauspielen, durch Briefe, durch Witz in Ver=
sen. Wie habe ich die Jugend entflammt, wie ha=
be ich das Alter überzeugt! Erst den Biedersinn
empfohlen, dann die Geradheit, hierauf Dreistig=
keit — als dieß über und über gieng — Stände=
gleichheit — als das den natürlichen Hochmuth ge=
packt hatte — Rache gegen alte Bedrückungen ge=
reizt, dann zur That aufgerufen, Beyspiele in
Flammenschrift hingestellt. Ich ward euch allen
faßlich, der Funke glimmte, die Flamme loderte —
das alte Gebäude ward ergriffen — stürzte zusam=
men — Auf seiner Asche steht ihr jetzt, und könnt
Freyheit rufen in das weite Weltall — Mein ist
die Arbeit! Was ist mein Lohn?

Jürge. Bruder — du mußt was ablassen von
der Rechnung. Auf der Asche stehen wir, Freyheit
rufen wir, und das alte Haus angesteckt hast du
auch — das hat alles seine Richtigkeit! Nun sollte
ein neues Haus gebaut werden, wo wir Bauern
auch sein wohnen könnten, haben wir gemeint.

Wie

Wie du es aber vorhaſt, ſo kommſt du oben auf
zu wohnen mit deines Gleichen; wir Bauern eben
wieder in den Stall.

Ein Bauer. Daraus wird nichts!

Alle. Nichts — nichts da!

Jürge. Und daß du geſchrieben haſt, Bru=
der — und gewütet — das iſt für dich ſelbſt ge=
ſchehen.

Hahn. Für mich?

Jürge. Du haſt weder Kuh noch Acker —
nun denkſt du, wer eine Welt beſchreiben kann,
kann ſie auch regieren. Schweig — Ich habe es
wohl gemerkt vorhin — wie du auf das Ding da
ſteigen wollteſt.

Hahn. Brüder, ihr verkennt mich.

Jürge. Haſt du denn die Welt frey gemacht?
Nun, ſo biſt jetzt mit frey — und damit holla!
Gekoſtet hat dir es keinen rothen Heller; aber uns
hat es gekoſtet!

Hahn. Euch? gekoſtet?

Jürge. Ja Bruder — und viel! Derweile
wir ſo von der Freyheit ſchwatzen, hat keiner ge=
arbeitet. Meine Jungen haben den ganzen Tag
exercirt, geſchoſſen und Flinten geputzt; die Lieſe
hat nichts gethan; kein geſunder Biſſen kommt auf
meinen Tiſch, ſeit von der Freyheit die Rede iſt;
unſer Weißzeug iſt gar zuſammen geriſſen, und hät=
te ich nicht noch über Macht gearbeitet; ſo hätten
wir hier das andere Jahr nicht einmal Saatkorn.

Einige. (mit Achſelzucken.) Das iſt wahr!

N   Jür=

Jürge. Ich will denn sagen: das soll alle gleichwohl nichts verschlagen — wenn wirs denn nun nur besser kriegen — Das wollen wir aber erst sehen!

Hahn. Brüder — ich urtheile nicht. Sagt selbst, was verdient ein Verräther, der, da alles gethan ist, so denkt und redet?

Jürge. Mit Einem Worte ihr Leute — seit ich heute in der Stadt die Häuser habe wegbrennen, die Menschen habe zusammen schießen und verstümmeln sehen — habe ich einen Widerwillen an der Sache, und deine Reden gefallen mir nicht mehr! Ich sehe, daß euch auch so ums Herz ist — mein Seele, ich sehe euch das an!

Zweyter Auftritt.

Vorige, Peter.

Alle. Da ist Peter wieder!

Jürge. Nun Peter — wie stehts?

Peter. (niedergeschlagen.) Hm!

Jürge. Wie ist es?

Freund. Kommt der Alte?

Peter. Er kommt.

Galanteriehändler. Der Geheime Rath?

Peter. Ja doch!

Jürge. Du siehst ja ganz verstört aus, Peter? Was hast du vor?

Ein Bauer. So rede denn! —

Peter.

Peter. (alle anschauend.) Ich weiß eben nicht, ob es gut gethan ist, wenn ich rede!

Alle. Ey ja doch, freylich! rede!

Peter. Da ich hinkam zum alten Geheimen Rath — er ist denn unten auf der Wache in Ketten, so — — geht, laßt mich schweigen! Mein Seele, ich muß n o ch heulen —

Hahn. Man könnte ihn nun frey lassen, glaube ich —

Freund. So denke ich auch —

Peter. Thut es, sonst machen sie ihn mit Gewalt frey. Sie führen so schon seltsame Reden. Sein Haus ist niedergebrannt; er hat sich retten wollen — da hat ihn einer tief in den Kopf gehauen. Sein jüngster Sohn, der dem alten Bürgermeister zu Hülfe kam, ist erst erbärmlich verwundet. Den alten Rechfeld haben sie in die Flammen gedrängt; er ist erstickt.

Freund. Solche Thaten, solcher Lohn!

Peter. Der junge Mensch hat sich brav gewehrt, aber was wollte er gegen die Menge? Er hat einen tödtlichen Stich in die Brust.

(Pause.)

Jürge. Das Gott erbarme!

Einige. (trocknen die Augen.)

Peter. Die Frau ist mit genauer Noth noch gerettet; sie liegt ohnmächtig in der Tochter Armen. — Wie der Franz das gehört — und seinen Vater gesehen hat, ist er wie todt zur Erde gefallen; er raset, daß vier Männer ihn kaum bändigen können.

Jür=

Jürge. (schlägt die Hände zusammen.) Das haben wir angestiftet!

Peter. Es brennt noch nahe dabey — Der Fürst ist selbst beym Löschen.

Alle. Der Fürst?

Peter. Er soll mit nassen Augen unter den Leuten umhergehen, und helfen wie unser einer.

Hahn. Diese Begebenheiten sind traurig, Kinder!

Peter. Ja wohl —

Hahn. Aber, laßt euch das —

Jürge. Er hats angefangen —

Hahn. Laßt euch das nicht abhalten vom großen Ziele!

Jürge. Er hats angefangen; Er muß wissen, was Er gethan hat.

Dritter Auftritt.

Vorige, Geheime Rath in Ketten, zerrissenem Kleide, ausgerissenen Schnallen, verbundenem Kopfe, von vier Bürgern mit Waffen geführt, und gestützt.

Geheime Rath. Was wollt ihr von mir?

Jürge. (mit Thränen.) Die Ketten von ihm weg —

Alle. Die Ketten weg —

Hahn. (zu Freund.) Mit Freuden verrichten wir diesen Bruderdienst! (Beyde gehen hin.)

Ge

Geheime Rath. (zieht die Hände an sich.) O — ein andrer —

Jürge. (nimmt sie ihm ab, und lehnt ihn auf seine Schulter.) Da komme Er her, lehne Er sich auf mich — Herr! Sein Leid schneidet mir durchs Herz. (Er giebt ihm einen Sessel.)

Geheime Rath. (mühesam umherschauend.) Was wollt ihr mit mir? — Wo soll ich sterben? — (biegt sich vor.) Hier ist mein Hals! —

Hahn. Nicht sterben —

Jürge. (treuherzig.) Wir möchtens lieber wieder gut machen — (zu allen.) Nicht wahr, es jammert euch?

Alle. Ja — ach Gott ja —

Jürge. Wir liessen Ihn holen — Er sollte uns rathen, wie wirs ausmachen sollten, mit der neuen Regierung —

Geheime Rath. Ihr — (er seufzt.) Ach! —

 (Pause. Er bewegt die Lippen.)

Peter. Sagt er was?

Jürge. Er kann nicht reden —

Geheime Rath. (mühesam.) — — — Keine Luft!

Hahn. Einen Arzt. (Es geht einer ab.)

Geheime Rath. (schüttelt den Kopf.)

Jürge. Was möchte Er haben, lieber Herr?

Geheime Rath. (deutet an den Himmel) Bald dort.

Peter. Gott wird Ihn erhalten —

Geheime Rath. (verneint es.)

Jürge. Ach lieber Herr —

N 3 Ge=

Geheime Rath. (deutet mit matten Augen in die Höhe.) — — Da ist — Bernhard!

Ein Bauer. Ach seht doch, wie ihm die Thränen herab laufen —

Jürge. Der arme Mann — er weiß es nicht. (Trocknet seine Augen.)

Peter. Wir haben viel Unheil gestiftet —

Jürge. Lieber Herr — wir sind unschuldig — wir haben nur frey seyn wollen; wir haben in das Elend unsern Willen nicht gegeben — vergebe Er uns —

Geheime Rath. (nickt mit dem Kopfe, und faltet die Hände.)

Jürge. Können wir denn noch etwas gut machen?

Geheime Rath. (bejahet es.)

Jürge. So rathe Er uns doch —

Geheime Rath. (bezeichnet seine Schwäche.)

Peter. Wir verstehen Ihn nicht, guter Herr —

Geheime Rath. (winkt Jürgen zu sich.)

Jürge. (kommt und beugt sein Ohr an ihn hin.)

Geheime Rath. (redet mit ihm, man merkt seine Schwäche und sieht den Mund sich bewegen.)

Jürge. (als er gehört hat, zu den andern.) Er kann nicht laut reden — ich solls euch sagen —

Alle. (drängen sich dichter umher.) Wir hören willig.

Geheime Rath. (redet leise mit ihm.)

Jürge. (halb weiter hören wollend, halb zu der Versammlung.) Werft euch dem Fürsten in die Arme!

(Bewegung unter allen.)

Ge=

Geheime Rath. (redet wieder.)

Jürge. (wie zuvor.) Er brannte eure Häuser nicht weg, und — ließ keinem Vater, (er bricht in Thränen aus) sein gehorsames Kind ermorden.

Geheime Rath. (mit letzten Kräften) — — O Gott! (Ein tiefer Seufzer, die Augen fallen zu, der Kopf sinkt auf die Brust.)

Alle. (treten einen Schritt zurück.)

Jürge. (faltet die Hände.)

Peter. (berührt ihn mit Ehrfurcht.) Ach —

Jürge. Ich glaube, er ist todt —

Peter. Er ist todt!

Jürge. Gott sey uns gnädig — es ist viel Böses geschehen!

Hahn. Bringt ihn weg —

Peter. Wollt ihr die Leute draußen vollends rasend machen?

Freund. Drum zum Schluß!

Peter. Das Brennen und Morden —

Jürge. Das ist verflucht, sage ich euch —

Peter. Der Fürst muß uns hören —

Jürge. Er muß wissen, daß wir das nicht gestiftet haben.

Alle. Zum Fürsten!

(Allgemeine Bewegung. Die vier Bürger tragen den Geheimen Rath voraus weg.)

Eine Stimme. (am Eingange.) Haltet!

Alle. Der Fürst — — Da ist er — Der Fürst — (Sie thun die Hüte ab, und stellen sich in zwey Theile.)

Vier=

Vierter Auftritt.

Vorige. Der Fürst.

Fürst. Setzt nieder! (Sie setzen den Stuhl mit dem Geheimen Rath nieder.) Ist er todt? (Er umarmt ihn.) Blut wollte ich schonen — und das edelste floß! Ewiger Richter — die Menge ist erhalten — dieser ward Opfer für alle! Das ist das Werk meines unzeitigen Mitleidens! Geh heim, treuer Diener — schlaf sanft! Dein Tod war wie dein Leben — für alle! (Sie wollen ihn wegtragen) Noch einmal! — (Er küßt sein Haupt.) Diese Wunde hast du um mich. Ich kann nichts vergelten — konnte nichts mehr retten! O Gott — Gott, Gott! — Bringt ihn zur Ruhe! (Er wird weggebracht. Der Fürst bleibt noch eine Weile auf der nämlichen Stelle, und trocknet die Augen; dann tritt er einige Schritte vor, sieht mit festem Blicke herum, alle verneigen sich mit Ehrfurcht, Hahn und Freund nicht. Er hebt den Hut und bedeckt sich wieder.) Ich habe gewollt und verordnet, daß ihr die Folgen eurer Thorheit fühlen solltet; so dachte ich von eurer Raserey euch zu heilen. Ich habe verboten, Soldaten gegen euch zu schicken, damit nicht Bruder gegen Bruder — das Schwert zöge. Ihr aber seyd Mörder und Mordbrenner geworden, und ich muß nun — als Richter und Rächer unter euch treten.

Hahn. Fürst — dein Volk ist —

Fürst. (macht ihn durch eine Bewegung schweigen.)

Für

Jürge. So arg haben wir es nimmer gewollt, das weiß Gott —

Peter. Wir haben nur Freyheit gewollt, und daß es —

Fürst. Ihr habt guten, ruhigen Bürgern die Häuser über den Köpfen niedergebrannt — ist das Freyheit? Ihr habt fremdes Eigenthum geraubt — ihr habt Greise erschlagen, Unmündige verwundet, und Menschen ins Feuer gestürzt — ist das Freyheit?

Jürge. Das Herz bricht mir — Darf ich reden, gnädigster Herr?

Fürst. Redet! —

Jürge. Ich rede für alle — wer anders denkt, sage es! — Es geht uns oft hart auf dem Lande, lieber Herr! hart und viel arbeiten wir, und bringen wenig vor uns. Da sagte man nun überall — wir könntens besser haben, wir könnten frey seyn — und Sie, blieben doch was Sie wären. Wir sollten nur einmal ausschlagen — Ach guter, gnädiger Herr — es ist ja gedruckt zu lesen — und ist uns oft und viel in die Hände gegeben, wie wir es anfangen sollten. Da sind wir denn so mit gezogen — So haben wir es nicht gewollt; aber — nun sind wir eben in dem Unglück.

Fürst. Der Stand, der das Feld bauet — ist mühsam, und deshalb ist er ehrwürdig. Von euern Kindern könnt ihr nicht alle Lasten abnehmen, der Fürst nicht von seinen Unterthanen! Eure Kinder tragen ein kleineres Theil davon als ihr, eure Enkel ein kleineres als eure Kinder. Die Menschen-

N 5 menge

menge macht den Unterhalt schwerer zu erwerben.
Wer euch sagt, daß eurem Stande das Mühsame
abgenommen werden kann, der frevelt an eurem
Heil, und ist ein Lügner gegen Gottes Ordnung! —
Was begehrt ihr denn? Gar keinen Herrn? so seyd
ihr bald eine Räuberbande! Mehrere Herren? —
so frage ich, ob diese und ihre Kinder euch nicht
noch mehr kosten werden?

Peter. Das möchte wahr werden, gnädiger
Herr!

Fürst. Wer sind diese Gesetzgeber, die mit einer Hand die Flamme in eure Häuser werfen, mit
der andern zu Recht und Ordnung winken? Wo ist
jetzt Recht, wo ist Ordnung? Welcher Vater darf
seinem Sohne trauen, welche Frau ihrem Manne?
Wer von euch kann sagen, mein Haus und mein
Leben sind morgen noch mein? Wer kann sagen, er
hat Kinder? Jedermann ist Herr! Um eines Ver-
dachtes willen schlachtet man eure Kinder vor
euern Augen; bey ihrem Todesächzen fordert man
euch ein Lächeln der Bürgerfreude ab, und würgt
euch, wenn eure Thräne in eurer Kinder Blut
fließt! Das ist die Freyheit, für die ihr unter meinen Augen das Schwert gezogen habt! — Was
habe ich euch gethan? — Rechenschaft bin ich nur
Gott schuldig — aber ich kann aufgerichtet in euer
Angesicht sehen und fragen — Wem von euch habe
ich geweigert mit mir zu reden, so lange ich euer
Herr und Vater bin? (Pause.) Habe ich meine
Kornböden geschlossen, wenn Noth im Lande war?
(Pause.) Habe ich je mein Ersparniß geweigert,
wenn

wenn Fluthen und Hagelſchlag das Land verwüſtet
hatten? Wer mich deß zeihen kann — der rede!

(Pauſe.)

Jürge. (macht ohne Geräuſch die Kokarde von
ſeinem Hute, und wirft ſie vor ſich nieder.)

Fürſt. (ohne es zu bemerken.) Habe ich das
Recht gewendet?

Peter. (wirft ſeine Kokarde nieder, und ſteht ehr-
furchtsvoll auf den Fürſten.)

Fürſt. Habe ich milde Stiftungen verſäumt?
Habe ich den Dürftigen abgewieſen?

Alle. (auſſer Hahn und Freund, werfen nach und
nach die Kokarden vor ſich nieder.)

Fürſt. Und wo ich nicht helfen konnte — hat
euch mein Mitleid gefehlt, oder mein guter Wille?
Habt ihr Zweifel gegen mich, war ich nicht Menſch
— Bruder, Vater gegen euch — ſo redet — Hier
ſtehe ich allein — ich habe keine Wache, als mein
gutes Gewiſſen — Redet! und ich will mich meiner Fürſtenwürde ſchämen gegen euch!

Jürge. (in Thränen.) Nein, gnädigſter Herr!
— Sie haben wahr geredet!

Alle. Ja! wahr — wahr!

Fürſt. Ich ſehe, daß ihr das fühlt, und weiß,
daß ihr gewaltſam verführt ſeyd — ihr armen,
überraſchten, verblendeten Menſchen — darum vergebe ich euch —

Alle. (in froher Bewegung.)

Fürſt. (zu Hahn.) Aufklärung — iſt ein Ge-
ſchenk des Weiſen an die Menſchheit. Wer aber

un-

unter diesem Namen die Völker verwirrt — ist ein Mörder — der bist du!

Hahn. Ich habe mit Eifer —

Fürst. (zu Hahn.) Unseliger Mensch! Weißt du nicht — daß verjährte Uebel sich nur nach weiser Vorbereitung aufheben lassen, und daß selbst die reinsten Wahrheiten schaden können, wenn sie mit auffallender Weise dem rohen Haufen hingegeben werden, ohne daß er vorbereitet ist? Doch was lehre ich den, der üblen Willen hat! —

Hahn. Ueblen Willen? Ich!

Fürst. Wenn man nicht bald gegen jene aufgeblasenen, tollen Stürmer, die unter der Larve der Vertheidiger der Menschenrechte herrschen, oder Privatbeleidigungen rächen wollen — eine Polizey handhaben wird, so ist es um den Frieden der Menschen gethan! Nimm das Zeichen des Aufruhrs von deinem Hute herab — ich befehle dir das!

Hahn. (zaudert.)

Alle. Herab — herab!

Hahn. (nimmt die Kokarde ab, und steht wie eingewurzelt.)

Fürst. Diesen guten Seelen hast du den Trost ihres Gewissens geraubt — Vor jenem Greise kniee nieder — und lege das Schandzeichen zu seinen Füssen.

Hahn. (legt die Kokarde knieend vor Jürgen nieder.)

Fürst. Ich würde mich begnügen, dich zu verachten; aber es ist nicht von mir allein die Rede. Das Gesetz richte — Geh!

Hahn. (geht ab.)

Fürst.

Fürſt. (zu Freund.) Die Bürger dieſer Stadt — haben in der Mitte des gemeinen Elends mir ihre Herzen wieder gegeben. Ich überlaſſe euch ihrem Urtheile.

Freund. (geht, und ſchlägt ſich vor die Stirne)

Jürge. (der indeß mit einigen geredet hatte.) Wir möchten ſo gern gut machen — ſo gern —

Fürſt. Was niedergebrannt iſt, will ich wieder aufbauen laſſen, was geraubt iſt, gebt zurück, und ſo verzeihe ich allen alles! (ernſt.) Nur —

Jürge. Gott ſegne Sie —

Alle. Gott ſegne unſern Herrn —

Fürſt. Nur dem Sohn — der ſeinen Vater in der Noth verlaſſen konnte — Rechfeld — dem darf ich nicht verzeihen. Dem andern — erfleht der unglückliche Tod des Vaters Vergebung! Die Wittwe finde in mir einen Bruder — Die armen Ermordeten retteten das Leben von Tauſenden — das Vaterland errichte ihr Denkmal! Wir alle folgen an ihre Gruft —

Jürge. Wir wollen heim gehen — wo wir durchziehen — wollen wir ehrlich bekennen, wohin uns das Elend der Freyheit geführt hat!

Peter Treuere Unterthanen ſollen Sie nicht haben als uns!

Ein Bauer. Herzlicher ſoll Sie nun niemand lieben!

Jürge. Ich bin ein alter Mann — und werde Sie ſchwerlich wieder ſehen — Ich bereue ſo herzlich. (Er kniet vor ihm nieder.) Gnädiger Fürſt — laſſen Sie mich Ihre gute Hand küſſen!

Fürſt.

Fürst. (reicht sie ihm.) Gott erhalte euch — treu und glücklich!

Alle. (nähern sich im Zirkel.)

Jürge. (zu den andern, im höchsten Feuer der Ehrlichkeit und Liebe.) Kommt — ihr alle — legt die Kokarden alle dem ehrlichen Herrn zu Füssen!

(Sie nehmen sie, knieen dicht um ihn her, legen sie auf einen Haufen vor ihm nieder, einige greifen nach seiner Kleidung, andere nach seinen Händen.)

Jürge. So, gnädigster Herr — Gott wolle uns vergeben, daß wir Ihnen böse Stunden gemacht haben! (Mit zärtlicher Gewalt setzt er den Fuß des Fürsten auf die Kokarden.) Alle Zwietracht ist unter Ihrem Fusse!

Fürst. (breitet seine Hände über alle.) Meine Kinder!

Jürge. Gott erhalte unsern guten Landesherrn!

Alle. (mit Jubelgeschrey.) Gott erhalte unsern guten Herrn! —

(Sie bleiben in dieser Gruppe, der Vorhang fällt.)

Ende des Trauerspiels.

————

Die

Die vier Vormünder.

Ein

Lustspiel

in drey Aufzügen.

Nach dem Engl. der Mrs Centliore.

Perſonen.

Hauptmann Harcourt, Liebhaber der Miß Lovely.
Miß Nancy Lovely, eine Waiſe.
Sir Philipp Mödelove, ein alter Stutzer, ⎫
Periwinkle, ein Alterthumskrämer, ⎪ Vormünder
Tadelove, ein Wechsler, ⎬ der
Obadiah Prim, Quäker und Strumpf= ⎪ Mißlovely.
    händler, ⎭
Frau Prim, deſſen Frau.
Betty, Miß Lovelys Mädchen.
Freemann, ein Kaufmann, Harcourts Freund.
Satbut, ein Wirth.
Simon Pure, ein Quäker.
John, Prims Diener.
Bediente des Hauptmanns.
Bediente des Sir Philipp.

Er-

Erster Aufzug.

(Der Park.)

Erster Auftritt.

Harcourt, nach dem neuesten Französischen Geschmacke gekleidet, 4 Bediente, hinter sich. Freemann, von der andern Seite.

Freemann.

Was ist das für ein fremder Geck? Wie? —
Ja! Harcourt! er selbst! Hauptmann Harcourt?
Sind Sie's?

Harc. Ah, mein lieber Freemann, aber nennen
Sie den Hauptmann nicht zu laut.

Freem. Sie fangen doch nicht an, sich seiner
zu schämen?

O,   Harc.

Harc. Ich will ihn verhüllen, damit er hernach desto schöner glänze. (zu einem Bedienten) Gieb Acht, daß wir nicht überrascht werden.

Freem. (den Kopf schüttelnd) Hauptmann!

Harc. Ich weiß, was diese weise Bewegung Ihres Haupts sagen will. Aber seyn Sie ruhig, Freund, diesmal bin ich in keinem leichtfertigen Handel verwickelt.

Freem. Das glauben Sie immer, so lange es währt.

Harc. Wahrhaftig nicht.

Freem. Schon das ist kein gutes Zeichen, daß ich gar nichts davon erfahren habe.

Harc. Das ist wirklich nicht meine Schuld. Vorgestern kam ich von Bath, und gestern waren Sie nicht zu Hause.

Freem. Dacht ich doch, daß der Einfall von gestern wäre.

Harc. Ich wünschte mich dessen rühmen zu können. — Ich liebe ein Mädchen.

Freem. Das pflegen Sie seit Ihrem zwölften Jahre zu thun.

Harc. Aber nicht die von damals.

Freem. Das glaub ich ohne Schwur; auch nicht die von Ihrem dreyzehnten und so fort, vielleicht nicht einmal die von vorgestern.

Harc. Sie thun mir Unrecht, diese liebe ich schon seit vier Wochen.

Freem. O Wunder!

Harc. Sie hat ausnehmend viel Verstand, und Witz und Gefühl, und Schönheit —

Freem.

Freem. O Liebe!

Harc. Und über alles das, 30,000 Pfund Sterling —

Freem. O Verdienſt!

Harc. Und ſie liebt mich wieder.

Freem. Das hab' ich aus Ihrem Anzuge geſchloſſen.

Harc. Nein, Freemann, wenn irgend ein Anzug ſie erobert hat, ſo war es mein rother Rock; ſie hat mich in keinem andern geſehn.

Freem. Aber der franzöſiſche Gaukeltand ſoll Ihren Sieg unwiderruflich machen?

Harc. Er ſoll die Feſtung zum Kapituliren bringen.

Freem. Wenn das der Fall iſt, ſo möcht' ich ſie nicht. Lohnt es der Mühe, Hauptmann — und Sie ſind kein Jüngling mehr — lohnt es der Mühe, um die Hand eines Modepüppchens zu werben, eines Geſchöpfs, das kein Herz hat?

Harc. Pfui, aber mein Mädchen iſt nicht von dieſer Art, wir ſind längſt mit einander einig, itzt kömmt es nur drauf an, ihre Vormünder zu gewinnen.

Freem. Hat ſie mehr als einen?

Harc. Mehr als drey, alle Vierteljahr wohnt ſie bey einem andern.

Freem. So ſcheint es, ihr Vater hat an die Welt gedacht, die zwiſchen vier Winden liegt, und ſich wohl dabey befindet.

Harc.

Harc. Weil immer nur einer bläst, wenn aber alle vier zugleich losbrechen, so wird alles zu Grunde gehn.

Freem. Dafür sind die Menschen verträglicher, als die Winde.

Harc. Diese Menschen nicht. Es wird schwer seyn, vier verschiedenere Charaktere zusammen zu stellen. Der eine ist ein Quäker, streng und unnachsichtig gegen alle Kinder dieser Welt, und um desto strenger, weil seine Frömmigkeit im Kopf sitzt, und nicht im Herzen. Der andre ist ein Alterthumskrämer, der nichts liebt, als was verjährt und fremd ist; er treibt diese Neigung so weit, daß alle seine Kleidungsstücke antik seyn müssen, und eine Reisebeschreibung aus dem vorigen Jahrhunderte — die neuern sind ihm zu plan — ist ihm ein ehr= und glaubwürdig Buch.

Freem. Ich kenne so einen, Periwinkle!

Harc. Richtig! Der dritte ein gewisser Tradlove —

Freem. Auch den kenn' ich; er ist Kaufmann an Leib und Seel.

Harc. Oder vielmehr dieses ehrenvollen Namens nicht werth, sein Eigennutz ist von der schmutzigsten Art; er kennt keine Empfindung, als die, sein Geld wuchern zu lassen.

Freem. Das hab ich erfahren.

Harc. Mit dem vierten werd' ich itzt Bekanntschaft machen. Sir Philipp Modelove ist ein Stutzer der übertriebensten Art, sein Körper ist Winter,

und

und seine Kleidung Frühling. Er schätzt und liebt nur, was aus Frankreich kömmt.

Freem Ich muß gestehn, Sie sehen einem Jüngling dieses Landes nicht unähnlich. Aber wenn Sie auch den auf Ihre Seite bringen, werden die andern mit einstimmen?

Harc. Schwerlich, lieber Freemann, und was das schlimmste ist, wenn ich auch drey auf meiner Seite habe, ohne Einwilligung des vierten ist alles vergebens.

Freem. Sicher muß der Vater Ihrer Geliebten gewünscht haben, daß seine Tochter nie heyrathen sollte.

Harc. Vielleicht hielt er dafür, wer mit vier Narren auskommen könne, müsse ein sehr friedlicher Ehemann seyn. Aber ernstlich — Nancy's Vater hatte eine höchst unglückliche Ehe, um seine Tochter vor gleichem Schicksale zu bewahren, machte er dies saub're Testament.

Freem. Da Sie aber selbst reich sind —

Harc Ich würde keinen Augenblick anstehn, das herrliche Mädchen im Unterröckchen zu nehmen; aber sie will durchaus ihrem Manne nur Liebe zu danken haben. Ich muß also allen meinen Witz und Sakbuts Schelmerey aufbieten, um sie zu gewinnen.

Freem. Ist unser alter Kreuzvater wieder dabey?

Harc. Freylich; er hat mir in meinen jüngern Jahren so manchen Schelmstreich ausführen helfen, daß es unchristlich wäre, wenn ich ihn nicht Theil

an einem rechtschaffenen nehmen liesse. Diese Ver=
kleidung, die Livreen, alles das kömmt von ihm;
er hat alle Vormünder zu Kunden, und wird mich
als einen Fremden, in Sir Mydelov's Bekannt=
schaft einführen.

Freem. Wenn Sie auch mich gebrauchen kön=
nen, so steh ich gern zu Diensten.

Harc. Kein Anerbieten wäre mir gelegener, zu=
mal, da Sie Periwinkle und Trablove kennen; dem
Letztern wissen wir noch nicht beizukommen.

Freem. ~~Nichts~~ ist leichter! Lassen Sie mich sor=
gen. Ich bin ihm ohnedem etwas schuldig.

Zweyter Auftritt.

Harcourt, Freemann, Sakbut.

Sakbut. Sind Sie da, Herr Hauptmann?
Gut! vortreflich! Sir Philipp brennt, Sie zu
sehn, er wird gleich hier seyn, er hat nur seine
Mündel bey seinem Mitvormund, dem Quäker, ab=
gesetzt, dessen Vierteljahr heut' angeht. Er fragte
mich, woher Sie wären, ich antwortete ihm, das
wüßt' ich nicht recht, Sie wären noch zu kurze Zeit
bey mir. Machen Sie's itzt, wie Sie wollen. —
Sieh da, Herr Freemann! wissen Sie schon Be=
scheid?

Harc. Von allem, lieber Sakbut, er ist ein
Mitverschworner geworden.

Sakbut. Willkommen, Herr Kollege! Gehen
Sie nur nach meinem Hause, ich habe Ihnen viel
zu

zu entdecken und mitzutheilen. Sir Philipp muß Sie nicht sehn; ich komme den Augenblick nach.

Freem. Mach' Deine Sachen klug, Sakbut, und übereil' Dich nicht, wie gewöhnlich.

Sakbut. Gewiß nicht, und was unsrer Unerfahrenheit abgeht, das wird Ew. Gestrengen kaltes Blut schon ersetzen.

Bedienter. (rufend.) Sir Philipp!

Sakbut. (zu Freemann.) Fort! fort! (zu Harcourt.) In Ordnung! und nicht zu viel französisch gesprochen, sonst versteht er Sie nicht.

Freem. (läuft fort.)

Dritter Auftritt.

Harcourt, wirft sich nachläßig auf eine Bank, und trillert für sich. **Sakbut** geht Sir **Philipp** entgegen, dem mehrere **Bediente** nachfolgen.

Phil. Renaud, laß den Kutscher in der Nähe warten. Sieh da, Sakbut!

Sakbut. Da sitzt er, Sir Philipp; er ist in tiefen Gedanken, soll ich ihm sagen —

Phil. Nichts, laß uns; wir wollen á la francoise bekannt werden.

Sakbut. (geht ab.)

Phil. (singend.) Je suis jeune, je suis fille —

Harc. (trillert auch, sieht nach der Uhr und steht auf.)

O 5 **Phil.**

Phil. Pardonnés, was ist die Uhr? — meine ist abgelaufen. (sie herausziehend.)

Harc. Fünf und zwanzig Minuten auf zehn! — (zieht die Dose heraus.)

Phil. Ist es erlaubt?

Harc. Sehr gern, viel Ehre!

Phil. Er spricht gut; aber man hört doch den Fremden. — Der Toback ist vortreflich, und die Dose sehr schön; vermuthlich französische Arbeit?

Harc. In Paris gekauft; sie ist artig genug.

Phil. Artig! foi de gentilhomme, man kann nichts schöners sehn. Ich bitte, verzeihen Sie mir die Frage: welches Land ist so glücklich, ein so vollkommnes Muster der Mode hervorgebracht zu haben? Ich hoffe, Frankreich.

Harc. Halten Sie mich nicht für Ihren Landsmann?

Phil. Nein, sur mon honneur, das thue ich nicht.

Harc. Das bedaure ich.

Phil. Wie können Sie wünschen, ein Engländer zu seyn? Unsre Landsleute besitzen keinen so ungezwungenen Anstand.

Harc. Haben Sie sich nie im Spiegel gesehn?

Phil. Ah mon Dieu!

Harc. Ich weiß Ihre Titel nicht, mein Herr, aber alles sagt mir, daß ich einen Lord oder Herzog vor mir habe.

Phil. So schliessen grosse Seelen von sich selbst auf andre. Ich bin nur Ritter, weiter nichts; ganz und gar nichts, Sir Philipp Modelove.

Harc.

Harc. Von franzöſiſcher Familie, ſans doute!

Phil. Mein Vater war aus Frankreich.

Harc. Das ſieht man gleich. Il y a une certaine gayeté particuliere a ma Nation. Ihnen darf ich ſchon geſtehn, daß ich ein Franzoſe bin. Aber ewig ſchade, daß ein Mann von Ihrer Bildung kein Pair iſt.

Phil. Ich muß geſtehn, man hat mir ſchon vor fünf Jahren eine Baronie angetragen — aber ich lehnte ſie ab, weil es mit zu vieler Beſchwerde verknüpft iſt. Politiſche Händel intereſſiren mich nicht genug, um eine Parthey zu ergreifen.

Harc. Vous avés bien raiſon! ein Mann von Welt kann ſich mit ſo pedantiſchen Grillen nicht quälen. Seinen Geiſt müſſen nur Geſchmack und Freude beſchäftigen —

Phil. Und Liebe —

Harc. O die iſt unter dem Namen Freude ſchon begriffen.

Phil. Parbleu! c'eſt un homme d'esprit! — Darf ich um Ihren Namen bitten?

Harc. D'Harcourt, pour vous ſervir!

Phil. D'Harcourt! Ich kenne den Namen, er iſt ganz franzöſiſch, es giebt ihrer zwar auch in England, aber — Parbleu! Beym erſten Anblick erkannt' ich Sie für einen Franzoſen — unſer Land hat ſolche Verdienſte nicht.

Harc Um Verzeihung! es hat zwei Vorzüge, wodurch es alle Völker der Erde übertrifft.

Phil. Ah vous plaiſantés — wie heißen ſie?

Harc. Frauenzimmer und Geſetze.

D 5 **Phil.**

Phil. Von Gesetzen versteh' ich nichts, das mag seyn; aber schöne Frauenzimmer giebts allenthalben, unter jedem Himmelsstrich habe ich ihre Fesseln getragen.

Harc. Es giebt vollkommene Schönheiten in Frankreich, Welschland und Deutschland, sogar in Holland, mais elles sont bien rares: mais les belles Anglaises! O Sir Philipp, wo finden Sie solche Mädchen! einen so symmetrischen Bau, eine so vortheilhafte Kleidung, so regelmässige Züge, einen so sanften Charakter, so gebietende Augen, ein so bezauberndes Lächeln —

Phil. Ah Parbleu! vous etes attrapé!

Harc. Je n'ose le nier. Sind Sie verheyrathet, Sir Philipp?

Phil. Nein, und werd' auch wohl nie in diesen ehrwürdigen Stand treten; denn ich hab' ein tendre decidé für das ganze Geschlecht, und habe die Ehre, sehr gut bey den Damen zu stehn, möchte daher nicht zehn tausend dem Vergnügen einer einzigen aufopfern.

Harc. So hab' ich mich also geirrt. Ich hielt das junge Frauenzimmer, mit der ich Sie diesen Morgen sah, für Ihre Gemahlin.

Phil. Nancy Lovely? Ich bin ein espece von ihrem Vormund. Ihr Vater — verzeih's ihm der Himmel! hat mich da in Gesellschaft von drey abgeschmackten Kerln gebracht. Ich bedaure das arme Mädchen, sie wird eine alte Jungfer darüber werden.

Harc. Wenn Miß es erlauben wollte, möcht' ich den Fluch gern von ihr abwenden.

Phil.

Phil. Miß wird alles erlauben, um ihm zu entgehn. Aber da ſteckt der Knoten, wenn nicht jeder von uns einwilligt, ſo verliert ſie ihr Erbtheil. Ich für mein Theil würde Sie allen Männern vor= ziehn —

Harc. Und ich Miß allen Mädchen. Ich wünſch= te aber, Sir Philipp, Sie ertheilten mir Ihre Ein= willigung ſchriftlich.

Phil. Recht gern, ob ich gleich nicht einſehe, wozu es helfen kann. Wir wollen zu Sakbut fah= ren. Dann will ich Sie auch aufführen. Nancy iſt itzt bey einem Quäker, dem ich ſie dieſen Morgen übergab. — Noch eins, Sie müſſen durchaus ver= ſchweigen, daß Sie ein Franzoſe ſind. Nach einer Klauſel des Teſtaments darf Nancy keinen Auslän= der heyrathen. Sur mon honneur! ihre Vormün= der zuſammengenommen, machen ein ſonderbares Ragout. He! Pierre! Jacques! Renaud! wo ſind die Schlingel? Laß meinen Schwimmer vor= fahren.

Harc. Le Noir! le Brun! le Blanc! — Mor= bleu! ou ſont ces Coquins? Allons Monſieur le Chevalier!

Phil. Ah pardonnés moi.

Harc. I' aurai l' honneur de vous ſuivre — l'honneur —

Phil. (im Abgehn, für ſich) Er iſt wahrhaftig der wohlgezogenſte Mann in Europa.

Harc. (für ſich.) Und du der abgeſchmackteſte Geck!

Vier=

Vierter Auftritt.

Zimmer in Prims Hause.

(Das Zimmer nebst allen Meublen muß so simpel seyn, als möglich.)

Miß Lovely, Betty.

Betty. Lieber Himmel! warum nagen und quä=
len Sie so an sich selbst? — erfüllen Sie doch den
Wunsch der garstigen Menschen nicht.

Miß. Soll ich durch mein ganzes Leben ver=
bammt seyn, mich in die widersinnige Launen frem=
der Leute zu schicken, und mit Fingern auf mich
weisen zu lassen? Es frißt mir das Herz ab! In
meinem Alter soll ich Quäkerkleidung anlegen? So
lang ich ein Kind war, lag wenig daran, wie sie
mich ausstaffirten, aber itzt —

Betty. Setzen Sie Ihren Kopf auf. Sie
sollten für Gift zerplatzen, ehe ich eine tiefe Haube
aufsetzte.

Miß. So hab' ich keinen Augenblick Ruhe.
Sie hat mir so schon ein Glockenspiel vorgeläutet,
das meine Ohren auf vier Wochen betäubt — O
ihr Mächte, die ihr glückliche Liebende begünstigt,
laßt Harcourts Anschlag gelingen! Gott der Liebe,
wenn du mehr als ein Name bist, leihe ihm deine
Pfeile zu seiner gerechten Unternehmung, und laß
seine List so siegreich seyn, als die deinige.

Betty. Wahrhaftig, Sie sprechen wie Sir
Philipps Romane. Aber nehmen Sie sich in Acht,
ich

ich höre Frau Prim.   Ich muß mich davon machen, ſie hat mich ſo in Verdacht, daß ich Ihnen
nichts gutes vorplaudre.   (ſie läuft ab.)

Miß. Wohin hat mich ein Traum verleitet,
und wie abgeſchmackt find' ich alles beym Erwa-
chen!

Fünfter Auftritt.

Miß Lovely, Frau Prim.

Frau P. Wie? noch immer in dieſen weltlichen
Kleidern? willſt Du mir nicht gehorchen? denkſt Du
wirklich, daß Dich dieſer Teufelsputz kleidet?

Miß. Ich denk' es.

Frau P. Ich nehme jede ehrbare Perſon zum
Zeugen, ob ich nicht viel ehrbarer ausſehe, als Du.

Miß. Viel heuchleriſcher, wollen Sie ſagen.

Frau P. Anna, Anna, der böſe Philipp Modelove hat Dich auf der Seele.   In den drey Mo-
naten ſeiner Vormundſchaft iſt Dein Herz ſo mit
Hochmuth erfüllt, daß Du allen Frommen ein Stein
des Anſtoſſes biſt.

Miß. Wer ſind dieſe?   Sind die traurige Kap-
pe und der feyerliche Schleier Zeichen der Frömmigkeit?   Beſteht die Tugend in der Kleidung?

Frau P. Sie beſteht nicht im gekräuſelten Haar,
bemalten Geſicht, und entblößter Bruſt.   O wie
verdorben iſt die Welt!   Im Paradieſe wußte man
nichts von dieſen abſcheulichen Moden.

Miß.

Miß. Und nichts von den abscheulichen Bet= schwestern. Reissen Sie mir den Mund nicht auf, Madam! ich weiß, unter dem ehrbaren Kinde, un= ter dem heiligen Betragen, liegt so viel Stolz, Ei= telkeit, Hochmuth und Ehrgeiz, als bey der aus= schweifendsten Hofdame. Die Welt fängt an, diese Frömmeley durchzusehen.

Frau P. Frömmeley! was ist das? ich glau= be, ihr erfindet neue Worte, wie neue Moden! Ar= me, verlorne Schaafe, wie dauert ihr mich! Arme, thörichte Anna, wer von uns beyden sieht aus, wie die Fromme, und wer wie die Sünderin?

Sechster Auftritt.

Vorige, Obadiah Prim.

Obad. Nun, hast Du Deine Eitelkeit noch nicht abgelegt? Sarah, warum befiehlst Du ihr nicht sich umzukleiden?

Frau P. Sie will nicht.

Obad. Wahrlich, ihre Kleidung empört meinen äusserlichen Menschen. Ich bitte Dich, Anna, le= ge sie ab; nimm wenigstens ein Tuch um.

Miß. Ich trage nie ein Tuch, als bey kaltem Wetter.

Obad. Und doch hab' ich Dich ein Tuch, und einen Hut tief übers Gesicht, mitten im Julius tragen sehen.

Miß. Ja, damit mich die Sonne nicht bren= nen sollte.

Obad.

Obad. Wenn Du die Sonnenſtralen nicht er= tragen kaunſt, wie ſoll denn ein Mann Deine Stra= len ertragen? ich ſage Dir, bedecke Dich!

Miß. Laßt mich in Ruhe, ſag' ich. Muß ich ewig gepeinigt werden? Das war der Wille meines Vaters nicht. Sie mißbrauchen ein Anſehn, das er Ihnen zu keiner ſolchen Abſicht verlieh!

Obad. Nennſt Du einen guten Rath Peini= gung? Peinigen wir Dich, ich und mein Weib, wenn wir Dir in aller Güte zureden, Deinen ſünd= lichen Anzug abzulegen?

Miß. Ich wollte, ich läg in meinem Grabe; ich möchte lieber todt ſeyn, als ſolch ein Leben füh= ren.

Obad. Todt ſeyn! ich glaube, Du redeſt ſo aus einem weltlichen Buche! Todt ſeyn! biſt Du bereitet zum Tode, Anna Lovely? — Nein, nein, Anna, Du möchteſt lieber heyrathen. Dir gelüſtet nach einer vergoldeten Kutſche, und einem Paare Müßiggängern hinten drauf, um Dich in dem Krei= ſe der Eitelkeit zu drehen. Aber ich will Sorge tragen, daß niemand Deines Vaters Nachlaß ver= geude. Du ſollſt keinem ſolchen Manne zu Theil werden, Anna.

Miß. Wollt Ihr mich etwa mit jemanden, aus eurer ſchwärmeriſchen Gemeinde verheyrathen?

Obad. Ja, und keiner ſonſt ſoll meine Ein= willigung erhalten, das verſichre ich Dir, Anna.

Miß. Und ich verſichre Dir, Obadiah, lieber ſpring ich ins Waſſer.

Frau P. O Ruchloſigkeit!

Miß.

Miß. O Einfalt!

Obad. O Verblendung des Herzens!

Miß. Fordre mich nicht auf, Du Verblender der Welt, oder ich verrathe Deine Frömmigkeit, und lasse Deine Frau, Deine Tugend richten. War Dein Geist da auch entzückt, als Du vor drey viertel Jahren Mariens Hand in der Speisekammer ergriffst?

Frau P. Was schwatzt sie, Obadiah?

Obad. Unverständliches Zeug, Sarah! — — (für sich.) Wo hat sie das gehört? So was muß nicht vor die Ohren der Weltleute kommen. —

Siebenter Auftritt.

Vorige, John, hernach **Sir Philipp** und **Harcourt.**

John. Philipp Modelove, den die Weltmenschen Sir Philipp nennen, ist draussen, und einer seines gleichen mit ihm; soll ich sie herein lassen?

Obad. Ja. — Anna, Anna, geh in Dich, und beßre Dich.

Phil. Wie stehts, Freund Prim? Ventre saint gris! Sie auch hier, mein Kind? — Gewiß wird Miß Nancy ins Gebet genommen; habt Ihr der armen Nancy eine Vorlesung über die Haube gehalten?

Frau P. Ich bin sicher, Du lasest ihr nie etwas vor, das gut war. — Mein Geist empört sich

so

so gegen diese Ruchlosen, daß mir die Klugheit be=
fiehlt, ihr Antlitz zu meiden. (sie geht ab.)

Achter Auftritt.

Obadiah, Miß Lovely, Sir Philipp, Harcourt.

Harc. (für sich.) Wie reizend sie ist! könnt' ich
ihr nur diesen Brief zustecken.

Phil. Nun, kleiner Trotzkopf, es scheint mir,
Du hast gesiegt?

Miß. Die Beschwerlichkeiten meines Lebens sind
unüberwindlich, Sir Philipp. — (für sich.) Seine
Unverschämtheit ist mir eben so zuwider, als des
Quäkers Dummheit.

Obad. Wahrlich, Sir Philipp! Du wirst
das Mädchen verderben.

Phil. Ich finde, wir sind noch immer verschieb=
ner Meinung. Aber damit sie keiner von uns ver=
derbe, so bitt ich Dich, Prim, laß uns in ihre
Heyrath willigen. Eben dieser Ursache wegen habe
ich unsre Mitvormünder herbeschieden. Mein Kind,
wollen Sie mir erlauben, Ihnen einen Gemahl zu
empfehlen? Hier ist ein Herr, gegen den Sie, nach
meiner Meinung, nichts einwenden können.

Miß. (für sich.) Himmel! befreye mich von
dem Heuchler und von dem Narren!

Harc. (mit verstellter Stimme.) Eine schöne
Frau — und eine schöne Equipage, sind die schön=
sten Vorzüge der Welt, und wenn ich so glücklich

P   bin,

bin, Sie zu besitzen, Madam, so werd ich eben so sehr von den Männern beneidet werden, als von den Frauenzimmern. (ergreift ihre Hand, sie zu küssen, und steckt ihr einen Brief zu; sie wirft ihn weg, Prim hebt ihn auf.)

Miß. (immer weggewandt von ihm.) Weg, mit Ihren Briefen, Sir!

Harc. Armer Harcourt! Deine Hoffnung ist dahin!

Miß. (für sich.) Harcourt! o was hab' ich gethan!

Obad. Freund, Dein Name ist mir unbekannt, also weiß ich Dich nicht zu nennen; aber Du siehst, der Brief ist dem Mädchen nicht willkommen, sie will ihn nicht lesen.

Miß. Niemand soll ihn lesen! (ihm wegreissend) Ich will ihn in tausend Stücke zerreissen, und zernichten wie die Hoffnung eines jeden, den einer von Euch mir empfiehlt. (zerreißt den Brief.)

Phil. Das ist ein Weibersinn!

Harc. (für sich.) Vortreffliches Mädchen!

Obad. Freund, Dein Gewand schmeckt zu sehr nach den Eitelkeiten der Welt, als daß ich Dir meinen Beyfall gewähren sollte. Mir kann nichts gefallen, was Philipp Modelove ähnlich ist, merk Dir das — Darum, Freund Philipp! bringe keinen Deiner Affen mehr unter mein Dach.

Phil. Ungeheuer Deiner Art sind mir so fremd, daß ich sicherlich keins auftreiben werde.

Neun-

Neunter Auftritt.

Vorige, John.

John. (zu Sir Philipp) Tobias Periwinkle, und Thomas Tradelove fragen im Gewölbe nach Dir.

Phil. Führ' sie herauf.

Miß. Was soll ich bey einer so unsinnigen Unterhaltung? (für sich.) O Harcourt, der Himmel segne dein Vorhaben! (geht ab.)

Phil. Da geht sie hin!

Harc. Auch ich thue wohl klüger, aus dem Wege zu gehn. — Sir Philipp, ich bin den Ton der Quäker zu wenig gewohnt, als daß ich für meine Gelassenheit stehen sollte. Das beste wird seyn, ich entferne mich. Meine Sache bleibt in guten Händen. J'usq' á revoir, mon Ami. (geht ab.)

Phil. (ihm nachrufend.) Je vous l'ai dit d'avance.

Obad. (die Achseln zuckend) Ist nicht Eine Sprache für eure Thorheiten genug?

Zehnter Auftritt.

Obadiah, Sir Philipp, Periwinkle, Tradelove.

Trad. Nun, Sir Philipp, ich befolge Ihre Notiz.

Periw. Was haben Sie zu Miß Lovely's Besten vorzutragen, Sir Philipp?

Phil.

Phil. Erst möcht' ich fragen, was Sie mit dem Mädchen vorhaben? Wollen Sie sie auf Risiko nach Indostan schicken, oder soll sie sich zur alten Jungfer qualificiren: dann in ein Naturalienkabinet aufgestellt, und als ein Erdwunder vorgezeigt werden?

Periw. Was haben Sie für Absichten mit ihr?

Phil. Sie an einen Mann zu verheyrathen; einen Mann, den ich aus dem ganzen menschlichen Geschlecht auserlesen habe.

Obad. Ich rathe Dir, wirf ihn wieder in den Haufen des menschlichen Geschlechts zurück, denn ich kann ihn nicht leiden.

Phil. Möchte mir Ew. quäkerische Gnaden wohl sagen, was Sie gegen ihn einnimmt?

Obad. Seine Person, seine Manieren, seine Kleidung, seine Bekanntschaft, — alles.

Phil. Freund, Du bist ein sehr gründlicher Kunstrichter. Hahaha!

Trad. Was treibt er für ein Geschäft?

Phil. Geschäft? er ist ein Mann von Stande.

Trad. Das heißt, er kleidet sich prächtig, giebt Gastereyen, stellt jedem hübschen Gesichte nach, und bezahlt seinen Arzt besser, als seinen Schneider und Fleischer.

Phil. Der Hof wird Ihnen für diese Beschreibung eines Mannes von Stande sehr verbunden seyn.

Trad. Mag er! Was will der Hof anfangen, wenn keine Bürgerschaft ist.

Phil.

Phil. Das heißt: wenn keine Bürgerweiber und Mädchen sind.

Periw. Ist der Mann ein Kenner der Natur und ihrer Seltenheiten? ist er gereist?

Phil. Das glaub' ich, er kömmt aus Paris; Paris ist die Welt im Kleinen.

Periw. Ein· schöne Welt, von nichts voll, als von Neuerungen und Narrentand. Sir Philipp, wenn Sie mir jemanden aufführen, der mir gefällt, so soll er meine Einwilligung haben, bis dahin Ihr Diener. (geht ab.)

Trad. Und wenn Sie mich überzeugen können, daß ein Stutzer dem Staate nützlicher ist, als ein Kaufmann, so sag' ich Ja; aber vorher ist nicht daran zu denken. (geht ab.)

Phil. Meiner Meinung nach ist dies Verfahren sehr unbillig, Herr Prim.

Obad. Deine Meinung und die meinige, Freund, sind eben so widersprechend, als unsre Geschäfte: Arbeit fodert meine Gegenwart, und Thorheit die Deinige, also biet ich Dir einen guten Tag.

Phil. (abgehend.) Voila le savoir vivre bourgois.

Obad. Der Himmel erleuchte Dich!

(geht ihm nach.)

Ende des ersten Aufzugs.

Zwei-

Zweyter Aufzug.

(Zimmer in Sakbuts Hause.)

Erster Auftritt.

Freemann, Sakbut.

Freemann.

Du bist ein Narr, Freund Sakbut! hast lauter Schwänke im Kopfe, und denkst mehr darauf, Dich zu unterhalten, als dem Hauptmann zu dienen.

Sakb. Ey was, ich kenne ihn! Periwinkle ist der leichtgläubigste Narr in ganz London. Zehn gegen eins, er geht weit eher in das Garn der Wunderkrämerey, als er seines Onkels Tod glaubt, und den Heyrathskontrakt statt des Pachtkontrakts unterschreibt.

Freem. Schon gut, schon gut. Er kommt doch gewiß?

Sakb. So gewiß, als ein Gläubiger. Er kanns nicht erwarten, den fremden Wundermann kennen zu lernen.

Freem. Ist der Hauptmann noch nicht angekleidet?

Sakb.

Sakb. Der Herr Verwalter Pillage? noch nicht völlig. St! ich höre kommen, es ist Periwinkle.

Zweyter Auftritt.

Vorige, Periwinkle.

Periw. Ihr Diener! — Ey, Herr Freemann! Sie sehen ja so reisemüssig aus.

Freem. Eben komm' ich von der Reise zurück. Es freut mich, daß ich Sie hier treffe. Ich habe Ihnen eine wichtige Nachricht zu geben. Ihr Oheim, Toby Periwinkle liegt auf dem Todbette. Das erfuhr ich in Conventry, als ich bey ihm vorsprach.

Periw. Mein Oheim auf dem Todtbette?

Freem. Schwerlich wird er mit dem Leben davon kommen. Alle Bediente weinten, das Zimmer war finster, der Apotheker schüttelte den Kopf, und sagte mir, die Aerzte hätten ihn aufgegeben, und dann ist sicherlich wenig Hoffnung mehr.

Periw. Wenn er nur sein Testament gemacht hat. Einmal hatte ich Hoffnung, er würde mich zum Erben einsetzen.

Freem. Eben weil ich das weiß, geb' ich Ihnen die Nachricht. Alte Leute zu gewinnen, muß man um sie seyn. Ich denke, es könnte nicht schaden, wenn Sie morgen früh hin ritten.

Periw. Es ist weit von hier, und die Wege sind schlecht.

P 4   **Freem.**

Freem. Aber er hat ein grosses Vermögen, und sein Landsitz ist gut. Wägen Sie das gegen einander ab, und leben Sie wohl!

Periw. Hören Sie doch —— —

Freem. Ich habe dringende Geschäfte. In einer Stunde bin ich wieder hier. Ihr Diener!

(Ab.)

Dritter Auftritt.

Periwinkle, Sakbut.

Periw. Die Reise zu machen, ohne zu wissen, ob und wie viel ich erbe! Erb' ich nichts — wer bezahlt mir denn die Reise?

Sakb. Ich nicht, und rathe Ihnen, eine zweite Nachricht abzuwarten.

Periw. Apropos, wo ist denn der Fremde?

Sakb. Es sind nicht zehn Minuten, daß er sich ganz vermummt in einen Wagen setzte, und fort fuhr. Er versprach aber, längstens binnen einer Stunde wieder nach Hause zu kommen. — Herr Periwinkle, Sie werden über den Mann erstaunen! Der Kopf schwindelt mir, wenn ich zurück denke, was ich von ihm gesehn und gehört habe.

Periw. Ey! — Wie ist seine Kleidung?

Sakb. Wunderbar! Unbeschreibbar! — Sie hat einst dem berühmten Claudius Ptolomäus gehört, der um das Jahr 135 lebte.

Periw. Anno 135! das ist alt! ausserordentlich alt!

Sakb

Sakb. Nun, Ihr Kleid kann auch nicht jung seyn.

Periw. Nein, Freund, gewiß nicht; denn ich hab' es von einem hohen Unbekannten gekauft, der mich eidlich versichert hat, es sey aus der Guarde=robe des erleuchteten Noftrodamus.

Sakb. Hm! es hat sich gut konservirt.

Periw. Hat denn dieser Fremde viele Selten=heiten bey sich?

Sakb. Ganz erschreckliche Seltenheiten! und alle aus Aegypten. Das ist das wahre Land der Wunder und Seltenheiten. Heute zu Tage kann man nur nicht recht dahinter kommen.

Periw. Und diese Seltenheiten hat er Ihnen gewiesen?

Sakb. Ja wohl; weil ich keiner von den Un=gläubigen bin. Fürs erste, hab ich ein ägyptisches Götzenbild gesehn.

Periw. Was ist das?

Sakb. Eine Art Affe, den man sonst dort an=betete, und den er an der Brust einer weiblichen Mumie gefunden hat.

Periw Sonderbar!

Sakb. Das halt' ich nun nicht für etwas so besonders; denn der Götzendienst besteht noch heu=tiges Tages. Es liegt noch mancher Affe an der Brust eines Frauenzimmers.

Periw. Ernsthaft, ernsthaft, Sakbut! — Was hat er denn mehr?

P 5   **Sakb.**

Sakb. Zwey Zähne von einem Seepferde; zwey Paar chinesische Nußknacker und eine ägypti= sche Mumie.

Periw. Kein Krokodill?

Sakb. Darnach hab' ich auch gefragt. Er sagte, der Bootsmann hätte eins gehabt, das er für Geld wollte sehn lassen. Aber da man ihm in Rotterdam versicherte, daß ein Krokodill bey uns nichts seltenes sey, so habe er es an einen holländi= schen Poeten verkauft.

Periw. Ich hätte gern ein lebendiges Krokodill gesehn.

Sakb. Hm! Sie können wohl denken, daß so ein Krokodill, das ein jeder sehen kann, der nach Aegypten reist, für den hohen Unbekannten nur eine Lumperey ist. Er ist 365 Meilen auf einem Wagen mit sieben Rädern, unter den Pyramiden weggefah= ren, bis zu dem unsichtbaren Winkel, wo die ei= gentlichen unsichtbaren Geheimnisse stecken. Er hat die Sonne am Aufgang und am Niedergang gesehn; er weiß auf ein Haar, viel viel sie täglich Nahrung von der Erde nimmt, wie viel sie zu Asche, und wie viel sie zu Kohlen brennt.

Periw. Nahrung, Asche, Kohlen? — Ich erstaune!

Sakb. Das that ich auch. — Dann — stellen Sie sich vor — hat er auch eine Federmuffe von den Gänsen, die das Kapitolium in Rom errettteten.

Periw. Nun, wenn ich nicht noch vor meinem Ende auf Reisen gehe, so find' ich keine Ruhe im Grabe.

Sakb.

Sakb. Dann hat er auch Poluflosbojo!

Periw. Poluflosbojo! ein sehr schöner fließender Name.

Sakb. Der Name paßt zur Sache. Es sind einige Tropfen der Welle, die Kleopatras Schiff trug, als sie ihrem Antonius entgegen fuhr.

Periw. Wunder über Wunder!

Sakb. Dann hat er — dagegen ist nun alles übrige wahre Lumperey — den Moros Musphonon.

Periw. Moros Musphonon? Was ist das?

Sakb. Ey, das ist der berühmte bezauberte Gürtel, der ihn durch die Welt getragen hat.

Periw. Der Mann hat den Gürtel durch die Welt getragen?

Sakb. Nicht doch; der Gürtel ihn. Herr Periwinkle! das ist ein Blitzgürtel! sobald man ihn umnimmt, wird man unsichtbar, und kann sich dann in einem Augenblicke an den Hof des grossen Mogols, des Großsultans und des Großtartars begeben.

Periw. Ey, ey, ey!

Sakb. Das wunderbarste kömmt noch. Stellen Sie sich vor, daß er nach dem Ausspruche der ägyptischen Weisen, diesen Gürtel weggeben muß.

Periw. Das thät ich nimmermehr. Wem muß er ihn denn geben?

Sakb. Dem, der ihm zu einem Kleinode verhilft, das noch kostbarer ist, als der Moros Musphonon.

Periw. Hat das Kleinod keinen Namen?

Sakb.

Sakb. Ja, es ist ein schönes, unverdorbenes, keusches Mädchen von achtzehn Jahren.

Petiw. Hm! Weiber sind keine Seltenheit; sie waren nie nach meinem Geschmacke. Meinem Vater zu gefallen, nahm ich ein Weib, meinem Weibe zu gefallen, zeugt' ich ein Mädchen, und dem Himmel sey Dank! beyde leben nicht mehr.

Sakb. Dem Himmel sey Dank? Wenn Ihre Tochter noch lebte, und das Kleinod wäre, wofür er den Moros Musphonon geben muß — was meynen Sie?

Petiw. Der Henker ja! — in dem Falle — Aber warum muß er denn den Moros Musphonon gegen ein Mädchen vertauschen?

Sakb. Weil sie ihm einen Sohn gebären wird, der alle Geheimnisse der Natur kennen, und die Künste und Wissenschaften alle besitzen wird, die die ägyptischen Weltweisen, noch vor der Sündfluth, einzeln gewußt haben.

Petiw. Sakbut! — Wenn ihm mein Mündel gefiele!

Sakb. Wer weiß! —

Petiw. Aber haben Sie denn auch eine Wirkung des Musphonon gesehn? Hat er sich vor Ihren Augen unsichtbar gemacht?

Sakb. Versteht sich! —

Petiw. Wenns nur nicht Verblendung war!
(es wird geklopft.)

Sakb. Mit Erlaubniß! (er geht hinaus.)

Petiw. Es muß Verblendung gewesen seyn! das Wunder wäre zu groß, zu übernatürlich. Man

soll

soll grosse Verblendungen durchs Räuchern, oder durch einen gewissen Schnupftoback bewirken können.

Sakb. Es ist ein Mann aus Conventry da, der Sie sprechen will.

Periw. Aus Conventry? — Sicherlich von meinem Oheim — Geschwinde lassen Sie ihn kommen.

Sakb. (Ab.)

Periw. Sicherlich ist der gute alte Mann todt, und ersparet mir eine unangenehme Reise. Die Erbschaft kann nicht schlecht seyn; der liebe Mann behalf sich kümmerlich. Wenn ich auch nur den sechsten Theil bekomme — —

Vierter Auftritt.

Periwinkle, Harcourt (als Verwalter).

Harc. Heissen Sie Herr Periwinkle?

Periw. Ja, mein Freund.

Harc. Dies ist unsre Herberge; ich erkundigte mich unten nach Ihrer Wohnung, und da sagte man mir, Sie wären hier.

Periw. Was bringt Ihr?

Harc. Eine traurige Botschaft; mein alter Herr, dem ich vierzig Jahre gedient habe, ist hin.

Periw. Mein Oheim, Tobias Periwinkle?

Harc. Sie sind sein Universalerbe, und gewinnen dadurch 1700 Pfund jährlicher Einkünfte.

Periw. Universalerbe? was sagt Ihr? ist's möglich! er hat mich allen andern aus der Familie ver-

vorgezogen? Univerſalerbe? 1700 Pfund Einkünf=
te? ich erhalte ſein ganzes Vermögen?

Harc. Der Himmel gebe, daß Sie es in Ver=
gnügen genieſſen mögen! Aber weinen muß ich,
wenn ich an meinen Wohlthäter denke. Ach, er
war ein guter Mann, er hat ſeines Gleichen wenig
nachgelaſſen, er hat viel armen Leuten geholfen.

Periw. Univerſalerbe! das Geld kömmt mir
treflich gelegen — nun kann ich reiſen! Setzt Euch,
Freund! was war't Ihr in ſeinen Dienſten?

Harc. Verwalter.

Periw. Ihr gefallt mir, Ihr ſeyd ein Mann
nach meinem Herzen; ich erinnere mich, daß Euch
Euer Herr zu loben pflegte; Ihr heißt —

Harc. Pillage!

Periw. Pillage, ganz recht, der Name fällt
mir wieder ein. Sagt mir doch, ehrlicher Pillage,
wann ſtarb mein Oheim?

Harc. Vorigen Montag, um vier Uhr des Mor=
gens. Um zwey Uhr unterſchrieb er ſein Teſtament,
und legte es in meine Hand, er befahl mir aus=
drücklich, Coventry ſogleich zu verlaſſen, wenn er
die Augen ſchlöſſe, und zu Ihnen zu eilen, das hab'
ich treulich befolgt, und hier iſt das Teſtament.

Periw. Gut! es iſt mir lieb, ich bin herzlich
erfreut — ſein Tod thut mir herzlich leid, wollt'
ich ſagen; ich möchte weinen, wenn ich ſein Teſta=
ment anſehe, und es iſt mir herzlich werth und an=
genehm. Es iſt doch recht verkautelt und verklau=
ſelt?

Harc.

Harc. Der Teufel ſelbſt ſoll ſich die Klauen verbrennen, wenn er's angreifen will. Nur zwey Sachen vergaß der alte Herr mit einzurücken, aber er trug mir auf, ſie Ihnen ſo eifrig zu empfehlen, als ob ſie niedergeſchrieben wären: nämlich, daß Sie ſeinen Leichnam in der Sankt Pauls Kirche nieberſetzen, und allen ſeinen Leuten Trauer geben ſollen.

Periw. Hol' der Henker die neuen Moden! Das wird hoch kommen. Aber ich bin ja ein reicher Kerl — 1700 jährlich — Es ſoll geſchehn, Pillage, ich will dafür ſorgen.

Harc. Auch hoff' ich, ich werde die Ehre haben, Ihnen in dem nämlichen Poſten zu dienen, als Ihrem ſeeligen Herrn Oheim. Ich habe nicht viel Jahre mehr zuzuſetzen, und möchte ſie gern in der Familie zubringen, worin ich groß gezogen bin. — Ach, ich habe einen freundlichen Herrn verloren! —

Periw. Weint nicht, guter Pillage! Ihr ſollt Eure Stelle und Euren vorigen Sold behalten. Ihr macht mich auch weichherzig! bedenkt, daß er lange in der Welt gelebt hat, und daß wir alle ſterbliche Menſchen ſind.

Harc. Das ſind wir freylich, und darum muß ich Sie bitten, dieſen Pachtbrief zu unterſchreiben. Sie werden finden, Sir Toby erwähnt deſſelben in ſeinem Teſtamente beſonders — der Notarius hat mich aufgehalten, ſonſt hätt' ihn der ſeelige Herr noch unterſchrieben.

Periw. Einen Pachtbrief? wie hoch?

Harc.

Harc. Auf hundert Pfund, nächsten Antony ist die Zeit um; ich bitte ihn auf sieben Jahre zu er=neuern, das ist alles.

Periw. Laßt sehn! (er nimmt den Pachtbrief, durchläuft ihn, und legt ihn auf den Tisch.) Auch im Testamente sagt Ihr? (während daß er liest, vertauscht Harcourt den Pachtbrief.) Hm! hm! — Morgen Landes — in Pachtung von Samuel Pillage — 100 Pfund — die Pachtung zu erneuern — Ganz recht. — Schreibzeug! ha, hier stehts. Ich will den Befehl meines Oheims und Euren Wunsch gleich erfüllen.

Harc. Ich danke tausendmal.

Periw. (besieht die Feder.) Die Feder taugt nicht viel, aber zur Namensunterschrift ist sie gut genug. Gebt her den Pachtbrief!

Fünfter Auftritt.

Vorige, Sakbut.

Sakbut. (eilig.) Ihr sollt kommen, die Leute warten auf Euch.

Harc. Den Augenblick.

(Sakbut geht ab.)

Periw. (der unterschrieben hat.) Da Pillage, nun bitt' ich Euch, macht, daß Ihr wieder nach Conventry kommt, und habt ein Auge auf alles, und schickt mir den Leichnam herauf, was Ihr aus=legt, und Eure Mühe will ich gern bezahlen.

Harc.

Harc. Ich bin überflüssig bezahlt.

Periw. Behüt' Euch der Himmel!

Harc. Gleichfalls.

Periw. (nachrufend.) Pillage! die Trauer werd ich besorgen.

Harc. Sehr wohl! (für sich.) Für dich, der eingebildeten Erbschaft wegen. (er geht ab.)

Sechster Auftritt.

Periwinkle (allein.)

Alle meine Vettern und Muhmen sind übergangen, und ich bin allein glücklich. 1700 Pfund jährlich? O wär' doch Onkel Toby vor 17 Jahren gestorben, was für ein Naturalienkabinet könnt' ich haben! Jeden Winkel der Erde hätt' ich durchstrichen, und besäße mehr Seltenheiten, als die naturforschende Gesellschaft. — Bey meiner Seele, ich habe gute Lust, noch auf Reisen zu gehn — Laß sehn! — ich bin erst funfzig — mein Vater, Großvater und Urgroßvater reichten an die neunzig — ich hab' also noch vierzig Jahre gut. Wie viel machen 1700 Pfund Interessen in — dreißig Jahren? ich will nur dreißig setzen — dreißig mal siebenzehn ist siebenzehn mal dreißig — das sind — grade 51000 Pfund — eine schöne Summe! Eine Sammlung von Raritäten wird meinen Namen auf die späteste Nachwelt bringen! Ha, ha, ich verstehe das Ding besser, als Onkel Toby, ein paar armselige Gutthaten reichen kaum hin, ein paar

Q   Jahr

Jahr lang von sich sprechen zu lassen. — He, Herr Sakbut! Herr Sakbut!

Siebenter Auftritt.

Periwinkle, Sakbut.

Sakbut. Was befehlen Sie?

Periw. Ist der Wundermann noch nicht wieder da?

Sakbut. Nein. Ich fürchte, ich fürchte —

Periw. Was? — was? — daß er gar nicht wieder kömmt —

Sakbut. Daß er seinen Moros Musphonon umgenommen hat, und für uns unsichtbar bleibt.

Periw. Da er sich Ihnen aber anvertraut hat, und das Mädchen sucht —

Sakbut. Er hat es vieleicht ohne meine Hülfe gefunden.

Periw. Vieleicht kömmt er noch. Ich muß fort, ich habe keine bleibende Stätte; ich muß die Trauer besorgen. Sakbut! Onkel Toby ist todt, und ich habe 1700 Pfund Einkünfte. Ich muß nach Hause, ich muß — ich will mir ein Liedchen auf meinem kalmuckischen Dudelsack pfeiffen.

(geht ab.)

Sakbut. (ihm nach.) Schade, daß ich Geschäfte habe; ich wollte auf meiner mexikanischen Maultrommel accompagniren. (geht ab.)

Ach-

Achter Auftritt.

Harcourt, Freemann (aus dem Nebenzimmer.)

Freem. Der hat angebissen, aber fast dauert mich der arme Teufel, seine Freude kommt zu warm aus dem Herzen.

Harc. Können Sie Mitleid mit einem Menschen haben, der kein Mitleid gegen ein Frauenzimmer hegt, deren Bestes ihm Pflicht und Natur empfehlen?

Freem. Sie haben Recht; ich wünsche Ihnen also Glück, neuer Pillage —

Harc. Neuer Proteus vielmehr, denn ich verändre meine Gestalten wie er, und werde wie er nur beständig werden, wenn Amor und Hymen ihr Netz über mich zusammenschlagen.

Freem. Das gebe der Himmel zum Glück Ihrer Frau! mir würde so viel Gewandheit wenig Treue versprechen.

Harc. Ist es nicht meine Treue selbst, die diese Gewandheit erzeugt? Nein, Freemann, glauben Sie mir, ich bin kein schwärmerischer Knabe mehr; meine Jahre und Erfahrung machen mich zum Mann, aber eben diese Erfahrung lehrt mich, daß die Vergnügungen der Eitelkeit nichtig und unbefriedigend sind. Was auch aufschwellender Geist und überkünstelter Verstand uns zuweilen einbilden mögen, die Gefühle des Herzens sind die einzigen Freuden des Lebens,

Neunter Auftritt.

Vorige, Sakbut.

Sakbut. Herr Tradelove ist unten, und will Sie sprechen, abgeredetermaßen.

Freem. Der Henker hole alles Plaudern. Geschwinde, Hauptmann, verwandeln Sie sich in den Holländer.

Harc. Die Kerls setzen mich in Athem.

Freem. Je saurer der Kampf, je süsser der Lohn. Gehen Sie, Sie werden hören, ob es nöthig ist, daß Sie erscheinen.

Harc. Der Teufel hole die Vormünder! (Ab.)

Freem. Schick' ihn herauf, Sakbut, und laß uns allein.— Was ist dir?

Sakbut. Ich ärgre mich, daß ich um eine so schöne Portion Lachen gekommen bin. Mein Moros Musphonon — Ah, da ist Herr Tradelove.

(er geht ab.)

Zehnter Auftritt.

Tradelove, Freemann.

Trad. Sie haben mich zu sprechen verlangt, Herr Freemann, was steht zu Diensten?

Freem. Setzen Sie sich. Ich habe Ihnen eine Sache von Wichtigkeit zu entdecken, die Sie vielleicht zu Ihrem Vortheile anwenden können.

Trad.

Trad. Sehr verbunden, der Handel fällt erbärmlich.

Freem. Die Rede ist eigentlich nicht vom Handel.

Trad. (steht auf) So empfehl' ich mich.

Freem (hält ihn) Hören Sie mich doch. — Sie können bey dieser Sache Geld verdienen.

Trad. Handeln oder Geld verdienen ist eins. Sie haben sich uneigentlich ausgedrückt.

Freem. Ich will gleich zum Zweck kommen. Es hat sich ein Mann in ihr Mündel verliebt.

Trad. (steht auf.) Dabey kann ich nichts verdienen.

Freem. (hält ihn) Zum Henker, Sie machen mich böse; lassen Sie mich doch ausreden.

Trad. Zeit ist theuer, wer weiß, was ich unterdessen verliere.

Freem. Wenigstens keinen Verstand — Setzen Sie sich.

Trad. (setzt sich) Aber fassen Sie sich kurz.

Freem. Ein sehr reicher Kaufmann will ihr Mündel heyrathen.

Trad. Ein Kaufmann? ein reicher Kaufmann? womit handelt er? wie heißt er?

Freem. Es ist ein Holländer.

Trad. Sagt' ichs doch gleich, daß hier nichts zu verdienen sey. (steht auf.)

Freem. (hält ihn) Warum? warum?

Trad. Miß Lovely darf nach dem Testamente ihres Vaters keinen Ausländer nehmen. Leben Sie wohl.

Freem. Nicht doch.

Q 3

Trad.

Trad. Es giebt hier nichts zu verdienen.

Freem. Sie werden verdienen, Sie sollen verdienen, wenn Sie mich nur anhören wollen.

Trad. Das machen Sie mir begreiflich.

Freem. Der Holländer sah heut Ihr Mündel, und verliebte sich sterblich in sie. Ich sagte ihm — weil ich gleich an Ihr Bestes dachte — daß Sie der einzige Vormund wären. Um zu meinem Zwecke zu gelangen, schilderte ich Sie mit den häßlichsten Farben. Es ist ein Unhold, sagte ich, ein Geizhals der niedrigsten Gattung —

Trad. Das hätten Sie können bleiben lassen.

Freem. Alles zu Ihrem Besten. Ich gab ihm zu verstehen, daß Sie unter einer Summa von 1000 Pfund nie Ihre Einwilligung geben werden.

Trad Nun?

Freem. O wenn es daran liegt, antwortete er, die geb' ich mit Freuden.

Trad. Sapperment, mit dem Kerl ist etwas zu machen. Aber — das Testament des Vaters — sie darf ihn ja nicht heyrathen.

Freem. Was bekümmert Sie das?

Trad. Und meine Mitvormünder werden nie einwilligen.

Freem. Was bekümmert Sie das?

Trad. Aber die 1000 Pfund bekümmern mich, die ich alsdann nicht bekomme.

Freem. Sie haben mich nicht verstanden. Der Holländer bezahlt Ihnen 1000 Pfund für Ihre schriftliche Einwilligung zu seiner Heyrath mit Miß Lovely. Sie geben die Schrift, empfangen 1000 Pfund,

Pfund, und der Holländer mag sehen, wo und wie er das Mädchen bekömmt.

Trad. (springt auf, und fällt Freemann um den Hals) Allerliebster Herzensfreund! zärtlichster und bester Herr Gevatter, denn das sollen Sie werden, wenn der Himmel mir noch ein Kind beschert. — Wo ist der Holländer? wir müssen die Sache gleich zu Stande bringen.

Freem. Die Zeit hier ist doch nicht so übel angewendet; nicht wahr, Herr Tradelove?

Trad. Bewahre der Himmel! so leicht hab' ich noch keine 1000 Pfund verdient. — Wenn der Holländer nur nicht wieder abspringt?

Freem. Dafür steh ich gut.

Trad. Erzeigen Sie mir die Freundschaft, Morgen Mittag bey mir zu speisen.

Freem. Sehr gern.

Trad. Aber der Holländer kömmt nicht?

Freem. Still! ja, das ist er.

Elfter Auftritt.

Vorige, Harcourt als Holländer.

Harc. Well myn Heer Freemann, hæve gy met de Mann gespraken?

Freem. Ja, er ist bereit, seine Einwilligung gegen die Summe von 1000 Pfund zu geben.

Harc. Well myn Heer! (er zieht eine Brieftasche heraus, aus welcher er Baaconoten nimmt) De sis de duyfend Pund — laat em de Schrift upfetten Myn Heer Freemann und de Wehrt foelt tüygen

Freem. Hurtig, Herr Trabelove, fchreiben Sie!

Trad. (heimlich zu Freemann.) Der wird ange=führt! (er fetzt fich und fchreibt.)

Freem. (ruft zur Thür hinaus.) Herr Satbut!

Trad. Nimmer hätt' ich gehofft, fo viel Freu=de an meiner Mündel zu erleben.

Zwölfter Auftritt.

Vorige, Satbut.

Satb. Steht etwas zu Befehl, meine Herren?

Trad. Ja, Herr Satbut, wir werden Ihre Unterfchrift gebrauchen. Ihren Namen myn Heer?

Harc. Claas Picter von Harco—urt.

Trad. Ich weiß nicht, wie das gefchrieben wird, ich will Platz laffen, Sie können den Namen felbft einfüllen.

Harc. Ia ick fall dat well doen.

Freem. Will myn Heer feinen Namen unter=fchreiben? (zu Satbut) Auch wir unterfchreiben uns.

Trad. Da, myn Heer, lefen Sie felbft.

Harc. All good myn Heer, und dar fin de duyfend Pund.

Trad. (fieht die Banknoten begierig durch.) Gut, vortreflich!

Satb. Aber was hab' ich denn eigentlich un=terfchrieben, meine Herren?

Trad.

Trad. Ha, ha, ha! Sie sollen es schon er=
fahren, es soll Ihr Schade nicht seyn.

Freem. (heimlich zu Trallove.) Nun will ich
auch noch 1000 Pfund verdienen.

Trad. (eben so.) Von wem?

Freem. (wie vorhin.) Vom Holländer.   -

Trad. Ey, Sie werden mir doch nicht das
Brod vor dem Maule wegschnappen wollen? Wie
wollen Sie denn die 1000 Pfund verdienen?

Freem. Das ist meine Sache. Vieleicht gehts
nicht, ich will sehen. (laut) Ja, myn Heer, das
Mädchen wäre Ihre, wenn Sie nur die Einwilli=
gung der drey andern Vormünder schon hätten!

Harc. Wat voor de Duywel hebb gy meer
Vormünder?

Trad. (heimlich zu Freemann.) Sapperment, was
machen Sie?

Freem Lassen Sie mich doch. (laut.) Noch
drey Vormünder, mehr nicht.

Harc. Wat Donder, hebb gy my bedroo=
gen, myn Heer?

Trad. Das geht mich alles nicht an, Sie ha=
ben meine schriftliche Einwilligung, und ich Ihr
Geld!

Harc. Wat Donder hebb ick gemaakt?

Trad (leise zu Freemann.) Da ist ein Hollän=
der angeführt. Ha, ha, ha!

Freem. Es soll noch besser kommen.

Satb. Myn Heer, ich kann Ihnen einen gu=
ten Rath geben —

Freem.

Freem. (leife zu Sakbut.) Ums Himmels willen schweig. — (laut.) Gehn Sie, Herr Sakbut.

Harc. Myn Heer Wehrt! weet gy de annern Vormünder?

Sakb. Well myn Heer!

Harc. Maar myn Heer, denn fall ick de Junffrow doch hebben.

Freem. Myn Herr, ich wette 1000 Pfund, Sie bekommen sie nicht. (leife zu Tradlove.) Sehn Sie!

Harc. Myn Heer, ick will twee duyfend Pund fetten, wenn you beleeft.

Trad. (leife.) Sagen Sie Ja für mich!

Freem. (leife.) Gehorfamer Diener! Die kann ich felbst verdienen.

Trad. (leife.) Das ist unchristlich, Herr Freemann! Die Sache geht Sie nichts an.

Freem (leife.) Und durch wen haben Sie denn die 1000 Pfund gewonnen?

Trad. (leife.) So lassen Sie uns wenigstens auf halben Part gehn!

Freem (leife.) Um Ihnen zu zeigen, daß ich Ihr Freund bin, meinetwegen.

Harc. Well myn Heer, hebb gy nich Lust?

Freem. O ja, myn Herr, wir halten die 2000 Pfund.

Trad. Sachte, es ist doch nöthig, daß wir den Handel erst ein wenig aus einander setzen. Wir wetten 2000 Pfund, daß Sie Miß Lovelly nicht mit Bewilligung der andern Vormünder — und mit

ih-

Ihrem Brautſchatze bekommen. (leiſe zu Freemann.)
Er könnte ſie ja entführen.

Freem. Das nenn' ich alles überdenken! Sie
ſind ein groſſer Mann, Herr Tradelove!

Trad. Nicht wahr?

Harc. Well myn Heer, ick ſaal dat ingahn.

Trad. Auch das muß ſchriftlich gemacht werden.

Harc. Well myn Heer!

Freem. Wieder gut, Herr Tradelove! (leiſe.)
Schreiben Sie geſchwinde, eh' es ihn wieder reuet!

Trad. (ſetzt ſich und ſchreibt.)

Sakb. Wahrſcheinlich werd ich hier wohl wieder unterſchreiben müſſen.

Freem. Das verſteht ſich.

Harc. Dree duyſend Pund! maar de Junk-
trouw is good.

Trad. Füllen Sie Ihren Namen hinein, und
unterſchreiben Sie.

Harc. Ik will de lezte ſyn. (er unterſchreibt
zulezt und nimmt die Schrift; dann aus der Brieftaſche
Banconoten.) De Wehrt ſall dat Geld un de
Schrift behoolen, maar heft he Geld?

Trad. O er iſt mir für 6000 Pfund gut.

Harc. Da is de Schrift un twee duyſend
Pund. Gy myn Heer moet ook ſetten.

Trad. (giebt Banconoten) Da ſind meine 1000
Pfund.

Freem. (giebt Sakbut Papiere.) Und da ſind
meine.

Sakb. (für ſich, indem er die Papiere anſieht) Schöne Banknoten!

Trad.

Trad. Herr Sakbut, Sie haben also 400 Pfund in Verwahrung.

Sakb. Richtig gezählt.

Trad. Und die gegenseitige Verschreibung?

Sakb. Und die Verschreibung.

Trad. Sie haben mir einen grossen Dienst geleistet, lieber Freemann! Morgen Mittag will ich mich erkenntlich bezeigen.

Sakb. (für sich) Durch eine Mahlzeit schlechtes Essen.

Trad. Leben Sie wohl, ich muß sehen, ob im Kaffeehause nichts zu machen ist. Ihr Diener, Herr Holländer! wohl bekomm's! Ha, ha, ha! (geht ab.)

Dreyzehnter Auftritt.

Harcourt, Freemann, Sakbut.

(Nach einer Pause lachen Harcourt und Freemann aus vollem Halse.)

Sakb. Ich begreife wahrlich nicht, worüber Sie sich so freuen, da noch die Hauptperson fehlt.

Harc. Ha, ha, ha! der wird sich wundern, wenn ihm die Augen aufgehn werden.

Freem. Ha, ha, ha! der alte Geizhals! Wahrhaftig, lieber Hauptmann, wenn Sie das Glück im Kriege haben, so werden Marlborough und Cumberland vergessen werden.

Harc Ha, ha, ha! wie gefiel Ihnen mein Holländisch?

Freem.

Freem. Weitläuftig hätte das Geſpräch nicht
werden dürfen.

Sakb. Mein Seel, Herr Hauptmann, Sie
verdienen, daß ich meine Hand von Ihnen abziehe.

Harc Wodurch?

Sakb. Durch Ihre unzeitige Freude. Sie ver=
wetten 1000 Pfund, noch eh Sie die Einwilligung
des vierten Vormunds haben?

Harc. Glück macht Muth. Drey ſind erwiſcht;
ſollte uns der vierte entgehn?

Sakb. Und wie wollen Sie den Quäker fangen?

Freem. Dazu hab ich ſchon ein Plänchen —

Sakb. Ich wette, mein Plänchen iſt beſſer.
(einen Brief hervorziehend) Hiemit zieh ich Ihr Glück
aus der Taſche.

Harc. Was iſt das?

Sakb. Leſen Sie!

Harc. An Obadiah Prim, Handſchuhmacher nah
an der Börſe in London.

Freem. Einen Brief an Prim?

Sakb. Die Briefträgerin kann nicht leſen, ich
fand dieſen Brief und nahm ihn, als ob er in mein
Haus gehörte. Sie trinkt unten ein Glas Brand=
wein, das ich ihr habe geben laſſen, um ihr den
Brief wieder zuzuſtellen, wenn Sie meinen Anſchlag
billigen; denn ich hab' ihn erbrochen, und verſteh'
mich aufs Zuſiegeln. Leſen Sie, Herr Haupt=
mann!

Harc. „Freund Prim! Simon Pure aus Pen=
„ſilvanien, ein Hirte der Gläubigen, hat elf Tage
„bey uns gewohnt und die Brüder erbaut. Da er

„nach

„nach London geht, um die Gemeinde zu sehen, so
„empfehle ich ihn Deinem Hause. Laß ihn bey Dir
„leben und pflege sein. Dein Bruder im Glauben,
„Abinadab Holdfast. Bristol den 6. Junius."——
Vortrefflich! ich errathe Dich, Sakbut, diesen Si=
mon Pure soll ich vorstellen.

Sakb. Was sagen Sie zu dem Einfalle?

Harc. Du bist ein grosser Kopf.

Freem. Mein Anschlag —

Harc. Nein, nein, dieser ist sicherer.

Freem. Wenn aber der rechte Simon Pure zu
früh dazu kömmt?

Harc. Die Quäker reiten nicht Courier.

Freem. Aber die Postkutsche geht nicht lang=
sam. Auf alle Fälle will ich den Bristoler Wagen
beobachten.

Sakb. Muthig, Herr Hauptmann, eine Schan=
ze noch, und die Festung ist in Ihren Händen.

Harc. Es ist der heißeste Kampf, Sakbut!
unter allen Larven wird dem Soldaten keine so
schwer, als der Anstrich der Heucheley!

Ende des zweyten Aufzugs.

Drit-

Dritter Aufzug.

(Zimmer in Prims Hause.)

Erster Auftritt.

Frau Prim, Miß Lovely. (in Quäkerkleidung.)

Frau Prim.

So, Anna, itzt kann ich Dich leiden. Ist Dir nicht selbst wohl, daß Du aus den ungeheuren Kissen heraus bist? Wenn der Himmel Deine Haut so roth ließe, als Du sie malst, würdest Du nicht erschrecken?

Miß. Wenn der Himmel Ihre innere Seite herauskehrte, und alle Schwärze Ihrer Heucheley mir vor Augen stellte, dann würd' ich noch mehr erschrecken.

Frau P. Meiner Heucheley! ich verachte Deine Reden, Anna! ich werfe keine Netze aus.

Miß. Weil kein Fisch mehr hinein läuft.

Frau P. Sag' was Du willst, Anna, ich hätte zu meiner Zeit in dieser sittsamen Kleidung mehr Fische fangen können, wie Du sie nennst, als Du mit allen Deinen Narrenschlingen um Dich herum.

Miß.

Miß. Sind Sie deswegen so eingezogen, Frau Prim? Endlich bricht die Wahrheit heraus, ich habe von jeher geglaubt, daß unter Ihrer tiefen Haube viel irdische Absicht läge.

Frau P. Geh', Du bist durch schlechte Komödien und Romane verdorben; ich seh' Dich auf dem breiten Wege. Gebe der Himmel, daß Du nicht schon zu vertraut mit den Kindern des Unglaubens bist.

Miß. Zu vertraut? — ich bitte Sie, mäßigen Sie Ihre Ausdrücke — ich bin mit niemanden vertraut, der es minder verdient, als Sie! Wer berechtigt Sie, diesen Ton gegen mich anzunehmen, Sie unwürdige Frau!

Zweyter Auftritt.

Vorige, Tradelove.

Trad. Was wird so laut hier gesprochen? warum so heftig, Nancy? Sie sehn aus, als wenn Sie weinen wollten? Was ist Ihnen?

Miß. Was mir ist? Kein Wunder wär' es, wenn ich meinen Verstand verlöre! Aber ich will mich von dieser Tyranney befreyen, wenn es noch Recht und Gerechtigkeit in der Welt giebt, ich will sie zwingen, mich ruhig zu lassen.

Frau P. Du thätest besser, Anna, wenn Du Deine Sünden beweintest.

Miß. Glauben Sie nicht, daß ich ewig ein Kind bleiben will, ich will tragen, was mir gefällt,

gehn,

gehn, wohin es mir gefällt; ich will nichts thun, wie Sie es haben wollen — das will ich.

Frau P. Verblendete Anna!

Trad. Nein, nein, Miß Lovely, ich finde alles ſehr vernünftig, was Sie ſagen. Sie müſſen endlich Ihre Freyheit erhalten, und darum komm' ich her: Hat ſich nicht ein Holländer bey Ihnen gemeldet, und um Ihre Hand gebeten?

Miß. Holländer? Nein, ich mag auch keinen Holländer.

Trad. (für ſich) Gut, die weiß noch von nichts, nun muß ich auch bey den andern vorbauen; man kann heutiges Tages nicht vorſichtig genug ſeyn.

Dritter Auftritt.

Vorige, Periwinkle, Prim (mit einem Briefe.)

Periw. Frau Prim, ich habe Ihrem Manne einige paar ſchwarze Strümpfe abgekauft, der Handſchuhhandel, hör' ich, geht Sie an. Seyn Sie ſo gut und ſuchen mir fünf oder ſechs Dutzend Trauerhandſchuh, wie man ſie bey Beerdigungen braucht, und ſchicken Sie ſie mir.

Obad. Freund Periwinkle hat heute ein gutes Loos erhalten — 1700 Pfund Renten.

Frau P. Ich wünſche Dir Glück dazu, Nachbar!

Trad. Iſt Sir Toby todt?

Periw. Leider! — Vergeſſen Sies nicht, Frau Prim.

Frau P. Sey unbeſorgt, Nachbar.

R   **Obad.**

Obad. Sarah, dieser Brief empfiehlt mir einen Sprecher, er ist von Aminabab Holdfast aus Bristol; wahrscheinlich kommt er noch diesen Abend, also Sarah, bereite Dich auf seinen Empfang.

Frau P. Es soll geschehn. (sie geht ab.)

Vierter Auftritt.

Vorige, hernach **Sir Philipp Modelove.**

Obad. Was fehlt Dir, Anna?

Trad. Ein Ehemann.

Obad. Ja, wenn wir einen finden könnten, der sie verbiente, so säh' ich sie so gerne verheyrathet, als Du.

Periw. Nur giebt es so wenig anständige Freyer.

Trad. Ich kann Ihnen einen Mann vorschlagen, gegen den hoffentlich nichts einzuwenden ist.

Periw. Wenn sie heyrathen soll, so erlauben Sie mir den Mann auszusuchen —

Phil. (eintretend.) Unter den Wallfischen und Nasenhörnern? — Herr Tradelove, hier ist eine Anweisung auf Sie, ich habe Sie in der ganzen Stadt gesucht.

Trad. Sie ist gut, ich werde Ihnen das Geld auszahlen.

Periw. Er soll kein Höfling seyn mit vollen Locken und leerem Gehirn, kein Wucherer, dessen Herkunft so unbekannt ist, wie seine Rechtschaffenheit; sondern ein gründlicher, greiser, erfahrner Mann, der die Tiefen der Natur erforscht hat.

Wenn

Wenn der Himmel mir fo einen zuführt, fo will ich
ihm meine Einwilligung geben, denn das kann zum
Nußen des menfchlichen Gefchlechts gereichen.

Miß. Zum Nußen des menfchlichen Gefchlechts?
Er wird mich doch nicht anatomiren follen?

Phil. Warum nicht? und nachher unter ein
Mikrofcop bringen, um den Umlauf des Bluts zu
ftudiren.

Trad. Aber ich weiß einen Mann für Sie, ei=
nen Mann, der gelernt hat, Sie glücklich zu ma=
chen, deffen Handel fich in alle vier Welttheile er=
ftreckt.

Miß. Und deffen Zärtlichfeit im fünften zu fu=
chen ift.

Trad. Er wird Sie in aller Pracht von Euro=
pa, Afia, Afrika und Amerika kleiden; es ift ein
holländifcher Kaufmann.

Phil. Ein Holländer? das ift gegen das Te=
ftament.

Obad. Kein Ausländer!

Periw. Kein Kaufmann, kein Ausländer!

Trad. (für fich.) Das geht vortreflich!

Phil. Ein Kaufmann und ein Holländer! er
wird Sie eine feine Sprache lehren, Miß Nancy!

Trad. Er wird Sie lehren, daß ein Kauf=
mann nüßlicher ift, als funfzig Stußer. Die Hol=
länder wiffen, daß Waaren fich beffer verintereffiren
als Ländereyen.

Phil. Aber ein Frauenzimmer intereffirt keins
von beyden.

Trad.

Trad. Der Kaufmann ist es allein, der Sie schön macht. Wie könnte eine Dame glänzen, wenn der Kaufmann nicht wäre? Ostindische Diamanten, Französische Seidenzeuge, Italänische Strümpfe, Brüßler Spitzen, Holländische Leinwand, das Theewasser, wobey die Damen lästern, und der Wein, durch den ihre Wangen glühn — bringt nicht alles der Kaufmann?

Obad. Wahrlich, Nachbar Tradelove, Du redest Dich außer Athem, und es frommt nicht. Alle Dinge, deren Du erwähnest, verführen die Jugend, und erfüllen ihr Gehirn mit weltlicher Ueppigkeit.

Periw. Richtig gesagt; Kenntnisse machen den Mann!

Obad. Ja, Freund, aber die Kenntnisse der Wahrheit, und nicht Kenntnisse Deiner Art. Gieb Deine Spielsachen auf, und trachte nach dem innern Licht.

Miß. Ja, Herr Periwinkle, suchen Sie das Beste Ihres Vaterlandes, und nicht seiner Insekten. Befreyen Sie es von seinen inländischen Ungeheuern, bevor Sie fremde verschreiben. Ich bin versichert, Sie haben so viel Grillen in Ihrem eignen Gehirn, daß Sie alle Kabineter in ganz Europa damit anfüllen können.

Phil. Sur mon honneur! Nancy hat Witz.

Obad. Das ist mehr, als sie von Dir sagen kann, Freund. Seht, aus dem Schwatzen kommt nichts heraus. Find' ich einen Mann, der ihrer werth ist, so will ich ihr erlauben, ihn zu nehmen.

Miß.

Miß. Verſteht ſich, daß er von der Gemeinde
iſt. Jeder von Ihnen iſt eine Raupe, die an der
Blüthe meiner Hoffnung nagt. Aber wißt, Euer
Beſtreben iſt umſonſt, ich nehme keinen Mann nach
Eurem Willen, und Eure Hoffnung ſoll bald ihr
Ende finden. Ich lebe in einem Lande, wo die
Geſetze gerecht und milde ſind, und die mehrmals
ſchon ein Teſtament umſtieſſen, das eine Waiſe un-
glücklich machte, und welche war unglücklicher als
ich! (ſie geht ab.)

Periw. Das Mädchen iſt toll!

Phil. Sie nicht, aber ihre Vormünder.

Trad. Alſo, Sir Philipp, Ihre Einwilligung
bekomm' ich nicht für meinen holländiſchen Kaufmann?

Phil. Der Holländer kann ſie nicht bekommen,
und der Kaufmann ſoll ſie nicht bekommen.

(er geht ab.)

Trad. Und Sie, Herr Periwinkle?

Periw. Der Holländer kann ſie nicht bekommen,
und der Kaufmann ſoll ſie nicht bekommen. Vergeſſen Sie meine Trauerhandſchuh und Strümpfe
nicht, Herr Prim! (er geht ab.)

Trad. Sie ſind wahrſcheinlich auch der Meinung dieſer Herren?

Obad. Ich bin nicht ihrer Meinung, Freund,
aber Du bekömmſt meine Einwilligung nicht.

Trad. Bravo! — die 2000 Pfund ſind gewonnen. (geht ab.)

Obad. Der Himmel beſſere Dich.

R 3   Fünf-

Fünfter Auftritt.

Obadiah, John, hernach Harcourt (als Quäker.)

John. Es fragt einer nach Dir, der Simon Pure heißt.

Obad. Laß ihn herein. — Freund Simon, Du bist mir willkommen! Wie stehts mit Freund Holdfast und allen Bristoler Freunden?

Harc. Sie sind alle wohl, ich danke Dir ihrentwegen.

Obad. Freund Holdfast schreibt mir, Du kommest aus Pensylvanien — wie gehts unsern dortigen Freunden?

Harc. (für sich.) Was Teufel soll ich sagen? ich weiß so wenig von Pensylvanien, als von Bristol.

Obad. Gedeihen sie?

Harc. Ja, Freund, der Segen ihrer guten Werke kömmt über sie.

Sechster Auftritt.

Vorige, Frau Prim, Miß Lovely.

Obad. Sarah, erkenne unsern Freund Simon.

Frau P. Sey mir gegrüßt!

Harc. Wie reizend selbst in dieser Verkleidung!

Obad. Warum heftest Du Deine Augen auf dies Mädchen, Freund?

Harc.

Harc. Ich will Dir es ſagen.   Vor vier Tägen ſah ich ein Geſicht! Dieſes nämliche Mädchen, aber in weltlicher Tracht, ſtand an einem Abgrunde. Ich rettete die Dirne, und ſie ſtand hernach an meiner Seite.

Frau P. Was mag das bedeuten?

Obad. Des Mädchens Bekehrung, davon bin ich überzeugt.

Miß. (für ſich)   Ich nicht.

Obad. Freund Simon, willſt Du Deinem Rufe folgen?

Harc. Rufe? Folgen? iſt ſie nicht Deine Tochter? der Rechtgläubigen eine?

Frau P. Ach nein, ſie iſt ein Weltkind.

Obad. Ich bitte Dich, Anna, gieb Acht, was dieſer gute Mann Dir ſagen wird, er wird Dich den Weg lehren, den Du wandeln ſollſt, Anna.

Miß. Ich weiß meinen Weg ohne ſeine Lehren. — Ich hoffte Ruhe zu haben, wenn ich dieſen dummen verhaßten Anzug anlegte, aber —

Harc. Alſo Freundin, trägſt Du ihn aus Zwang? und nicht aus Willkühr?

Miß. Alſo, Freund, haſt Du es getroffen.

Harc. Willſt Du mich mit ihr allein laſſen, ſo will ich ihr einige wenige Gründe vorlegen, die vielleicht ihre Halsſtarrigkeit erweichen und in Nachgiebigkeit verwandeln können.

Obad. Gern; ich bitte Dich, ſprich ihr aus Herz. — Komm, Sarah, wir wollen den guten Mann mit ihr allein laſſen.

Miß.

Miß. (ergreift Obadiahs Hand) Was, Sie wollen mich mit diesem schwärmerischen Gesellen allein lassen? Glauben Sie nicht, weil ich Ihrer Heucheley in meiner Kleidung nachgab, daß ich Lust habe, Ihre Lehren anzunehmen.

Obad. (reißt sich los, und geht mit Sarah ab.)

Siebenter Auftritt.

Miß Lovely, Harcourt, hernach Obadiah.

Harc. Ich bitte Dich, mäßige Deine Hitze.

Miß. Ich bitte Dich, geh zu Deinen Genossen, bey mir ist alle Mühe vergebens. — Sie werden mich noch um meinen Verstand bringen.

Harc. Ich bin ganz anderer Meinung. Der Geist sagt mir, Anna, ich werde Dich bekehren.

Miß. Es ist ein lügenhafter Geist, trau ihm nicht.

Harc. Wirklich? Nun so sollst Du mich bekehren, mein Engel! (er will sie umarmen.)

Miß. He! Hülfe! fort, Nichtswürdiger! —

Harc. Stille! — ums Himmelswillen! ich bin Harcourt!

Miß. Harcourt! O ich bin verloren! Prim kommt! wenn ich nur dasmal stumm gewesen wäre!

Obad. (kommt) Was giebt's, Anna? warum schreyest Du?

Miß. Ich will schreyen und muß schreyen, ich kann diesen lästigen Plauderer nicht so lange dumm Zeug schwatzen hören.

Obad.

Obad. Weiter nichts? Pfuy, Anna, pfuy!

Harc. Ich muß sie zuerst heftig rühren. Laß uns allein!

Obad. Ich bitte Dich, sprich ihr ans Herz. (im Abgehn, für sich) Wahrlich, ich besorgte schon, der äußere Mensch habe Gewalt über den innern erhalten.

Harc. Theuerstes, vortrefliches Mädchen!

Miß. Was soll diese Verkleidung, Harcourt?

Harc. Dich befreyen, wenn Du mir Wort halten willst.

Miß. Ich bin Dein, sobald man mich machen läßt.

Harc. Sieh', hier hab ich schon die Einwilligung von drey Vormündern, und ich zweifle nicht, Prim wird der vierte seyn.

Obad. (heraus schleichend.)

Miß. Ach, Deine Worte geben mir neues Leben.

Obad. Was hör' ich?

Miß. Du Bester unter den Menschen, der Himmel hat Dich zu meinem Glück hergeführt.

Obad. Das ist eine wundersame Bekehrung.

Harc. (leise) Prim ist da, stelle Dich bekehrt. (laut) Es freut mich, Anna, daß Du gerührt bist von meiner Rede, zu einer andern Zeit will ich Dir mehr offenbaren, unterdessen gehorche unserm Freund Prim.

Miß. Ich will Dir in allem folgen, was Du mir befiehlst.

Obad.

Obad. (heraustretend.) Nein, diese Veränderung ist unbegreiflich! Freund, Du hast ein Wunder gethan! Anna, wie gefällt Dir seine Lehre?

Miß. Ueber alles! ich könnt' ihm Tage lang zuhören. Ich schäme mich meiner vergangenen Thorheit, und bitte Dich, sie zu verzeihen.

Harc. Es ist genug, daß sie Dich reuet, Anna.

Obad. Wahrlich, Freund, Du erfreuest mich sehr. Willst Du nicht ins nächste Zimmer treten, und Dich mit Brod und Wein erquicken? Nimm das Mädchen mit Dir.

Achter Auftritt.

Vorige, John, hernach Simon Pure.

John. Meister, noch ein Simon Pure fragt nach Dir!

Harc. (leise.) Das ist der Teufel!

Obad. Noch ein Simon Pure? ich kenne ihn nicht. Ist er aus Deiner Freundschaft?

Harc. Nein, Freund, ich kenne des Menschen nicht. (leise.) Hol' ihn der Henker! wär' er doch wieder in Pensylvanien.

Obad. Laß ihn hereinkommen, und sage meinem Weibe, daß Anna bekehrt ist.

John. Wohl! (geht ab.)

Harc. (für sich.) Einer von uns muß springen. Unverschämtheit, verlaß mich nicht!

Obad (zu S. Pure.) Freund, was verlangst Du von mir?

Simon.

Simon. Freund, erhieltest Du nicht einen Brief von Aminadab Holdfast aus Bristol, Simon Pure betreffend?

Obad. Ja, Freund, und Simon Pure ist schon hier angelangt.

Harc. Und wird auch hier bleiben, Freund — wenn es möglich ist.

Simon. Das ist nicht wahr, denn dieser Simon Pure bin ich!

Harc. Nimm Dich in Acht, Freund, was Du redest; ich bin Simon Pure!

Simon. Und was bin ich?

Harc. Was Du willst, nur nicht Simon Pure.

Simon. Freund, Du magst Pure heissen, aber der Pure bist Du nicht!

Harc. Ja, ich bin der Pure, von dem mein guter Freund Aminadab Holdfast schrieb, der Simon Pure, der von Pensylvanien kam, und eilf Tage in Bristol blieb. Willst Du meinen Namen von mir nehmen? das sollst Du nicht — bis ich ihn nicht mehr gebrauche.

Simon. Deinen Namen? — ich erstaune!

Harc. Worüber? Ueber Deine eigne Unverschämtheit? — (geht auf ihn zu, Simon weicht zurück.)

Simon. Komm mir nicht zu nah, Satanas! ich biete Dir und Deinen Werken Trotz!

Miß. (für sich.) Alles ist verloren, der kann die Sprache besser.

Obad. Einer von diesen ist eine Nachahmung, aber welcher, weiß der Himmel.

Neun=

Neunter Auftritt.

Vorige, John.

John. Meister! hier ist ein Brief an Dich.
(er geht ab.)

Harc. Freund, Dein Betrug wird nichts fruch=
ten. Erhebe Deine Stimme nicht, Du ruchloser
Sünder, Du kennst den Teufel zu genau, um vor
ihm zu erschrecken.

Simon. Freund, Du mußt der Böse selbst
seyn; denn ein Mensch kann so grosse Unwahrhei=
ten nicht hervorbringen.

Obad. Dieser Brief zeugt, daß Du den Für=
sten der Finsterniß besser kennst, als einer von uns.
Simon, ich bitte Dich, lies ihn! (giebt Harcourt
den Brief.)

Harc. (für sich.) Es ist Freemanns Hand. —
„Man will Sie diese Nacht bestehlen, und deswe=
„gen wird sich ein Mann als Quäker in Ihr Haus
„schleichen, unter dem Namen Simon Pure, er ist
„klein und hat blöde Augen. Die Bande, zu der
„ich sonst gehörte, von der ich mich aber reuig los
„gemacht habe, war sonst zu Bristol. Einer von
„ihnen reiste in der Kutsche mit dem Quäker, des=
„sen Namen er annahm, und hofft, ihn bey Ih=
„nen durch seine Heucheley zu verdrängen, und
„sich dafür einzunisten. Gebrauchen Sie alles zum
„Besten.“

Obad. Hörst Du das?
Simon. Es ist nicht wahr.

Harc.

Harc. O Du ruchloser Mensch! nun erinnere ich mich, Du warst mit mir in dem ledernen Kasten, Du trugst eine schwarze Perücke und ein blaues Wams. Kannst Du das leugnen?

Simon. Ja, Freund, das kann ich, und mit gutem Gewissen!

Obad. Geh Deinen Gang, Freund, und laß ab von Deinem ruchlosen Leben. Du möchtest nicht allenthalben so gut fortkommen. Simon, ich bitte Dich, schaff' ihn fort!

Harc. Ich rathe Dir, Freund, geh, und versuche Dein Heil nicht weiter!

Simon. Ja, ich gehe, denn Ihr seyd verblendet, und nicht geschickt, mich zu hören!

(geht ab.)

Zehnter Auftritt.

Miß Lovely, Obadiah, Harcourt.

Harc. (für sich) Wenn er Zeugen holt, so bin ich verloren.

Obad. Simon, was giebt es doch für abscheuliche Bosheiten in der Welt!

Harc. Ja, die Zeit ist sehr verderbt!

Elf=

Elfter Auftritt.

Vorige, Frau Prim.

Frau P. Ich freue mich, daß unsere liebe Anna sich so verändert hat.   Das Abendessen ist bereit.

Harc. Mich gelüstet nicht nach irdischer Nahrung, sondern nach dem Manna des Geistes. Gern möcht ich erlösen dies Mädchen von der Gemeinschaft der Bösen.

Miß. Eine heimliche Stimme sagt mir, Du sollst von diesem Manne Trost empfahen — ich bin auserwählt, mich mit ihm zu verbinden, und die Zahl der Guten zu vermehren. — Hm!

Obad. Ich bin höchlich erfreut, höchlich, den Geist in Dir zu finden; denn siehe, er treibt Dich — ja treibt Dich gegen diesen guten Mann, und Dein Herz schwillt auf — ja es schwillt auf, wie ein Pudding aufschwillt. — Hm!

Miß. Ich sehe — ja ich sehe den Geist Dich bey der Hand ergreifen, guter Obadiah Prim, und ich sehe Dich Deine Einwilligung schreiben — Hm! (zu Harcourt) Nun sehe ich mich in Deinen Armen, mein Lehrer, mein Freund und Bruder — Hm!

Harc. Und ich will Dich annehmen, als meine Gehülfin, ja, als das Weib meines Busens! Hm!

Frau P. Der Geist hat sie sehr bewegt. Freund Prim, Du mußt einwilligen, wer kann dem Geist widerstehn?

Obad. Ja, das innere Licht zeuget mir, ich werde meine Feinde, die andern Mitvormünder über-

win-

winden. Hier Freund, ſchreib, was der Geiſt Dir
eingiebt, ich will es unterzeichnen.

Harc. Herzlich gerne.

Obad. Ja, ich ſehe der Friede wird unter Euch
wohnen! ja wohnen — Du ſollſt hüpfen und ſprin=
gen, ja ſpringen, und Dich laben unter der guten
Heerde — Hm! — und es freut mich, Anna, daß
Du auf guten Wegen biſt — Hm!

Miß. Ich glaub' es, und danke Dir.

Harc. (leſend) „Kund und zu wiſſen jedem,
„dem daran gelegen, daß ich alle meine Rechte auf
„Anna Lovely an Simon Pure übertrage, und ihm
„volle Erlaubniß gebe, ſie zu heyrathen, wenn er
„will."

Obad. So iſt's recht. Gieb mir die Feder.

Zwölfter Auftritt.

Vorige, Betty, hernach Simon Pure.

Betty. (eiligſt zu Miß.) O lieber Himmel, da
iſt der Quäker wieder, und drey oder vier Poſt=
knechte mit ihm!

Miß. (leiſe.) O Himmel!

Harc. Es kommen Leute, Freund! gieb mir
die Schrift!

Obad. Da iſt ſie, Simon, und ich wünſche
Dir viel Glück mit dem Mädchen!

Harc. (zu Miß.) Nun laß den Teufel ankom=
men, wenn er Luſt hat.

Simon.

Simon. (kommt.) Freund, ich habe Leute mitgebracht, die Dich überzeugen sollen, daß ich kein Betrüger bin. Gieb die Erlaubniß, daß sie hereintreten dürfen, und höre sie an.

Harc. (zu Prim.) Sieh, Freund, um Dich der Mühe zu überheben, Zeugen anzuhören — er sagt die Wahrheit!

Obad. Wie ist das? ist Dein Name nicht Pure?

Harc. Nein, Freund, ich hatt' ihn diesem Freunde nur abgeliehen; aber ich geb' ihn gut und wohlbehalten zurück; er hat seine Schuldigkeit gethan, und so nehm ich meinen eignen wieder an, der ihm zu allen gefälligen Gegendiensten bereit steht. (zu Betty) Mein Kind, sende die Postknechte nur wieder fort!

Betty. (geht ab.)

Simon. Das ist eine böse Welt!

Obad. Ich erstaune über Deine Unverschämtheit! Anna, Du hast mich betrogen, und vieleicht Dich selbst unglücklich gemacht.

Frau P. Du stellst Dich der Welt gleich, und wirst Schande zum Lohn haben! (geht ab.)

Simon. Es geht mir nahe, Freund, Dein Weib so betrübt zu sehn; ich will ihr nach und sie trösten. (er geht nach.)

Drey

Dreyzehnter Auftritt.

Miß Lovely, Obadiah, Harcourt, John, hernach Sir Philipp, Periwinkle, Tradelove und Freemann.

John. Deine Mitvormünder fragen nach Dir, und haben noch einen Fremden bey ſich!

Miß. (zu Harcourt.) Wer kann das ſeyn?

Harc. Freemann, mein Freund, dem ich auf=trug, ſie herzuführen.

Freem. (leiſe.) Iſt alles richtig? hat mein Brief gewirkt?

Harc. (laut.) Alles, alles geht gut.

Obad. Alles gut? Du irrſt, Freund, Dein Betrug iſt für Dich ohne Nutzen; Du haſt meine Einwilligung erſchlichen, aber nicht dieſer ihre.

Harc. Hm! hm!

Phil. Miß Nancy, wie geht's?

Miß. Nenne mich nicht Miß, Freund Philipp, Du weißt, daß ich Anna heiße.

Phil. Iſt das Mädchen umgetauſcht?

Miß. Ich wollte, Du würdeſt ſo umgetauſcht. Ach! Philipp, wirf Deinen eitlen Prunk weg, und lege Kleider an, die Deinem Alter geziemen.

Phil. Meinem Alter? das Mädchen iſt beſeſſen!

Harc. Du biſt leider beſeſſen, Freund.

Trad. Miß Lovely, auf ein Wort! (ſie bey der Hand nehmend.)

Harc.

Harc. (ſie wegreiſſend) Dieſes Mädchen iſt mein Weib; Freund Prim hat ſie mir gegeben, und Du haſt keinen Theil an ihr.

Trad. Sein Weib? Herr Prim, ſind Sie raſend?

Petew. Da haben Sie ein ſauberes Stückchen gemacht, Herr Prim.

Phil. Zum Glück, daß ſeine einzelne Einwilligung ſo gut als nichts iſt. — Sie an einen Quäker zu verheyrathen! Sur mon honneur, Du ſchickſt Dich trefflich, der Vormund einer Waiſe zu ſeyn — Das iſt der wahre Mann für ein Frauenzimmer vom Stande.

Harc. In franzöſiſcher Kleidung werd' ich Ihnen beſſer gefallen, Sir Philipp.

Phil. Du wirſt einen jämmerlichen Franzoſen machen, Freund.

Harc. Ich kann es, glaub' ich, mit Ihrer Unterſchrift beweiſen, daß ich Ihnen heute Morgen fünf und zwanzig Minuten auf zehn Uhr ein Mann von Lebensart ſchien. — Plait il Sir Philipp? — (ihm die Doſe präſentirend) foi de gentilhomme! man kann nichts ſchöners ſehn.

Phil. Ha, ha, ha! j'en ſuis charmé, wenn Sie der der nämliche ſind; ich geſtehe, ich gab dem Herrn, den ich hier aufführte, meine Einwilligung, aber ich entſinne mich nicht mehr auf ſein Geſicht.

Obad. Nicht mehr? Nun ſo ſchickſt Du Dich trefflich, der Vormund einer Waiſe zu ſeyn — Du hirnloſes Weberſchiff, hätteſt ſie an einen Beutelſchneider verkuppeln können.

Petew.

Periw. Geſteht nur ſelbſt, Ihr Herren, es
wäre eine feine Wirthſchaft, wenn Ihr beide allein
über ihr Vermögen zu ſchalten hättet? aber zum
Glück ſind Herr Trabelove und ich die Männer —

Trab. Die ſich kein X für ein U machen laſſen.
Mir können Sie das bezeugen, Herr Freemann,
nicht wahr?

Freem. Ja wohl!

Trab. Sie ſagten mir ja, unſer Holländer
würde herkommen?

Freem. Nur ein wenig Geduld, Sie werden
ihn bald ſehen; darum hab' ich Sie insgeſammt
herbeſchieden.

Harc. Kann Herr Trabelove nicht länger warten?
Well myn Heer, denn bin ick gliek dar; hebb
gy Claas Pieter van Harcaurt vergeeten? und de
twe duyſend Pund?

Trab. Hol's der Teufel — was? ja er iſt's
wahrhaftig! O ich armer Mann! — Sie haben
mich hintergangen, Herr Freemann!

Freem. Was hintergangen! Verlier' ich nicht
1000 Pfund, und Sie nichts?

Trab. O verflucht! — Uf! ich erhole mich,
dem Himmel ſey Dank! lieber Herr Periwinkle,
Ihre Einwilligung fehlt. — Meine 2000 Pfund
ſind gewonnen, denn Sie werden gewiß nicht Ja
ſagen, gewiß nicht — um alles in der Welt, ſagen
Sie Nein!

Periw.

Periw. Sorgen Sie nicht. Sie haben aber mit Ihrer Einwilligung gar Handel und Wandel getrieben, das ist fein! Glaubten Sie, es sey eine Actie?

Obad. Es ist mir doch lieb, daß ich nicht allein betrogen bin! was ich that, that ich aus gutem Herzen!

Periw. Wie ich sehe, ist jeder von Euch betrogen worden, aber seine List soll ihm keinen Pfenning eintragen.

Harc. Ich denke doch. Aber ich will Ihnen zuvor ein Geheimniß entdecken: Sie dürfen die Kleidung des ehrlichen Nostrobamus immer anbehalten, denn Ihr Oheim Sir Toby Periwinkle ist nicht todt, das erspart Ihnen die Trauerkosten. Hahaha! denken Sie nur an Pillage, Ihres Onkels Verwalter. Hahaha!

Trad. O ich unglücklicher Mann!

Periw. Was ist das? bin ich auch betrogen?

Harc. Denken Sie noch an den Pachtkontrakt, den Sie unterschrieben?

Periw. Es war ein Pachtkontrakt, ich hab' ihn mit meinen Augen gesehn!

Harc. Aber Ihre Hand unterschrieb sich auf diesem Blatte!

Periw. Daran sind Sie schuld, Herr Freemann, Sie sagten mir, mein Oheim läge auf dem Todtbette!

Freem.

Freem. Auch Ihre Muhme hätt' ich drauf ge=
legt, um meinem Freunde zu dienen.

Phil. Der wohlweiſe und hochgelahrte Herr Pe=
riwinkle ſind auch betrogen! Hahaha! Ich ſterbe
für Lachen!

Obad. Freund, ihr Vater hätte beſſer gethan,
Sie weiſern Köpfen anzuvertrauen, als Deiner,
Deiner, Deiner und meiner ſind.

Trad. Aber, mein Herr, finden Sie nicht ſelbſt
billig, unſre zweyte Wette aufzuheben?

Harc. Geſchloſſen iſt geſchloſſen.

Trad. Nun, Herr Freemann, wenn ich Ihnen
das nicht gedenke! —

Periw. Aber Herr, der Sie uns alle verblen=
det haben, wer ſind Sie eigentlich?

Harc. Ich habe die Ehre, Sr. Majeſtät zu
dienen, und als Hauptmann an der Spitze braver
Leute zu ſtehn. Ohngeachtet des Vermögens, das
Miß mir zubringt, bin ich bereit, meine Kräfte
und mein Blut für mein Vaterland hinzugeben.
Nicht ſo ernſthaft, meine Liebe! Wer die Pflichten
des Bürgers nicht kennt, kann die Pflichten des
Mannes unmöglich fühlen, und die Liebe, die
meinen Geiſt zu ungewöhnlichen Erfindungen an=
trieb, ſoll meine Schritte auf der Bahn der Ehre
befeſtigen.

Miß.

Miß. Kein Krieg, kein Krieg! Friede, Frie=
de! überall Friede!

Ende des Lustspiels.

www.ingramcontent.com/pod-product-compliance
Lightning Source LLC
Chambersburg PA
CBHW030632030726
47497CB00006B/1756